24 JOURS POUR SE RETROUVER

ALMA JUILLET

City
Roman

Couverture : ©atelier dpcom

ISBN : 978-2-8246-2697-0
Code Hachette : 32 8658 6
Collection dirigée par Christian English & Frédéric Thibaud
Catalogues et manuscrits : city-editions.com

Dépôt légal : Novembre 2025

1

Avec sa bouche en cul-de-bouledogue, Mme Rombiasse a l'air tout sauf « conviviale ». Cette passion pour le tutoiement lui vient probablement d'une formation en ligne destinée à former des managers bienveillants. Comment expliquer autrement ce virage à 180 degrés, après des années passées à vouvoyer tous les employés, du stagiaire de troisième à la réceptionniste ? Réprimant un rire nerveux, Élodie garde le regard fixé sur l'agrafeuse rutilante de sa DRH posée sur une pile de feuilles de paie. L'idée d'y glisser la main de sa supérieure et d'appuyer très fort dessus l'effleure. Elle préfère relever le nez avec un grand sourire. *Le pouvoir de la bonne humeur*, se répète-t-elle en silence, comme un mantra. *Souris et la vie te sourira.*

— Et tu me feras le plaisir de ne pas me présenter une semaine pleine de trous, reprend la voix acide de Rombiasse, apparemment insensible aux signaux amicaux que tente d'émettre Élodie. On ne produit pas du gruyère ici, on bosse. Si ce n'est pas trop de te demander.

Ravalant son amertume, Élodie griffonne trois mots dans son calepin et sort de la pièce.

— On ferme la porte, glapit Rombiasse dans son dos. C'est pas un hall de gare, ici !

La formation happiness managing *comportait manifestement quelques lacunes*, se dit Élodie. Elle baisse les yeux et s'enfuit avant de lâcher une remarque sarcastique. Alors qu'elle traverse en trombe le couloir menant à l'*open-space* – chaque minute compte –, elle percute de plein fouet l'angle d'un chariot dont le contenu se répand sur la moquette grisâtre.

— Pardon. Pardon, excusez-moi, je ne vous ai pas vu, gémit-elle en se massant la cuisse.

— Ce n'est pas à vous de vous excuser, lui répond une agréable voix de baryton. Je n'avais pas désiré envahir dans le couloir. Vous n'avez fait que traverser comme un… bulldozer !

Un éclat de rire joyeux échappe au jeune homme qui s'est déjà accroupi pour ramasser les boîtes de cartouches destinées à la photocopieuse. Malgré l'urgence, Élodie s'agenouille à son tour et charge aussi vite qu'elle le peut le plateau du chariot. Le type, un stagiaire à en juger par son sweat et son jean élimé, lui tend la main avec un sourire.

— Je suis Robin. Et vous ?

Dans sa bouche, le « ou » sonne un peu pointu, à la limite du « u ». Un Anglo-Saxon, de toute évidence. Élodie a toujours adoré cet accent, il lui rappelle des personnages de comédie romantique, *Comme t'y es belle* en tête. Elle sourit à son tour.

— Je suis Élodie.

Une fois le sol de nouveau praticable, l'un et l'autre se relèvent. Le nez d'Élodie arrive à peine à la hauteur du logo Harvard brodé sur la poitrine du sweat. Un stagiaire de la catégorie « type brillant », donc. Robin a peut-être quinze ans de moins qu'elle, mais il la dépasse d'une bonne trentaine de centimètres. Malgré elle, elle remarque le dessin affirmé de sa bouche, la ligne brisée du nez, probablement cassé, et la couleur indécise des yeux, entre le noisette et le vert, selon la lumière.

— Bienvenue, Robin, et désolée encore.

— C'est fou comme les gens s'excusent, ici ! réplique Robin en glissant ses mains dans ses poches arrière. Ou alors c'est vous ?

— C'est moi. Vous pouvez m'appeler Mme Sorry, marmonne Élodie en s'éloignant.

Revenue à son fauteuil, un modèle à roulettes des plus inconfortables, commandé par Rombiasse sous prétexte qu'il évite le tassement des vertèbres, Élodie jette un regard à l'écran en veille. Elle y retrouve son reflet habituel : des yeux cernés, une bouche encadrée par de grandes parenthèses, on les appelle « rides d'amertume », lui a-t-on dit, et un chignon de guingois. Une post-trentenaire qui n'a pas de budget pour une crème de jour valable. S'ébrouant pour chasser un début d'auto-apitoiement, Élodie empoigne sa souris, réveille son ordinateur et navigue d'une fenêtre à l'autre jusqu'à obtenir le fameux état des demandes de congés exigé par Rombiasse. Une seule personne n'a pas encore exprimé ses souhaits. Elle. Avec un soupir, elle lance une impression et décroche son sac à main de son dossier. Elle a vingt-deux minutes pour déjeuner avant de faire ses courses hebdomadaires et de revenir à son poste avant 14 heures. À l'instant où elle franchit les portes de l'ascenseur, une notification tinte sur son téléphone. Elle le déverrouille en y appliquant le pouce et son visage se décompose en un instant. Son nez la picote, sa vue se brouille : il ne manquait plus que ça. Du fond de l'ascenseur, une voix à l'accent anglais s'élève :

— Oh, *bad news* ?

— Ça dépend où vous placez le curseur, répond Élodie dans un souffle, sans lever les yeux vers le stagiaire.

Il ne manquerait plus qu'il croie qu'elle pleure. Qu'est-ce que ça représente, pour un jeune célibataire promis à un brillant avenir, une facture de gaz qui gonfle de soixante euros entre novembre et décembre ? Mais aux yeux d'Élodie, c'est l'équivalent d'une semaine de courses pour Fleur, Loum's et elle. Elle relève donc la tête et se force à sourire, comme chaque fois qu'elle a envie de s'allonger par terre en position fœtale. Elle froisse au fond de la poche de son manteau trois tickets-restaurants et deux billets de vingt euros. Un acheteur du Bon Coin les lui a remis en mains propres la veille en échange d'une paire de rollers et d'un équipement complet « comme neuf ». Elle fera ses courses avec, voilà tout. Elle n'a ni l'envie ni le temps de déjeuner. Tout va bien.

— Rien de dramatique, assure-t-elle.

Le front soucieux de Robin se défroisse.

— OK, tu me rassures. Ça ne te gêne pas, le « tu » ?

Même si la désinvolture du stagiaire l'étonne un peu, Élodie secoue la tête.

— Non, non, c'est même plus…

— Convivial ? termine Robin, un sourire en coin.

Une ride se forme au coin de son œil et lui court sur la tempe, vite effacée lorsque les portes de l'ascenseur s'ouvrent à l'étage inférieur pour laisser entrer un inconnu en costume à fines rayures. Élodie recule d'un pas, tandis que les deux hommes, de taille équivalente, se lancent à toute allure dans une conversation animée.

Élodie peine à capter le sens de l'échange. Le ton de Robin est incisif, c'est manifestement lui qui pose les questions. S'apercevant qu'elle se tasse, petit à petit, pour interférer le moins possible dans leur échange, Robin s'interrompt.

— Désolée Élodie, c'est moi Mister Sorry, maintenant. On parle business. C'est Andrew, mon chef des ventes.

Semblant enfin s'apercevoir qu'une troisième personne occupe l'ascenseur, Andrew recule de quelques pas, ajuste sa veste et, d'un hochement de tête bref, la salue.

— On tente de s'implanter sur le marché français, explique Robin. Comme j'avais l'opportunité de venir passer du temps ici, cette année, on fait d'une bière deux coups !

Avant qu'Élodie puisse répondre quoi que ce soit, les portes s'ouvrent de nouveau et les deux hommes sortent d'un même pas, traversent le hall et disparaissent dans la rue. Le stagiaire n'était pas en stage, donc. Riant de sa méprise, elle se dirige vers le magasin de hard-discount installé au rez-de-chaussée de l'immeuble voisin. C'est tout à fait symptomatique de son propre vieillissement, pense-t-elle. En dessous de trente ans, tous les individus lui paraissent en avoir à peine vingt.

*

Dans les rues du quartier d'affaires, l'ambiance de Noël est à peine perceptible. Le magasin alimentaire se charge de compenser cet odieux affront à la période la plus rentable de l'année : un Sinatra sous acide s'égosille dans les haut-parleurs, des sapins artificiels engloutis sous une couche de neige carbonique trônent en tête de gondole et le rayon des chocolats envahit la moitié du magasin.

Liste en main et chronomètre en tête, Élodie s'élance dans l'allée centrale. D'abord les indispensables. Le papier toilette est hors de prix. C'est du plaqué or ou quoi ? La lessive, deux kilos de spaghettis, encore, cinq cents grammes de viande hachée – tant pis elle prend le 15 % de matière grasse, c'est moins cher –, la soude caustique pour déboucher les toilettes dans lesquels Loum's a encore jeté le rouleau tout entier…

L'enveloppe fond à vue d'œil, mais Élodie n'est pas peu fière d'arriver à la caisse avec un compte positif de 25 centimes. Son Caddie n'est pas très chargé, facture de gaz oblige, mais elle réussit à tenir son budget et tout le monde à la maison mange à sa faim. Elle évalue rapidement le temps d'attente aux caisses automatiques, choisit de passer avec la caissière rousse, celle qui jette les produits d'un côté à l'autre de son lecteur de code-barres, quitte à faire exploser les contenants en verre. Les habitués l'évitent, après avoir subi l'anéantissement d'une boîte d'œufs ou la crevaison d'un sachet de sucre cristal, mais au moins, elle carbure.

C'est alors qu'un présentoir haut comme un immeuble attire son regard. L'*Île de la Tentation*, à côté, est un divertissement pour Bisounours. Les calendriers de l'Avent. Mais comment a-t-elle pu oublier ? Loum's et Fleur les attendent avec presque plus d'impatience que les vrais cadeaux. Un bref regard au prix de ces merveilles la fait tousser : à moins de supprimer la viande, la lessive et la pâte à tartiner, elle n'y arrivera pas. Pourquoi faut-il que la joie soit si chère ?

La file devant la caissière avance, elle entend dans sa tête le tic-tac de son métronome intérieur. Il faut prendre une décision. Maintenant. Alors qu'elle est sur le point de décider qu'il faut bien ce qu'il faut pour que les enfants soient contents, elle entend derrière elle une voix éraillée ronchonner : « Nous, on avait des clémentines et on était bien contents ! Cette escalade marketing, c'est navrant. » Élodie fait la grimace. Les gens qui ont tout compris ont probablement oublié que face à leurs clémentines, ils rêvaient de la poupée en porcelaine aperçue dans la vitrine d'un grand magasin. Alors tant pis, elle fait un choix. Pas de céréales de marque, pas de lessive (la montagne de linge n'est plus à une semaine de retard près), et un seul calendrier pour deux. Fleur et Loum's ouvriront une fenêtre chacun leur tour. Elle s'attend à vingt-quatre incidents diplomatiques, parce que l'alternance, chez elle, est un sport de combat et non une stratégie politique, mais ça vaut toujours mieux qu'une déception qui dure un mois.

Alors qu'elle court ranger en rayon les produits sur lesquels elle trace une croix cette semaine, une idée lumineuse fait naître un immense sourire sur son visage. Elle va leur donner à préparer un lot de consolation tellement chouette que ce sera la fête au quotidien. L'enfant privé du chocolat du jour piochera un petit mot écrit par l'autre à son attention. Elle a hâte de découvrir leurs idées cousues de fautes d'orthographe. Pour elle aussi, le calendrier de l'Avent sera une fête.

Alors que la caissière lui jette une pincée de monnaie avant d'agresser le client suivant, le téléphone d'Élodie sonne. Voyant s'afficher le prénom de son amie de toujours, elle sent ses épaules se dénouer. Elle traîne en permanence l'angoisse des nouvelles du genre « hausse de tarif », elle s'en rend compte, mais ne sait pas vivre sans envisager le pire, toujours.

— Ma Jo ! Quoi de neuf sous le brouillard parisien ?

Au bout du fil, la voix énergique de Joanna résonne étrangement. On dirait qu'elle retient son souffle.

— Attention, chuchote-t-elle.

Fronçant les sourcils, Élodie termine de mettre ses achats en sac, salue la caissière d'un hochement de tête et remonte l'allée vers les portes coulissantes.

— Attention à quoi ?

— Il y a quelqu'un de bizarre, murmure Joanna, la bouche collée à son micro, derrière toi !

— Quoi ? répond Élodie, risquant un regard par-dessus son épaule.

Au même instant, on se jette sur elle. Dans un cri de panique, Élodie lâche son sac, le pot de pâte à tartiner s'écrase sur le carrelage dans un *poc* de mauvais augure et un pan de tissu lui bouche la vue.

Alors qu'elle s'apprête à hurler à l'aide, Élodie se fige. Ce parfum boisé, elle le reconnaîtrait entre mille.

— Joanna, quelle nouille ! J'ai failli faire une crise cardiaque.

Hilare, les joues rosies par l'émotion, Élodie repousse l'étole de cachemire sous laquelle son amie vient de l'enfouir.

— Caramba, j'oublie toujours cette histoire de parfum, grommelle Joanna avant de l'enlacer.

— Tu t'arrangeras avec les enfants, le pot de pâte à tartiner est foutu.

— Je vais leur acheter un container de Nutella pour me faire pardonner !

— Qu'est-ce que tu fais ici ? Je croyais que tu ne reviendrais pas avant les congés de fin d'année.

Les mains sur les hanches, Joanna penche la tête de côté et cligne de l'œil. Comme d'habitude, elle dégage une assurance phénoménale. Haut perchée sur ses talons, cascade de boucles sur l'épaule, teint de rose, elle semble en permanence retouchée à l'aide d'un filtre « beauté fatale ». Par un tour de force mystérieux, la beauté de Joanna n'a jamais écrasé Élodie, au contraire. À son contact, chacun se sent plus beau, plus grand, plus intelligent. Elle a le don de vous faire entrer dans sa lumière.

— C'est que je suis une vraie stratège, ma cocotte. Comme ça faisait beaucoup trop longtemps que tu te morfondais sans moi, je me suis arrangée pour bosser d'ici jusqu'à Noël. Ensuite, je me suis trouvé une excellente raison d'aller dans les Alpes entre Noël et le premier de l'an. Pour le boulot, évidemment. Stratège, je t'ai dit !

Prenant le sac des mains d'Élodie, Joanna inspecte les dégâts et fronce le nez, avant de reporter son regard sur son amie.

— Très joli, ce coiffé-décoiffé. Ça te va gavé.

— Gavé ?

— C'est ce que disait mon crush : il est bordelais.

Épaule contre épaule, les deux amies longent la vitrine.

— Un crush ? Tu ne sors plus avec le tennisman ?

Joanna lève les yeux au ciel.

— Depuis des siècles ! Il avait un ongle incarné. Tu te rends compte ? Immonde.

— J'ai un doute, répond Élodie en se mordant l'intérieur de la joue, c'est bien avec Joanna, que je parle ? La Joanna qui met des bas de contention en toute saison parce qu'elle a des varices de mamie alors qu'elle n'a même pas trente ans ?

D'un coup de coude, Joanna lui coupe la respiration.

— Tais-toi, morue ! J'ai acheté ton silence éternel, souviens-toi. Nous ne sommes que beauté, calme et volupté.

— Surtout moi.

— C'est certain.

Alors que l'entrée du bureau se situe encore à une centaine de mètres, Joanna saisit le coude d'Élodie et toutes deux s'immobilisent sur le trottoir.

— Tu me diras, Élo, le jour où tu en auras marre de moi ? Ça fait déjà cinq ans, alors peut-être que tu as envie de passer à autre chose ? Que tu n'as plus besoin de moi ?

Les grands yeux de Joanna se sont assombris. Un afflux de tendresse gonfle le cœur d'Élodie, elle approche sa main de la joue de son amie.

— Jamais, ma Jo. Jamais je ne me lasserai de t'avoir près de moi pour passer le cap. Cinq ans, ce n'est pas suffisant pour que la douleur s'éteigne. C'est moi, qui ne veux pas t'imposer de venir près de moi chaque année !

Immobiles face à face au milieu du flot d'employés regagnant leur bureau à la hâte, les deux femmes se dévisagent puis se sourient.

— On est bêtes, hein ? On va se faire pleurer, articule Joanna.

— Tu loges où ?

— J'ai trouvé un hôtel à deux pas de chez toi, collé à ton immeuble.

Élodie s'étrangle.

— Tu plaisantes ? Tu vis dans ce machin hors de prix qui parie sur la « gentrification » du quartier, laquelle attend toujours ?

— Celui-là même. Il y avait une suite avec Jacuzzi, je n'ai pas pu résister.

— Au cas où ton Bordelais débarquerait ?

— Lui ?

Joanna lève les yeux au ciel.

— Je ne l'ai jamais revu, il avait des poils dans les oreilles.

2

L'étoile

Devant la porte de l'appartement où elle passe récupérer Fleur, après le collège, Élodie reprend son souffle. L'ascenseur est en panne, comme souvent dans la résidence, et les sept étages ne se gravissent pas en un claquement de doigts. L'école de Loum's propose un service d'accueil périscolaire, pas le collège. Heureusement, les parents de Fanta, la meilleure amie de Fleur, travaillent en horaires décalés et ont proposé de l'accueillir à la fin des cours.

Après un contrôle rapide du degré d'écroulement de son chignon, Élodie toque doucement. La mère de Fanta est enceinte jusqu'aux yeux, ça incite à retenir ses gestes, à adoucir la voix. Derrière la porte pourtant, elle entend glousser à qui mieux mieux.

— Ah, c'est toi, Mamoune ! Tu arrives tôt aujourd'hui, proteste Fleur.

— Je pensais que tu serais contente, ma petite chérie, répond Élodie.

Discrètement, Fleur prend Fanta à témoin en levant les yeux au ciel. Les deux amies se ressemblent autant qu'un couteau et une cuillère, et pourtant elles partagent cette allure bancale hésitant entre l'enfant et la femme. Douze ans, pour les mamans, c'est l'âge charnière, l'âge où il faut se montrer tendre malgré les portes qui claquent et les yeux au plafond. Élodie se souvient des siens, pas si lointains, et elle se rappelle surtout que c'était son père qui avait le don pour tout désamorcer. Fleur doit faire sans le sien, alors Élodie essaie d'assurer sur toute la ligne et c'est difficile. « Un bébé, à ton âge ? Vous êtes fous ! Des bébés qui ont un bébé ! » avait glapi sa mère à l'annonce de sa grossesse. C'est vrai qu'ils étaient fous, surtout Léo, mais ils étaient prêts à bouffer le monde, vingt ans ou pas, trop jeunes ou pas. Ç'a été la meilleure et la plus belle folie qu'ils aient jamais faite. Élodie regrette beaucoup de choses, mais pas ça. Fleur est un cadeau, et son amitié avec Fanta met juste ce qu'il faut d'huile dans les rouages de l'adolescence. Fanta et Fleur, sœurs de cœur, comme elles disent. La maturité et l'intransigeance pour l'une, l'énergie et la cool attitude pour l'autre.

— On prépare un truc pour la mère de Fanta, elle est partie ce matin à la maternité ! explique Fleur. Tellement stylé, l'accouchement, tout ça.

— Stylé, je ne sais pas si c'est le bon mot, sourit Élodie. Mais le terme n'était pas en février, Fanta ?

— Si, répond l'adolescente. D'après ce que j'ai compris, c'est même la loose que Maman commence à perdre les eaux si tôt. Mais bon, tu connais les parents, ils font poker face pour ne pas m'inquiéter. Alors j'obéis : je m'inquiète pas !

Le sourire un peu tremblant de Fanta fend le cœur d'Élodie. Sans transition, l'adolescente se met à sauter sur place :

— Je te montre les décorations stylées qu'on a préparées pour sa chambre ? Il me reste les étoiles à recouvrir, les lutins à habiller, mais c'est presque fini. Dès que papa m'emmène à la maternité, je lui refais sa chambre, ça sera une dinguerie.

— Il va rentrer tard, tu penses ? demande Élodie.

Sentant qu'elle peut s'engouffrer dans la brèche, Fleur s'agrippe au bras de son amie et dit :

— Tu veux l'attendre à la maison ? Comme ça, on termine les décos ? Oh, dis oui, Mamoune, dis oui !

Élodie hésite. Fleur a son heure de soutien scolaire, mais les grands yeux sombres de Fanta la font fondre immédiatement. Non, elle ne va pas laisser toute seule chez elle une gamine forcément tenaillée par l'angoisse et qui essaie de donner le change.

— OK, c'est d'accord.

Les deux filles poussent un cri de victoire et sautillent sur place au milieu d'un fouillis de guirlandes, branches de houx et papier doré qu'elles ont manifestement passé la fin d'après-midi à bricoler. Élodie hausse la voix pour couvrir le vacarme :

— Mais pas de drame quand ce sera l'heure d'aller chez Madjid !

— T'inquiète, répond Fleur.

— C'est qui, Madjid ? demande Fanta.

— Le nouveau voisin.

— C'est plus la vieille dame avec son chat qui faisait pipi partout ?

— Non, elle est morte.

— Fleur !

— OK, elle a déménagé. Mais elle est peut-être morte aussi, on n'en sait rien, en fait !

Fanta fourre dans un grand sac les décorations étalées sur le sol. Elle y ajoute une paire de ciseaux, de la colle en bâton, une agrafeuse, puis se redresse et mordille l'ongle de son pouce avant de se tourner vers son amie.

— Tu as du scotch qui colle des deux côtés, chez toi ? C'est super, super important.

— Du double face ? Oui, on a, hein Maman !

— Du « double face », répète Fanta en articulant avec exagération. J'ai pas les mots, je sais… Mais faut voir le nouveau prof que je me tape en français !

Le sourire de Fleur se fige. Elle semble embarrassée, Élodie ne comprend pas. Après avoir remonté la fermeture Éclair de son Eastpack, Fanta tape dans ses mains, sans percevoir le malaise de son amie.

— Allez, go ! On a encore du boulot. Je finis le découpage, tu gères le collage. Ça te va ?

*

Dans la rue, Élodie marche un peu en retrait, quelques pas derrière les deux filles qui se tiennent par le bras et occupent toute la largeur du trottoir. Parfois, elles tanguent d'un côté ou de l'autre pour laisser passer un piéton pressé sans jamais se lâcher. Elles ressemblent au duo qu'elle formait avec la grande sœur de Joanna, au collège. Les imprévus de la vie ont fait que c'est avec Joanna, aujourd'hui, qu'elle vit cette amitié douce et puissante, si particulière et si rare.

En bas de l'immeuble qu'elle occupe avec Fleur et Loum's, son fils de sept ans, Élodie fouille son sac à la recherche de sa clé, sans succès. Trop de mouchoirs, de Post-it chiffonnés, de stick à lèvres, de porte-clé en pâte à sel… Pourtant, elle les avait lorsqu'elle est passée déposer ses courses avant de repartir chercher sa fille !

— Un petit oubli, chère voisine ? murmure une voix veloutée juste derrière elle.

Élodie sursaute.

— Ah, Madjid, super ! Vous avez la vôtre ?

Sans s'impatienter, Madjid attend que les deux adolescentes le laissent atteindre la porte. Elles sont muettes et immobiles, comme figées. Ses yeux foncés vont de Fleur à Fanta, son grand front se plisse, puis son visage s'éclaire d'un large sourire.

— Bonjour Fleur ! Je ne savais pas que tu connaissais Fanta ! Bonjour, Fanta.

Un gargouillis s'échappe des lèvres de Fanta.

— Monsieur… Maalouf.

Fleur soupire et se tourne vers sa mère.

— Voilà, c'est cramé : Madjid, c'est le prof de français de Fanta. Bonjour, Madjid. Fanta est super contente de te rencontrer… en dehors du collège !

Avec un rire silencieux, Madjid se penche vers la porte et insère sa clé. Il a bien conscience que rencontrer un professeur hors contexte provoque un choc chez la plupart des élèves. Sans s'attarder, il se poste devant sa boîte aux lettres et se contente d'adresser un rappel à Fleur.

— Je t'attends à 18 h 30, comme d'habitude ?

— Oui, oui, grommelle Fleur en s'élançant dans l'escalier, suivie de Fanta.

Avec un petit sourire, Élodie commente :

— Tellement naturelles, ces jeunes filles !

— Ça leur fait toujours un drôle d'effet, de voir que leurs profs ont une vraie vie, répond Madjid. À leurs yeux, nous sommes de purs esprits qui ne prennent chair qu'entre les murs de leur école.

— C'est vrai que je ne me suis jamais posé la question de l'endroit où vous enseigniez, note Élodie. Bêtement, je me disais que vous deviez avoir des élèves beaucoup plus âgés.

De nouveau, les plis du visage de Madjid se réveillent alors qu'il sourit.

— À cause de mon allure solennelle ?

— À cause de… je ne sais pas. Votre calme. Votre, euh, manière de parler. Je vous voyais bien agrégé de philosophie, en réalité.

Madjid renverse la tête en arrière dans un franc éclat de rire. C'est vrai qu'il est plus âgé qu'Élodie. Ses boucles noires sont parcourues de fils blancs. C'est vrai, qu'il n'oublie aucune négation, qu'il cite Plutarque sur le palier et qu'il semble habité par une sagesse pluricentenaire, mais à cet instant, Élodie le voit comme un adulte qui aurait oublié de vieillir. Son col de chemise un peu trop déboutonné, son écharpe de cachemire qui glisse sur le côté, ses mocassins portés pieds nus comme en été lui donnent une dégaine d'adolescent. *Il doit avoir son petit succès*, se dit-elle, avant de chasser cette pensée incongrue.

— Je vous remercie pour ce beau compliment, dit-il, il est toujours agréable de sembler plus intelligent qu'on l'est en réalité.

Élodie lui adresse un dernier sourire et se dirige vers l'escalier. Découvrir son voisin sous ce nouveau jour la perturbe. Elle ne vient pas de développer une attirance soudaine pour celui qu'elle entend se brosser les dents deux fois par jour à travers la cloison de l'appartement ! Non, ce n'est pas ça. Il ne la trouble pas, mais quelque chose bouge en elle. C'est comme si elle venait d'enfiler une nouvelle paire de lunettes. Il semble qu'elle ne voie plus les hommes comme des êtres neutres, mais comme… des hommes. Un bouleversement de perspective qu'elle rattache à sa rencontre avec le stagiaire, bien qu'elle se défende de lui porter de l'intérêt. Drôle de sensation, enfouie depuis si longtemps. Depuis cinq ans.

*

Quand le père de Fanta sonne à la porte, les filles sont en pleine ébullition créative. Sur la table basse, leur chocolat chaud refroidit, la crème fouettée retombe doucement sur les bords des tasses. La pièce sent bon le feutre doré, le parfum végétal du houx, et le cacao. Une vraie odeur de Noël.

Élodie lui ouvre et aussitôt, les mots de réconfort qu'elle avait préparés s'évanouissent. Driss a les yeux fatigués, un sourire chancelant et, sous son manteau, sa veste est froissée. Elle le tire doucement à l'intérieur de l'appartement.

— Leïla se porte bien ?

— Tu m'offres un truc à boire ? Le distributeur était HS à la maternité, je n'ai pas osé réclamer aux infirmières.

Comme un boulet de canon, Fanta fait irruption dans la pièce et se fige une seconde avant de se jeter au cou de son père.

— C'est bon, il n'est pas sorti, ce bébé ? Ils ont réussi à le coincer à l'intérieur ?

Occupé à embrasser le haut du crâne de sa fille qui le serre à l'étouffer, Driss sourit.

— Oui, pour le moment il reste à l'intérieur.

Soulagée, Fanta se recule.

— Bon. Alors tout va bien ? Maman est rentrée à la maison ?

— Pas encore. Elle reste le temps que sa poche des eaux se répare.

Fanta fait une moue.

— Ça se répare, ce truc ? Genre, ils font une soudure ?

— Ça peut se reconstituer, oui.

Sous les yeux d'Élodie et Fleur, Fanta offre sa performance habituelle : sauter des larmes au rire sans transition.

— Et tu t'es trahi, donc.

— Comment ? Trahi quoi ?

— J'ai dit « il » n'est pas sorti, et tu n'as pas relevé. Donc, c'est un garçon. On l'appellera avec le prénom que j'ai choisi ! Ouf, il est sauvé : il ne s'appellera pas Soraya, ce prénom de l'angoisse ! *Yess !*

Puis elle éclate de rire et enlace de nouveau son père.

Dans la petite cuisine, leur amour prend toute la place. Élodie s'est reculée pour prendre Fleur par l'épaule, tandis que Loum's émerge de sa chambre, la bouche barbouillée du chocolat de la première fenêtre de l'Avent. Pieds nus, les cheveux ébouriffés en forme de crête – sa coiffure favorite –, il affiche un sourire immense et offre une perspective imprenable sur ses deux incisives manquantes.

Face au spectacle de cette fusion familiale, Élodie a le cœur un peu serré. Pendant des années, elle a détourné les yeux dès qu'elle voyait un père et ses enfants.

— On va vous laisser tranquilles, s'excuse Driss. Tu prends tes affaires, Fanta ? Je t'emmène embrasser Maman avant la fin des visites à la maternité.

— N'oublie pas le scotch double face, dit Fleur en embrassant son amie.

— Tu verras, ça sera ton frère de cœur, répond Fanta.

— Ah non, proteste Loum's, un frère, elle en a déjà un ! C'est MOI !

*

La brasserie dans laquelle Robin attend son associé et chef des ventes embaume les aiguilles de sapin. En effet, à gauche du bar en bois verni, un magnifique spécimen encore nu attend ses guirlandes. La serveuse ne cesse de lui adresser des sourires engageants auxquels il répond avec politesse. Que fiche Andrew ? *Elle va finir par venir s'installer sur la chaise vide*, songe Robin.

La serveuse dénoue son tablier, puis passe du côté des tables et tire de sous le bar une caisse en plastique débordant de décorations de Noël. Robin se replonge dans ses pensées tandis qu'elle approche un tabouret du sapin et commence à suspendre boules et guirlandes à partir du sommet.

— Trop loin… soupire-t-elle, une étoile dorée à la main. Dites, vous seriez d'accord pour m'aider ?

Il ne peut pas tellement se défausser, il est seul dans la pièce. Il se lève et tend le bras pour saisir l'étoile. S'il grimpe sur le tabouret, il atteindra sans problème le sommet de l'arbre. Mais ce n'est pas ce que la serveuse a en tête, apparemment.

— Oh, je vais le faire, j'ai juste peur de basculer en avant. Si vous me tenez par la taille, ça ira très bien.

Sans blague. Robin sourit jaune et plaque ses mains sur les hanches de la jeune femme de la manière la moins sensuelle possible. Comme par hasard, c'est à cet instant qu'Andrew fait son entrée.

— C'est bon, l'étoile est accrochée ? demande Robin avant d'adresser une grimace à son coéquipier hilare.

— C'est parfait ! Vous avez été parfait, minaude la serveuse en se retournant sur son tabouret.

Alors qu'il se recule pour rejoindre sa table, elle saute avec légèreté et se déséquilibre juste assez pour devoir se raccrocher à lui.

— Je suis maladroite, soupire-t-elle avec un petit clin d'œil.

Il ne réplique rien et se dépêche de s'asseoir devant Andrew.

— Ne te fais pas de films, gronde Robin en s'installant.

— Elle est plutôt agréable à regarder, le taquine Andrew. Ne me dis pas que tu n'as pas remarqué ?

Avec un haussement d'épaules, Robin déplie la carte.

— C'est pas mon genre de fille.

— Ah, j'oubliais... Monsieur veut du relief, de la profondeur, de la ridule et des fêlures !

— *Shut up*, Andrew ! On se met au travail, ça t'évitera de dire des débilités.

Les yeux plissés, Andrew jette un regard acéré à Robin.

— Tu as quelqu'un en vue ?

— Qu'est-ce que tu racontes...

— La vache, le mec ne traîne pas ! Ça fait pas deux jours qu'on est en France, et le voilà déjà en chasse !

— C'est pas moi, le chasseur, Andrew, c'est toi, soupire Robin. Donc, dis-moi, tu as passé les annonces pour le profil qu'on cherche ?

Andrew ajuste son col et lève la main pour appeler la serveuse.

— Deux pintes, je vous prie, Mademoiselle.

Dès qu'elle est repartie, il se penche vers Robin et lui glisse :

— Si elle ne t'intéresse pas, je veux bien me dévouer. Je n'ai rien contre la fraîcheur, moi !

— Sois sérieux, s'agace Robin. On parle business ou on fait un *speed-dating* ?

— J'ai bien une réponse à cette question, mais elle ne va pas te plaire. Bon, oui, j'ai posté les annonces, on a déjà trente réponses, et j'ai tout épluché. Des gens en reconversion, des juniors trop chers, des seniors sclérosés… J'ai pas encore trouvé la perle rare. Je suis trop exigeant. Tiens, ça me rappelle quelqu'un !

La serveuse s'approche, son plateau en équilibre sur la main, et dépose l'une après l'autre les deux chopes. Andrew la suit des yeux tandis qu'elle rejoint le bar.

— Et donc, c'est quoi le plan ?

— Débaucher quelqu'un en place. Mais ça prend un peu plus de temps, tu imagines bien. J'ai dégoté cinq ou six profils intéressants, je t'envoie ça sur LinkedIn. Sinon, j'ai une faveur à te demander.

Robin plonge le nez dans son verre et avale à longs traits quelques gorgées de bière.

— Dis toujours.

— Tu vas dire non…

— Quel manipulateur !

Andrew tapote la table de l'index et répond :

— C'est précisément la raison pour laquelle on s'est associé, toi et moi ! Le génie commercial pour moi, la classe et les *business-plans* pour toi. Moi aussi, je t'aime, tu sais.

— OK… donc, c'est quoi ta faveur ? Te connaissant, c'est soit au sujet d'une fille, soit à propos de ta passion pour Harry Potter.

— T'as deviné.

— Andrew, t'es pas un peu vieux, pour ça ?

— Les chefs-d'œuvre sont intemporels, mon ami, c'est ça que tu ne comprends pas ! Alors c'est oui ?

3

Clémentines

L'oreille collée contre la cloison, Joanna fait le guet.

— Je n'entends rien. Tu es sûre qu'il est *safe*, ton voisin ? Quand on fait du soutien scolaire, normalement, on parle, non ? C'est bizarre, ce silence. Tu as bien expliqué à Fleur, les hommes, le consentement, les porcs et tout ?

Élodie dépose sur la table basse une coupelle remplie de cacahuètes. Elle soupire.

— Oui, Joanna, elle est briefée. Mais je n'ai pas trop d'inquiétude avec Madjid, ce n'est pas le genre à profiter de ses élèves.

Joanna fait la moue.

— On connaît, hein, ces mecs « au-dessus de tout soupçon ». Moi, à ta place, je ferais un petit trou, juste ici, pour pouvoir surveiller discrètement.

— Mon proprio sera certainement ravi ! répond Élodie en riant. Allez, assieds-toi, c'est l'heure de l'apéritif.

— Apérooooo, claironne Loum's en déboulant dans la pièce, vêtu d'un pyjama rouge à boutons verts dont les manches s'arrêtent sous les coudes.

— Ton pyjama est vraiment trop petit, soupire Élodie.

— C'est le pyjama de Noël. On n'a pas le choix, il faut le porter jusqu'à Noël, répond son fils, les poings sur les hanches.

Tout dans l'appartement traduit la proximité des fêtes, malgré l'absence de sapin et celle des guirlandes lumineuses, qui pèseraient trop lourd sur la facture d'électricité. Fleur et Loum's ont déployé des trésors d'inventivité. Avec un pinceau, un pochoir et une boîte de blanc de Meudon solide – initialement prévue pour récurer les fonds de casseroles –, ils ont peint sur la baie vitrée des boules de Noël et des flocons. Sur le tapis de la pièce principale, Élodie les a laissé saupoudrer une boîte de paillettes argentées, d'ailleurs elle s'en mord les doigts chaque soir en découvrant le dessous de ses chaussettes. Des années d'aspirateur n'en viendront pas à bout ! Fanta a généreusement laissé des chutes de papier doré, dans lesquelles Fleur a découpé une vingtaine de napperons posés sur absolument toutes les surfaces planes : plans de travail, tables de nuit, rabat de la cuvette des toilettes (là, il a fallu le coller)… L'appartement scintille à peu de frais.

— Allez, Joanna, détends-toi et viens t'asseoir. Fleur termine son heure de soutien dans cinq minutes.

— Parfait, je vais la chercher.

Joanna tapote son nez du bout de l'index et ajoute :

— J'ai du pif pour les mecs pas nets, moi.

— Tu es surtout têtue comme une bourrique et méfiante comme une belette, rétorque Élodie. Fais comme tu veux. Non, Loum's, pas les cacahuètes, tu es allergique ! Va chercher les chips dans le placard.

— Elles sont molles, proteste le petit garçon.

En silence, Joanna le suit des yeux tandis qu'il quitte la pièce.

— Tu es une super maman, dit-elle.

Sans répondre, Élodie sourit et se caresse machinalement le bras.

— J'ai l'impression d'avoir quinze ans par rapport à toi. D'être une gamine, continue Joanna. Toi, tu as une vie d'adulte. Moi… (Elle soupire.) Moi, aucune maturité. Sauf dans le boulot, évidemment.

Élodie pioche une pincée de cacahuètes et hoche la tête.

— C'est déjà pas mal !

— Regarde-moi, poursuit Joanna. Silhouette de rêve, ongles nickels, chevelure opulente, sourire *bright.*

— Et donc ? C'est plutôt positif, non ?

Comme un vieux sac à patates, Joanna se laisse tomber sur le canapé.

— Mais non ! C'est typique des nanas qui n'ont qu'elles à s'occuper ! Ma pomme, ma pomme, ma pomme…

— Peut-être que tu rêves d'avoir un bébé, en fait, la taquine Élodie.

— Moi ? Maman ? Jamais. Un petit grumeau qui me vomit sur l'épaule, merci bien. Avec tout l'amour que j'ai pour tes grumeaux à toi !

Toussant dans son poing fermé, Élodie répond :

— Prends un Furby, pour commencer !

— Un quoi ?

— Un jouet à poils longs interactif, tu sais, qui te demande à manger, à boire, de le distraire, de le câliner… Ça ne vomit pas.

Joanna fait la moue.

— J'ai déjà un womanizer ! À la limite, un chat, c'est plus intéressant. De toute façon, pour un bébé, il faut un homme, et le couple, c'est ma hantise. Problème réglé ! Les mecs, c'est fait pour circuler.

— Circuler ? répète Élodie en pouffant.

— Mais oui ! Du mouvement, de la nouveauté, de l'air ! Les hommes, si ça ne circule pas, ça moisit.

Élodie hoquette de rire en se laissant aller sur le dossier du canapé.

— Mais toi… Toi ! Tu es magique !

— Le couple m'angoisse, ce n'est pas ma faute. « Pas deux nuits, pas d'ennui », telle est ma devise.

— Un jour, quelqu'un finira par toucher ton petit cœur, tu verras…

— Impossible, j'ai le syndrome du cœur-noisette.

Faussement excédée, Élodie lève les yeux au ciel avant de croquer une poignée de cacahuètes.

— C'est quoi cette invention, encore ?

— Il est protégé par une coque bien dure. Tu connais la technique des corbeaux freux, pour casser la coque des noisettes ?

Élodie fait un signe de dénégation, perplexe.

— Ils la coincent dans leur bec, ils prennent de l'altitude, et pouf ! ils la laissent tomber sur le sol. Avec un peu de chance, la coque se brise et il peut picorer le fruit. J'ai pas envie qu'on me laisse tomber de haut, tu vois.

Pour briser le silence d'Élodie, trop plein d'émotion à son goût, Joanna se redresse en frappant dans ses mains :

— Assez parlé de mon cœur ! Allons inspecter ce mystérieux M. Soutien Scolaire. Je te fais mon rapport au retour.

Elle enfile ses escarpins abandonnés sous une chaise, ajuste sa veste et se dirige vers la porte sur la pointe des pieds, façon panthère rose. Loum's pouffe.

— Ne lui fais pas trop peur non plus, avertit Élodie. J'y tiens, au soutien scolaire !

— Compte sur moi, mais il va avoir droit à un interrogatoire serré si je sens l'entourloupe, menace Joanna, l'air mauvais.

— Tu serais parfaite dans les *Tatas flingueuses*, sourit son amie.

— La parodie porno du studio Olé-Olé ? J'ai postulé, mais je n'avais pas les seins assez…

— Jo ! l'interrompt Élodie. Pas devant les enfants !

Une fois Joanna sortie, morte de rire, Élodie se lève à son tour et pose quatre assiettes sur la table.

— Loum's, je te laisse mettre les couverts ?

Trop occupé à engloutir des chips, son fils ne répond pas. Élodie poursuit la préparation du dîner, pensive. Dans le bac du frigo, elle trouve le sachet de clémentines qu'elle dépose sur le plan de travail. Elle prend un fruit et le fait rouler dans sa main. Joanna n'a pas le cœur-noisette, elle en est certaine. Elle a le cœur-clémentine. Il suffirait de l'éplucher avec douceur et patience. Le risque, c'est qu'elle croise un corbeau freux, un type fougueux ou pressé, qui la jette du haut de sa tour, croyant avoir affaire à une noisette. Or, contrairement à la noisette, la clémentine explose sur le sol et finit en charpie.

— Arrête de materner tout le monde, murmure Élodie pour elle-même.

Pour le bonheur de sentir l'odeur de la clémentine flotter dans la cuisine, elle plante un ongle dans l'écorce et en retire un petit morceau.

— Mmmh, ça sent la fête, murmure Loum's, relevant le nez de son paquet de chips.

*

La main sur la poignée de la porte de Madjid, Joanna hésite une seconde. Elle a bien envie d'ouvrir sans frapper pour prendre le prof sur le vif. En même temps, elle a conscience que faire intrusion chez quelqu'un n'est pas la meilleure des entrées en matière. Tant pis. Tout doucement, elle abaisse la poignée, pousse la porte qui s'ouvre sans un soupir, et glisse un coup d'œil à l'intérieur de l'appartement. Les murs sont intégralement couverts d'étagères débordant de livres. À l'angle de la pièce, elle aperçoit Fleur, de dos, penchée sur un cahier. Assis dans un fauteuil, à trois mètres d'elle, un homme tient un livre à la main. Rassurée sur le bon déroulement de la séance, Joanna s'apprête à refermer sans un bruit, puis à frapper comme il se doit, mais quelque chose la retient. Elle détaille chez Madjid le halo de boucles noires, la courbe franche du nez, le col de chemise négligemment ouvert, et le titre du livre, *La Personne et le Sacré*. Au moment où elle prend conscience de sa posture voyeuriste, la voix de Madjid s'élève dans le salon.

— Je vous en prie, entrez !

Morte de honte, Joanna sent ses joues d'embraser. Grillée.

— Fleur a presque fini.

Madjid pose son livre en équilibre sur son accoudoir élimé, puis se lève sans hâte et s'approche de son élève.

— Tu t'es relue ?

Avec un hochement de tête, Fleur tend le cahier à Madjid et se tourne vers Joanna.

— Coucou, Jo ! Tu as traversé le mur ? Je ne t'ai pas entendue entrer !

Alors que, les mains moites, Joanna s'apprête à se répandre en excuses, Madjid intervient :

— C'est le signe d'une intense concentration, Fleur !

Puis il se tourne vers Joanna, semblant ne pas remarquer sa confusion.

— Vous êtes l'amie d'Élodie, c'est cela ? Très heureux de faire votre connaissance.

La poignée de main de Madjid est ferme. Joanna ne peut s'empêcher de l'imaginer s'essuyer discrètement après avoir touché ses paumes moites. Pour l'entrée femme fatale, c'est raté.

— Je ne veux pas vous déranger, bafouille-t-elle, Élodie nous attend pour le dîner.

Les yeux de Madjid pétillent, Joanna a l'impression qu'il se délecte de la voir si mal à l'aise, et pourtant quand il reprend la parole, elle ne décèle aucune trace d'ironie dans sa voix.

— J'espère avoir l'occasion de vous croiser de nouveau. Fleur, c'est bon pour ce soir. À la semaine prochaine !

Puis il s'incline et la précède dans le couloir afin de leur tenir la porte qu'elle n'a d'ailleurs pas refermée complètement. Fleur se tourne vers lui et fléchit le dos à son tour.

— Merci pour le rappel sur les didascalies, Madjid, je vais cartonner à l'éval' de demain.

Une fois la porte refermée, Fleur et Joanna se retrouvent sur le palier, plongées dans l'obscurité.

— Ah, le détecteur de mouvements ne détecte pas, soupire Fleur. Ça arrive tout le temps.

— C'est un fan de courbettes, ton prof ?

— Quoi ? Ah, quand on se salue, tu veux dire ?

— Oui. C'est spécial, non ?

Enfin, Joanna finit par trouver la poignée de la porte d'Élodie et la conversation se poursuit à la lumière.

— Oui. Non. Je sais pas, on a toujours fait comme ça. Il a vécu au Japon je crois.

— Madjid, ça ne semble pas trop japonais, objecte Joanna.

— Normal, c'est marocain. Mais il a grandi en Suisse. Et puis il a vécu au Canada.

— Et au Japon, apparemment ?

— Oui. Il a une vie incroyable. Je crois même qu'il est de la famille royale marocaine ou un truc du genre.

— Tu m'en diras tant ! s'exclame Joanna. Allez, à table, ton Madjid m'a donné faim !

Hilare, Fleur regarde Joanna retirer ses hauts talons et dit :

— Je suis sûre qu'il est ravi de l'apprendre ! Les murs, c'est du papier de riz, ici ! Hein, Madjid ?

Craignant d'entendre la voix du voisin traverser le mur, Joanna regarde la cloison avec appréhension. Mais rien ne vient.

— Il ne veut pas te mettre mal à l'aise, chuchote Fleur avec un clin d'œil.

*

Il est 22 h 15. Enfants obligent, le dîner chez Élodie s'est terminé à 20 h 30 et les deux amies ont prolongé la soirée autour d'une tisane bien sage. Joanna n'a eu qu'à parcourir une douzaine de mètres sur le trottoir pour retrouver le hall de son hôtel. Accoudé au bar, un jeune homme blond en blouson coqué semble attendre quelqu'un. Aussitôt, Joanna plonge la main dans la poche de son trench et en sort son téléphone. Cinq appels en absence. Elle avait oublié. Inspirant profondément, elle s'approche d'un air aussi dégagé que possible. Après tout, quinze minutes de retard, ça ne fait qu'attiser l'intérêt du chasseur, non ?

— Adrien ? Joanna, dit-elle en tendant la joue au jeune homme qui pivote sur son tabouret.

Ne pas s'excuser. Jamais.

— Ah, je n'allais pas tarder à partir, j'ai cru que tu me faisais un *no-show*.

Avec légèreté, elle rit et vérifie que sa boucle d'oreille droite est bien en place. Elle pensait n'aspirer qu'à se coucher, mais la perspective de ferrer un joli morceau la réveille.

— Tu as commencé sans moi ? demande-t-elle en désignant un verre vide sur la surface laquée du bar.

— On occupe le temps comme on peut, répond le grand blond en fermant à demi les paupières.

Il l'observe, elle se laisse jauger. Il ne semble intimidé ni par son allure, ni par son assurance. Elle préfère. Le bar de l'hôtel est presque vide, trois hommes en costume discutent dans un angle, près du miroir baroque, et deux copines probablement éméchées chuchotent en les observant. L'hôtel a beau afficher quatre étoiles et un Spa, il n'attire pas encore les foules, songe Joanna. Il est vrai que le quartier n'est pas très porteur. Une ancienne petite cité de caractère engloutie par l'expansion inexorable de la grande ville voisine, et qui peu à peu s'est transformée en banlieue dortoir. Il reste quelques vestiges architecturaux intéressants, comme l'immeuble dans lequel vivent Élodie et Madjid, mais tout est défraîchi. La municipalité n'a même pas les moyens d'orner les rues d'illuminations de Noël, c'est le centre-ville de la métropole qui se charge d'émerveiller habitants et touristes. Érigé au milieu d'un décor morose, l'hôtel tient lieu de bar branché du coin et d'enclave de luxe.

Une main dressée pour attirer l'attention du barman, Joanna demande d'une voix claire :

— Un Lagavulin, s'il vous plaît ! Tu reprends quelque chose ?

Marquant à peine sa surprise, Adrien hoche la tête et dit :

— Pareil, merci.

Puis se tournant vers Joanna, il se recule et scrute son visage.

— C'est rare, une jeune femme amateur de whisky tourbé, apprécie-t-il.

— Amatrice, réplique Joanna. Je reconnais que je m'y connais pas mal. On s'installe plutôt là-bas ? Accoudée près de toi au bar, j'aurais l'impression d'être à la cantine.

Adrien acquiesce, puis saisit sur le fauteuil voisin un casque à visière fumée.

— Motard ? demande Joanna.

— Scootard, répond Adrien. Beaucoup moins rock'n'roll.

— Tant mieux, un motard sans moustache, c'est trop triste.

Enfoncés dans leur fauteuil, ils se sourient et s'évaluent en silence, s'attribuent déjà une note. Alors qu'elle est immergée dans son rôle, attentive à conserver ce pétillement qu'elle sait efficace, tout en gardant son mystère, une notification tinte sur son téléphone. La photo avantageuse d'un certain Slam_34 apparaît sur son écran, son rendez-vous de la deuxième chance, à 22 h 30. Son téléphone en main, elle soupèse Adrien, lui sourit. Il est nonchalant, aimable et propre, apparemment pourvu de second degré, ce qui ne gâche rien. D'un mouvement du pouce, elle envoie le message type qu'elle conserve en permanence dans son presse-papiers : « Tellement désolée, j'ai un empêchement ce soir. On reprend date ? »

Avec délicatesse, elle repose son téléphone, saisit son verre, y plonge le regard comme pour y lire un indice sur la tournure à donner à sa soirée, puis demande :

— Alors, Adrien ? Qu'est-ce qui t'intéresse, dans la vie ?

Quinze minutes de *small talk*, les regards se font caressants. Au loin, elle perçoit un mot, isolé dans le brouhaha des conversations. Magique. Madjid. Aussitôt, son esprit décroche.

La honte. Quelle impression ai-je fait ? Famille royale, et puis quoi encore ? Dans un appartement rikiki comme celui-ci... Calme-toi Joanna, ton amie vit dans un appartement tout aussi rikiki. Il a quel âge ? Quarante, voire plus, c'est sûr. Un vrai homme adulte, quoi. Le Japon, c'est sexy. Mais qu'est-ce qui me prend ?

— Oh, tu es avec moi, ma belle ?

Aussitôt, c'est la douche froide. *Ma belle ?* Mais au secours ! Carton rouge, *red flag* !

— Pardon, sourit-elle, une absence. Dis-moi, Ju… Dam… euh.

— Adrien. Moi, c'est Adrien.

Le ton est glacial, la conversation a perdu une vingtaine de degrés, instantanément.

— Oui, Adrien, bien sûr. Donc, je… écoute, j'ai un peu mal au crâne. Est-ce que tu m'en veux si je… ?

Silence. Adrien change de posture sur son fauteuil, puis termine son verre d'un trait. Il est vexé. *On le serait à moins*, songe Joanna. Mais là, vraiment, elle ne peut pas faire semblant. Elle se lève, la main plaquée dans la nuque comme pour soulager une intense migraine, avec un sourire d'excuse. À son tour, Adrien se redresse, ramasse son casque et la regarde en face. Il n'essaie rien, n'insiste pas.

— Prends soin de toi, Joanna. Et bon séjour ici !

— Une autre fois, peut-être, propose-t-elle pour leur offrir à tous les deux une porte de sortie digne.

Avec un sourire de côté, Adrien secoue la tête.

— Je ne crois pas, non. Allez, dors bien !

Et sans se retourner, il va payer et sort après avoir salué le barman. Joanna est un peu désolée. Un peu seulement. Il était très *crushable*, cet Adrien, mais « ma belle », non, ça a tout gâché. Sur la table miroir, son téléphone émet un nouveau *bip*. Pierre_tout_simplement vient de lui envoyer une demande de mise en relation. En un regard à peine, Joanna lui fait un sort : il a un strabisme léger. « Pas deux nuits, pas d'ennui », très bien. Et « pas de nuit » ? « Pas de nuit… pas de nuit. » Elle va monter se coucher, le cœur un peu froissé, et voilà.

Dans l'ascenseur, elle ne peut s'empêcher de laisser ressurgir un souvenir d'enfance : celui d'un énorme sachet de bonbons Arlequin, trouvé déjà ouvert dans la voiture d'un oncle. Ses bonbons préférés. Juste après le déjeuner, elle les avait croqués un par un, jusqu'au dernier. À partir du dixième, elle n'en avait déjà plus envie, ses papilles étaient saturées de sucre et d'acide citrique. Elle avait même tiré la langue dans le rétroviseur : toute la surface était piquetée de rouge, comme si les bonbons lui avaient irrité les muqueuses. Mais elle avait continué, un bonbon, un bonbon, sans apprécier la saveur, sans en garder pour plus tard. À la fin du paquet, elle se sentait nauséeuse, l'habitacle était saturé d'une odeur chimique qui lui soulevait le cœur. Elle avait fait bonne figure tout le reste de la journée, mais le mal était fait : elle n'avait plus jamais touché un seul Arlequin, elle qui aimait tant ça.

4

Illuminations de Noël

— Non, non, Loum's, tu n'es pas malade !

Un soupçon de panique point dans la voix d'Élodie. Au saut du lit, Loum's avait sa tête des mauvais jours. Paupières gonflées, nez bouché, gorge qui gratte, la totale. Pour Élodie cependant, impossible de le garder à la maison : il faut absolument qu'elle négocie ses congés de Noël avec Rombiasse, qu'elle mette à jour le plan de formation des cadres, qu'elle passe l'annonce pour recruter deux étudiants en alternance… Et elle n'a aucun plan B pour garder Loum's. Bref, il faut absolument qu'il aille à l'école. Avec un Doliprane, tout ira bien. Comme pour la contredire, son fils émet un éternuement à se fissurer la paroi nasale.

Élodie l'ignore lâchement. Vite, le petit déjeuner, vite, le cartable, vite, la carte de cantine de Fleur, vite, les dents… La *morning routine* chez Élodie se déroule en vitesse × 2, chaque matin. Sans méditation, sans salutation au soleil, sans thé vert bu en pleine conscience. Avaler un café, brosser les cheveux, et c'est tout.

À 8 h 30, elle embrasse son fils devant le portail vert de l'école, adresse un sourire radieux à la secrétaire comme si ça pouvait lui éviter d'être appelée à la rescousse dans la journée, et elle saute dans le tram.

Il fait encore nuit et le halo des réverbères peine à dissiper les écharpes de brume glacée. Dans le reflet de la fenêtre, elle se recoiffe avec les doigts et inspecte son visage sans indulgence. C'est étrange, malgré sa nuit un peu courte – prendre une tisane avec Joanna n'était pas très raisonnable –, elle se trouve presque pimpante. Est-ce parce qu'elle a pris un grand bol de rires avec son amie ? Ou parce qu'elle est contente d'avoir bien négocié le virage « malade-pas malade » de Loum's ? Ou…

Le tram s'arrête devant les portes de son bureau. Elle descend, le nez enfoui sous son écharpe, et se fige. À droite de la porte, le stagiaire semble attendre quelqu'un. Il balaie le trottoir d'un regard inquiet, puis regarde sa montre, soupire et relève la tête. En l'apercevant, il se fige et un large sourire illumine son visage. Aussitôt, une nuée de papillons s'élève dans l'estomac d'Élodie. Soyons fous, c'est peut-être *elle* qu'il attendait ?

— Oh, madame Sorry ! Enfin une surprise bonne, dans ce jour pourri ! s'exclame le jeune homme.

Son accent est toujours aussi craquant. Élodie s'enfouit un peu plus profondément dans son écharpe. Elle espère que l'éclairage un peu chiche dissimule ses joues roses, et elle se houspille intérieurement : non, mais, qu'est-ce qui lui prend, de rougir comme une écolière ? Ce Robin a presque la moitié de son âge ! Enfin, pas la moitié, sinon il aurait dix-sept ans, mais quand même. Il boxe dans une autre catégorie, celle des gamins. Et elle, outre le fait qu'elle est hors circuit, elle est dans la catégorie des daronnes. Elle ne va pas jouer les cougars !

Alors que toutes ces voix jacassent et se contredisent dans sa tête, Élodie parvient à s'avancer calmement et à tendre la main à celui qu'elle continue à nommer « le stagiaire ».

— Bonjour Robin.

— Oh, tu te souviens de mon prénom ?

Il a l'air agréablement surpris. Élodie bafouille, elle a peur d'avoir trahi un intérêt bien peu professionnel.

— Je… j'ai une bonne mémoire des noms. Je travaille au service des RH, c'est un peu mon métier !

Alors qu'elle s'apprête à entrer dans le bâtiment, Robin s'adosse au pilier avec un soupir à fendre l'âme.

— Ah, une bonne DRH, c'est bien ce qui me manque. On profite d'être en France pour recruter un commercial qui va prendre le relais de Andrew, et tu vois, le candidat, il se présente pas.

L'expression de Robin oscille entre le désespoir et l'exaspération.

— C'est ça, les jeunes, ici ? Le travail, ils se fichent ?

— Ils s'en fichent, ne peut s'empêcher de corriger Élodie. Non, je recrute autant de jeunes motivés que de vieux paresseux. Il ne faut pas généraliser.

Amusé, Robin la fixe dans les yeux. Elle n'ose pas cligner des paupières.

— Je parle un peu comme une vieux, c'est ça que tu veux me faire comprendre ? demande-t-il.

— Je n'ai pas dit ça ! se défend Élodie, avant de se mordre les lèvres.

Elle s'est exprimée beaucoup trop fort. Plus fort que d'habitude, en tout cas.

— Ah, madame Sorry n'est pas *sorry* ! s'esclaffe Robin. Pas d'offense, c'est ma Granny, qui me dit ça tout le temps : « Robin, tu penses comme une vieux, tu t'habilles comme une vieux, tu parles comme une vieux. Fais gaffe à ta prostate ! »

En entendant la dernière phrase de Robin, Élodie s'étrangle et tousse, entre fou rire et indignation. Ses yeux se remplissent de larmes en même temps que son taux d'endorphine crève le plafond. Alors qu'elle a sur le bout des lèvres une réplique malicieuse, un mouvement de Robin l'interrompt. Sans plus lui prêter attention, il traverse le trottoir en faisant de grands gestes avant de se lancer dans une longue phrase en anglais. De l'autre côté de la rue, Andrew, le chef des ventes qu'elle a rencontré la veille, répond sur le même ton.

Elle se sent bizarrement meurtrie. Finalement, Robin n'a fait que tuer le temps en papotant avec elle, en attendant que quelqu'un de vraiment intéressant passe à portée de voix. *Il ne faut rien attendre des gens*, se dit-elle en traversant le hall. *Surtout des beaux garçons beaucoup trop jeunes et sympathiques. Spécialement de ceux qui parlent avec un accent anglais.*

Les portes de l'ascenseur s'ouvrent sur la bouche pincée de Rombiasse.

— Ah, ma petite Élodie. Je n'osais plus espérer !

Il n'est pas 9 heures, songe Élodie. Encore une perfidie de Rombiasse, qui a l'art de glisser dans la moindre phrase une intention culpabilisante.

— Bonjour madame Rombiasse, vous allez bien ce matin ?

— Tu. Tu vas bien. Oui, je vais bien. J'ai juste un grave problème de photocopieuse, à dix minutes du début de la réunion avec le délégué syndical.

— Vous… Tu veux un coup de main ? propose Élodie tout en dénouant son écharpe.

— Si ce n'est pas trop demander. Il me faut ce dossier en quatre exemplaires.

Mme Rombiasse dépose un porte-documents lourd comme un parpaing entre les mains d'Élodie et s'éloigne à grands pas.

Dans le local de la photocopieuse, une lumière rouge clignote par intermittence. Élodie a toujours aimé le parfum de l'encre fraîche et des ramettes de papier neuf, mais là, quelque chose cloche : ça sent le chaud.

Dans un angle, elle reconnaît le chariot qu'elle a renversé lors de sa rencontre avec Robin. Les cartouches d'encre ne sont pas de la marque habituelle. Peut-être le problème vient-il d'un changement de fournitures ? Élodie se penche sur le clavier de la machine. « Bourrage papier ».

Régler les problèmes de base est donc au-dessus des forces de Rombiasse, soupire-t-elle en ouvrant le capot de la machine. À l'intérieur, elle a la désagréable surprise de découvrir une longue coulure noire.

— Flûte, la cartouche a fondu, ou quoi ? marmonne-t-elle en tirant sur le capot de la tête d'impression.

Un juron lui échappe lorsque ses doigts entrent en contact avec le plastique brûlant, elle laisse tomber la cartouche qui, en touchant le sol, expulse une gerbe d'encre noire.

Repeinte. Elle est repeinte.

Pour couronner le tout, quelqu'un entre dans le local et allume le plafonnier.

— *Oh, my...* Mais qu'est-ce qui s'est passé ? s'écrie une voix qu'elle reconnaît aussitôt.

Il ne pouvait pas tomber au plus mauvais moment. Humiliée, Élodie lutte contre les larmes qui lui montent dans les yeux.

— C'est ce machin, là ! On a changé de marque de cartouches, ça doit venir de ça. Cette marque pourrie n'est pas compatible avec le photocopieur et moi, je me prends un geyser dans la figure !

— Tu en as dans les yeux ? demande le jeune homme.

Avec douceur, il lui essuie le visage d'un revers de manche. Elle a tout juste le temps de remarquer une nuée de taches de rousseur sur le haut de ses pommettes.

— Je suis vraiment désolé, dit-il.

Désolé de quoi ? Sa chemise est fichue, en plus, ne peut s'empêcher de penser Élodie. Plein de gravité, Robin ramasse la cartouche et la pose sur le chariot, inspecte l'intérieur du photocopieur et se tourne vers Élodie.

— C'est que d'habitude, c'est pas moi qui fais l'installation, c'est Andrew, s'excuse Robin. Moi, je suis plutôt côté fournisseur, ingénierie, et lui, il est bon avec les clients, le service après-vente…

Robin soupire en continuant d'épousseter Élodie.

— C'est pour ça, faut qu'on recrute vite quelqu'un qui sera vraiment formé ! Je suis désolé, encore.

— Ces cartouches, c'est… c'est toi qui les fabriques ?

Les yeux de Robin se mettent à briller, elle a l'impression d'avoir appuyé sur le bouton « enthousiasme » chez son interlocuteur.

— Exact ! J'ai monté mon entreprise en quatrième année à Harvard. Des encres végétales écoresponsables.

— Ah ? répond Élodie d'une toute petite voix.

Si elle pouvait se couper un orteil pour ne pas avoir fustigé « cette marque pourrie », elle le ferait à l'instant.

— La bon nouvelle, c'est qu'il n'y a pas d'hydrocarbures dedans. Ça va te faire une belle peau ! Aujourd'hui, les photocopies, demain, les cosmétiques, *who knows* ?

Elle rit sans bruit et demande :

— Si je comprends bien, aujourd'hui tu te lances sur le marché français ?

— Exact. On est leaders au Canada, aux États-Unis, au Brésil et en Argentine. On devrait sans problème conquérir le reste des pays d'Amérique centrale et du Sud. Par contre, l'Europe, on est complètement absents.

La start-up qu'imaginait Élodie est donc déjà une multinationale. Mais qui est ce type, exactement ? Et comment se retrouve-t-il à épousseter une employée dans le local photocopieuse d'un cabinet d'experts-comptables ?

— Donc, c'est ton entreprise ?

— Exact.

— Et, là, c'est toi qui as livré et installé les cartouches ?

Tout entier absorbé par la tâche de faire disparaître une traînée d'encre dans le cou d'Élodie, Robin acquiesce. Semblant enfin s'apercevoir de la dissonance entre ce qu'il fait et ce qu'il est, il se redresse et la regarde.

— Oui, enfin... D'habitude, c'est pas moi qui m'occupe de ça, d'où ce magnifique résultat !

Il embrasse d'un geste le local, le chariot et le visage maculé d'encre d'Élodie.

— Ici, c'est particulier. En réalité, je connais bien la personne qui...

— Élodie ? Je peux savoir ce que tu fabriques, si ce n'est pas trop demander ? l'interrompt la voix de Rombiasse.

La DRH se tient dans l'embrasure de la porte, ses bras croisés sur sa maigre poitrine.

Robin se retourne d'un bloc et lui fait face, tout sourire.

— Oh, ma... dame Rombiasse. Pardon, il y a eu un accident, et je suis honteux de dire que j'ai ma part de responsabilité. Je prends en charge tout, évidemment !

Brutalement, le visage de Rombiasse vire de couleur. Sous les yeux étonnés d'Élodie, ses joues se gonflent, son cou enfle, elle ressemble à une grenouille au bord de l'implosion. Puis, tout aussi brutalement, l'hypertrophie se résorbe et son visage redevient normal.

— Allez faire les copies à l'étage du dessus, je vous prie, articule-t-elle, glaciale.

Tiens, on ne se tutoie plus ? songe Élodie, en emportant le dossier avec lequel elle était entrée.

Sur la pointe des pieds, elle se glisse entre Robin et la DRH et file sans se retourner.

Alors qu'elle s'apprête à emprunter l'escalier, un bruit de pas précipités la fait se retourner. C'est Robin.

— Pour me faire pardonner, je dois au moins t'inviter à dîner !

Sa réponse fuse :

— Dîner ? Non, impossible.

Elle pense aux frais de baby-sitter, à sa garde-robe minable, au malaise inévitable de se retrouver en tête à tête avec ce gamin.

Désemparé, Robin se gratte l'arrière du crâne. Sa manche de chemise frotte contre sa joue, y laissant une longue traînée noire.

— Un déjeuner, alors ?

— Je n'ai pas vraiment de pause déjeuner.

— Un… petit-déjeuner, peut-être ?

En riant, Élodie ouvre la porte de la cage d'escalier et s'y engouffre. Elle se sent bizarrement légère.

— Ça va très bien, pas besoin de te faire pardonner, monsieur Sorry !

En gravissant les marches, elle sautille presque.

*

À la fin de l'heure de soutien quotidienne offerte par Madjid, lorsque Fleur regagne l'appartement, Élodie a des fourmis dans tout le corps. Les enfants n'en ont plus aucun souvenir, mais, du temps où leur père était avec eux, Noël était une fête incroyable. Du 1er décembre au 2 janvier, le temps comptait double en joie : lumières scintillantes, cadeaux mirobolants, explosion de rouges, de verts, d'argenté, attente fébrile et rires de plaisir. Depuis cinq ans, elle s'est laissée couler dans le gris, tout doucement. On dirait que l'irruption de Robin dans son quotidien a soufflé sur la couche de cendres qui s'était déposée sur elle. De cendres, ou d'encre noire ? Peu importe, ce soir, c'est l'allumage des décorations de Noël dans le centre-ville. Pas leur ville-dortoir, mais la magnifique, la bruyante grande ville. Celle qu'on atteint en empruntant le tram, un changement, deux changements, dix arrêts encore et là, enfin : la Grand-Place.

— Fleur, Loum's, enfilez vos manteaux.

— On va encore faire la fête avec Joanna ? demande Loum's, plein d'espoir.

— Joanna a des rendez-vous, ce soir, répond Élodie tout en fouillant parmi l'amas d'écharpes et de bonnets. Tiens, enfile-moi ça.

Contrarié, Loum's se gratte furieusement au-dessus des oreilles. Les bonnets, c'est sa hantise.

Elle les tire par la main jusqu'au tram, Fleur traîne des pieds, Loum's trépigne. Assez rapidement cependant, ils se taisent. Changer de ligne les intrigue. Élodie prend la mesure du rétrécissement de leur univers, elle n'arrive même pas à se souvenir de la dernière fois qu'ils ont vu le centre-ville.

Lorsque les portes s'ouvrent sur la Grand-Place, une bouffée d'air fleurant le sucre et la cannelle les enveloppe. Une trentaine de chalets en rondins sont installés en rangs serrés. Elle avait oublié cette histoire de marché de Noël. Les allées étroites grouillent d'enfants émerveillés, coiffés de bonnets rouges clignotants ou de bois de rennes en serre-tête. L'odeur des gaufres chaudes fait monter l'eau à la bouche, les guirlandes lumineuses tracent une ligne de vie entre les petits toits pentus et une musique d'ambiance à clochettes couvre le brouhaha des conversations.

Aussitôt, les enfants s'élancent dans les allées bondées. Dix secondes plus tard, elle ne voit presque plus leur bonnet. Les voilà partis à l'assaut des faux Pères Noël, des étalages de sucres d'orge – Mais où est l'orge dans tout ça ? Je vous le demande – et des créations farfelues exposées par les artisans d'art. Moufles éthiques en poils de bique, prénoms pyrogravés sur des planchettes de récup', perles de verre soufflées à la bouche passées sur un lacet de cuir pour la modique somme de trente-deux euros… Les joies de tout marché de Noël qui se respecte.

— Loum's, Fleur, par ici les chatons ! s'égosille-t-elle.

La température est glaciale et de petits nuages de condensation lui sortent par la bouche. Ses deux enfants ont les joues cramoisies et le bout du nez vermillon. Ils courent dans tous les sens à travers le marché de Noël et elle n'a qu'une peur : les perdre dans la foule. Fleur elle-même a oublié cette langueur désinvolte qui va de pair avec l'adolescence.

Au prix de quelques efforts vocaux, elle parvient à les rassembler : l'une à main gauche, l'autre à main droite.

— Vous allez voir ce que vous allez voir, murmure-t-elle.

Elle sent au creux de son ventre une excitation enfantine. Ça lui insuffle un courage nouveau pour affronter Mme Rombiasse et arracher avec les dents ces fichus congés dont elle n'a pas encore osé parler. Demain, demain elle en parlera. Elle les exigera. Mais pour l'instant, elle va simplement vivre à fond l'émerveillement de ses enfants. Le bonheur, il faut capitaliser dessus.

L'odeur des gaufres et du vin chaud flotte entre les chalets du marché, les haut-parleurs fixés sur les pignons diffusent des torrents de musique à grelots et l'étoile du berger scintille tant qu'elle peut dans le ciel indigo avant d'être éclipsée par…

« Oooooooohhhhhhhh », s'époumonent tous les enfants du marché lorsque l'éclairage municipal s'enclenche. Par enchantement, les façades des maisons se mettent à scintiller, des cascades lumineuses éclaboussent les visages, les trottoirs ondulent et les carreaux des fenêtres étincellent. Le cœur d'Élodie bondit dans sa poitrine, elle se fiche des dais lumineux, des paillettes et des leds, elle ne voit que les deux bouches ouvertes de ses petits et leurs yeux qui clignent.

— C'est tellement *magnifique*, soupire Loum's. Est-ce que ça t'a coûté cher, Maman ?

— Même pas, chéri, murmure Élodie, les larmes aux yeux. La beauté, on peut la voir même quand on n'a pas beaucoup de sous.

C'est alors que, du coin de l'œil, elle reconnaît un homme de dos. Robin, qui tient serrée contre lui la silhouette de quelqu'un d'autre. Une petite femme mince qui lui arrive à peine à l'épaule. Les illuminations perdent aussitôt tout leur éclat.

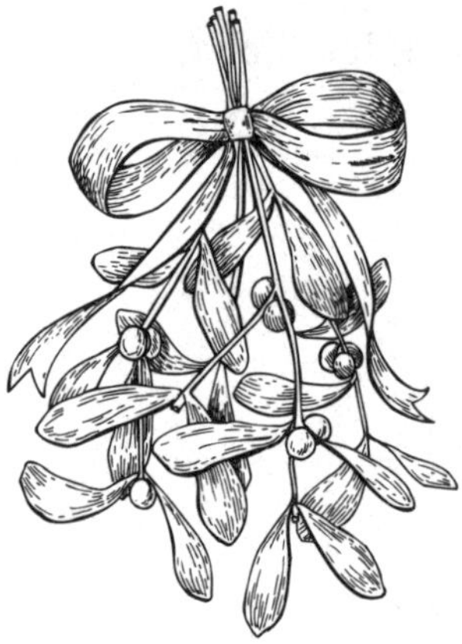

5

Vin chaud

Serrée contre son petit-fils, Yolande n'a presque plus froid. Elle l'observe tandis qu'il regarde les lumignons, lampions et autres trucs à ampoules basse consommation, cela suffit à son bonheur.

— Allez Granny, je vais te chercher un vin chaud ! lui propose son chouchou.

Oui, elle assume : elle a une douzaine de petits-enfants, et un chouchou, Robin, qu'elle voit d'ailleurs trop peu. Alors qu'il disparaît dans la foule, elle retrouve son air renfrogné. Les illuminations de Noël, elle trouve ça tarte. Comme à peu près tout ce qui touche à la « magie de Noël », une invention débilitante pour consommateurs boulimiques. Il n'y a qu'à ouvrir les yeux : du rouge, du rouge partout ! Rubans, boules, tapis, vieillards gâteux étouffant sous leur barbe synthétique… On se croirait chez les bolcheviks. Un bolchevisme capitaliste qui voit rouge. C'est amusant, l'idée lui plaît. Et cette année, cerise sur le gâteau, elle passera les fêtes seule. C'est la première fois que tous, elle dit bien tous ses enfants et petits-enfants passeront Noël Dieu sait où.

Dans les belles-familles, en Erasmus, au fin fond de la Norvège, comme s'il ne faisait pas assez froid ici. Même son chouchou semble avoir ses propres plans. Tout le monde s'est donné le mot et personne ne s'est posé la question de la vieille Granny – pas si vieille d'ailleurs –, qui ne recevra aucune visite entre le 23 décembre et le 2 janvier, au bas mot.

Tirant sur son bonnet pour y enfouir davantage le bas de ses oreilles, Yolande soupire. Elle n'aurait pas dû couper ses cheveux si court, maintenant elle sent des courants d'air dans son cou. Pour lutter contre l'engourdissement, elle tape du pied sur les pavés, prend son torse maigre entre ses bras et se frictionne les flancs. Elle aurait pu, elle aussi, céder aux sirènes de la Norvège, Chantal le lui a proposé, mais sa fille a une manière de voyager on ne peut plus crispante : tout est minuté. Et Yolande a passé l'âge de se plier aux lubies de ses enfants, elle veut fumer quand elle a envie de fumer, râler quand ça lui plaît, alors elle a dit « non merci » sans hésiter. Pourtant, maintenant que le compte à rebours a commencé, elle se demande si elle n'a pas fait une bêtise. Houspiller ses clients, secouer les procureurs, mettre les témoins sous pression, c'est revigorant et ça maintient en forme, mais ce n'est pas ça qui tient chaud pendant que le monde s'arrête de tourner entre Noël et le jour de l'an. Elle devrait peut-être se trouver un gigolo… Bref, Noël, quelle plaie. Et la famille, quelle purge ! Quand elle s'impose, on a envie de la noyer, et quand elle vous ignore, on a froid.

— Pour réclamer des étrennes, il y a du monde, maugrée-t-elle.

Heureusement, son petit-fils chéri a quelques égards pour elle. D'ailleurs, le voilà qui revient, un verre de vin chaud fumant dans chaque main.

Elle lui sourit avec tendresse. Ce grand garçon est la plus belle réussite de sa vie. La seule, peut-être ! Et elle l'a réussi alors qu'elle n'a pas levé le petit doigt pour son éducation, ça, c'est fort. C'est dommage qu'il habite si loin.

— Alors, Granny, dit-il en trinquant avec son gobelet, qu'est-ce qu'on se souhaite, cette année ?

— Moi, je n'attends plus rien de l'existence, soupire Yolande en appuyant les trémolos. Vieillir est un naufrage, la vie est une ingrate et le seul intérêt que je trouve aux toasts, c'est de pouvoir picoler à la fin.

Robin éclate de rire.

— Ça fait chaud au cœur, ce que tu me dis là !

— Ah, mais j'oublie que tu es encore plein d'illusions. Laisse pas ta sorcière de Granny te gâcher la surprise. Alors à toi, mon bonhomme, je souhaite…

Elle hésite, le nez en l'air.

— La réussite, la santé… Et de bons copains.

— Pas l'amour ?

Yolande avale la moitié de son verre d'une traite et ricane. Elle adore son Robin, un vrai cœur tendre. Raison de plus pour ne pas le laisser tomber dans toutes les chausse-trapes de l'existence.

— Tu as tout le temps avant de te laisser passer la corde au cou, voyons ! L'amour, l'amour, faut pas se faire d'illusions, c'est surtout des déceptions et du chagrin. Te fais pas avoir, mon lapin. Les divorces, c'est le fonds de commerce de tous mes vieux copains du barreau.

Sans rien répondre, son petit-fils sourit et enfouit son museau dans son gobelet.

— Quoi, tu as quelqu'un ? s'alarme-t-elle aussitôt.

— Pas encore, répond le jeune homme avec un demi-sourire énigmatique.

Le sang de Yolande ne fait qu'un tour.

— « Pas encore » ? Mais qu'est-ce qu'elle attend, cette grue ? Elle croit qu'elle peut trouver mieux que, que… que *toi* ? Si elle ose faire sa pimbêche, ou sa cocotte, ou sa fine bouche, ou sa coquette, elle va avoir affaire à moi !

En fulminant, Yolande se tamponne le sternum du bout de l'index, elle en renverse presque sa sangria chaude sur son anorak.

— Je croyais que l'amour, c'était *bullshit* ?

— Je sais ce que je dis, réplique-t-elle.

— Pour le moment, la seule femme de ma vie, c'est toi, Granny.

— Tais-toi, nigaud, proteste Yolande, ravie.

— Tu veux que je te raccompagne, comme une chevalier servante ?

Yolande termine son verre et vise la poubelle la plus proche, débordant déjà de gaufres à moitié mangées, de serviettes en papier doré qui n'essuient rien et d'emballages cristal froissés. Raté.

— Tu rigoles ? On fait la tournée des chalets ! À mon âge, on dort pas plus de trois heures par nuit. Tu crois que je me couche avec les poules ?

— Je te promets pas de tenir jusqu'au bout de la nuit, avertit Robin. Nous, la jeune génération, on est en sucre, tu sais bien.

Bras dessus, bras dessous, Yolande et son petit-fils se fraient un chemin parmi la foule jusqu'à atteindre un chaudron fumant sous l'auvent d'un deuxième chalet. On voit flotter à la surface de longs bâtons de cannelle, des tranches d'orange et de citron.

— Il m'a l'air pas mal, celui-là. On teste, commande Yolande.

Alors que Robin joue des coudes pour atteindre le comptoir, un homme large comme un pilier du XV de France éructe un grand cri et lui broie l'épaule dans sa grosse pogne. Surpris, Robin a un geste de défense, qu'il interrompt aussitôt lorsqu'il reconnaît son agresseur.

— Fleury ?

— Robby ? Robine-la-Coquine ? Sérieusement ? s'exclame le barbouze.

Il a le crâne imberbe et les épaules coquées sous son blouson de motard.

— Mais t'as pas changé, mon salaud, s'écrie Fleury, tirant sans le moindre effort Robin jusqu'à lui pour l'étouffer dans une étreinte virile.

Peinant à retrouver son souffle, Robin s'écarte et fait signe à Yolande d'écraser quelques pieds pour parvenir jusqu'à eux.

— Granny, c'est Fleury ! Tu sais, mon copain de collège.

— Tu me crois sénile ? Je lui ai tartiné son goûter plus d'une fois, du temps où il avait encore des cheveux.

— Oh, Granny… Votre confiture de myrtilles, rugit Fleury, j'en pleure encore. Vous n'avez pas changé. Mais toi, mon Robine, qu'est-ce que tu fais dans le coin ? Je te croyais congelé dans ton igloo, je sais pas où dans les Rocheuses ?

— On n'a pas tellement d'igloos à Vancouver, répond Robin. Je suis venu pour le job.

Fleury lève une main pour l'interrompre.

— J'ai pas le temps maintenant, ma caille. Passe chez moi, on se fera une mise à jour. J'ai racheté la grange. Celle où on a fumé du foin roulé dans l'Est républicain. Tu te souviens où c'est ?

— Je vais retrouver, sourit Robin. C'est une miracle qu'elle soit pas partie en fumée, ce brave grange.

Tandis que Fleury disparaît entre deux parents exténués, un gamin chacun sur les épaules, Yolande soupire. L'enfance de Robin lui saute à la gorge, et elle se fait une promesse : elle va arrêter de l'emmerder avec son pessimisme caustique. Et elle va tout faire pour que « ça matche », comme disent les jeunes, avec sa petite greluche. Elle sait bien que Robin n'a pas besoin d'elle pour faire fondre les cœurs mais elle connaît bien les obstacles auxquels les deux éventuels futurs tourtereaux pourraient se heurter. Le premier d'entre eux se décolore la moustache et se recycle tous les hivers en tour-opérateur tyrannique. Neutraliser Chantal : voilà une mission qu'elle se donne. Si besoin. Si Robin patauge. Si la greluche en vaut la peine.

*

Blotti dans son fauteuil préféré, Madjid relit pour la cinquième fois la même phrase. Il ne comprend rien. Sa vieille amie Simone Weil use parfois de tournures alambiquées, mais elle n'est pas la seule fautive. Depuis son installation dans l'immeuble, Madjid a le sentiment de s'être trompé. Non, ce n'est pas ici qu'il pourra s'enfoncer dans les délices de l'anonymat et du calme plat. C'cst pourtant ce qu'il était venu chercher, après toutes ces années. La sérénité.

Comme pour confirmer ses sombres pensées, un bruit sourd retentit derrière la cloison séparant son appartement de celui d'Élodie. La petite famille vient de rentrer et les piaillements enthousiastes du fils de sa voisine laissent deviner qu'ils ont vécu une soirée mémorable. Pensif, Madjid laisse son regard errer sur ses étagères, le temps que le tumulte se calme. Sur la table basse, la boîte de marrons glacés fait une joyeuse tache dorée. Pourquoi les a-t-il achetés ?

— Allons, mon ami, murmure-t-il, si tu commences à te voiler la face, l'effondrement moral n'est pas loin.

La réalité, c'est qu'il se sent un peu bousculé. L'irruption dans sa vie d'Élodie, de Fleur, puis de cette jeune femme sophistiquée, a troublé sa quiétude. Sa routine ne tourne plus tout à fait rond et c'est probablement la raison pour laquelle Simone Weil lui semble opaque, ce soir.

Rien ne sert de s'obstiner. Sortir boire un verre lui aérera la tête. Sans se hâter, il noue son foulard en pashmina bleu foncé, enfile son manteau Chesterfield et fait tinter ses clés au creux de sa main. Un dernier regard à son appartement lui confirme ce qu'il a déjà compris : tout est en ordre… sauf à l'intérieur. Devant la glace, il s'adresse un regard morne.

— Tu es piégé mon vieux. Piégé…

Pour s'éclaircir les idées, il prend l'escalier. Au pied de l'immeuble, il inspire profondément l'air glacial. Prendre un verre, oui, mais où ? La seule possibilité accessible à pied dans un temps raisonnable se situe à deux pas, dans cet hôtel prétentieux pour jeunes cadres en transit.

Regrettant de ne pas avoir emporté de bonnet, il allonge le pas et s'ébroue dans le hall feutré de l'établissement. Quelques clients devisent autour d'un verre, la moitié des fauteuils sont vides ; il n'aura pas de mal à se faire servir rapidement, ce qui lui convient très bien : il ne compte pas s'éterniser.

Éclairage indirect, musique ouatée, béton ciré recouvert d'un tapis à poils longs, tout y est. Madjid trouve ce manque d'authenticité affligeant, mais dans le quartier qu'il a choisi, l'authenticité s'est perdue. Il a tout de même réussi à trouver un immeuble d'époque, au milieu de tout ce parpaing, et ce n'est pas une petite victoire. Autre victoire, bien involontaire : il a une voisine tout à fait civilisée. Elle a beau se cacher sous des cheveux ternes et des pulls informes, il a tout de suite deviné qu'elle avait de la tenue. Il est un peu ridicule, avec ses critères d'un autre temps. Aujourd'hui, on le traiterait de « classiste ». Comme quoi, la classe n'a pas grand-chose à voir avec l'aisance financière.

— Bonsoir, un Perrier citron, je vous prie, demande-t-il à la barmaid.

Au son de sa voix, la jeune femme qui lui faisait dos se retourne. Assise sur un tabouret haut, elle laisse sa jambe se balancer dans le vide, l'escarpin tout juste retenu par le gros orteil.

— Tiens, c'est vous !

Voir Joanna se matérialiser devant lui alors qu'il cherchait justement à la chasser de ses pensées, voilà qui a de quoi ébranler le plus cartésien des hommes. Aussitôt, il se lève et s'incline avec cérémonie.

— Oh, ne me faites pas tant d'honneurs, monsieur…

— Madjid.

— Madjid. Je n'en mérite pas tant !

Elle a un sourire las, elle qui semblait débordante d'énergie la dernière fois qu'il l'a vue. Ses cheveux coulent sur les épaulettes de son manteau à larges carreaux noirs et blancs. Elle semble tout droit sortie d'un *Vogue* des années 1950, si l'on omet ses escarpins à plateforme et son pantalon rebrodé de sequins dorés le long de la jambe. Elle dégage un mélange d'élégance et de sensualité féline. *Même ses cernes lui vont bien*, se dit-il.

— Vous attendez quelqu'un ? s'enquiert-il, ignorant avec superbe le verre d'eau pétillante qui vient d'apparaître devant lui.

— Oui. Enfin, je crois. Ça fait un moment que je poireaute.

— Personne ne se risquerait à vous poser un lapin, répond Madjid. Ou alors ce serait un imbécile !

— Qui sait ? répond Joanna en fouillant dans son sac à main. On est puni par où on a péché, non ?

Elle émet un long soupir et pose son téléphone sur le bar sans le consulter. Madjid remarque l'énorme chevalière sertie d'une pierre noire qu'elle porte à l'index. L'art de détourner les codes. Cette femme est un trompe-l'œil, une évidence à contre-jour, elle donne envie de trouver des mots-valises pour la définir d'un seul trait. Il n'y parviendra pas ce soir, en tout cas.

— Je me suis peut-être trompée de jour. Ou d'endroit. Je me trompe déjà si souvent de prénom !

Elle pose le coude sur le bar, puis laisse sa joue tomber dans sa paume, et le regarde de côté.

— Et vous ? Vous avez rendez-vous ?

— Moi ? Je… fuis.

— Vous fuyez ?

Elle rit, et il serait prêt à danser sur le bar pour l'entendre rire à nouveau.

— Je fuis mon désordre intérieur. Le problème, c'est qu'il m'accompagne partout !

— Le métier de prof vous détruit ? Ah, comme je vous comprends. J'ai enseigné, moi aussi.

Il a de la peine à y croire.

— Vous ?

— Oui, j'ai tenu deux mois. Les enfants s'étaient donné le mot pour me vomir dessus à tour de rôle. J'ai jeté l'éponge.

— La serpillière, plutôt.

De nouveau, le rire de Joanna réveille les clients à demi assoupis.

— C'est ça. J'imagine que pour vous, enseigner est une vocation ? Vous n'auriez pas tenu si longtemps, sinon !

Elle sourit, sans se rendre compte qu'elle vient de lui envoyer un message cruel. « Tenir si longtemps », dans sa bouche, c'est tenir jusqu'à l'âge de la préretraite ! Il a presque envie de se défendre, de lui faire remarquer qu'il n'a pas cinquante ans, tout de même, mais il renonce. À ses yeux à elle, il est vieux.

— Je tiens comme je peux, répond-il. Je n'ai pas toujours enseigné.

Elle se penche vers lui, une lueur d'intérêt vient de s'allumer au fond de ses pupilles.

— Ah ?

Alors qu'il s'apprête à lui raconter qu'il a défendu de nobles causes de Genève à Pékin jusqu'à un épisode qui l'a définitivement vacciné – le mot est drôle – contre les médias et la bioanalyse, elle se détourne.

— Pardon, il m'appelle.

En quelques mots, son sort est scellé. Il prend note avec une pointe d'amertume de son changement de ton. Elle roucoule, littéralement.

— Je ne vous importune pas plus longtemps.

Il paie son Perrier éventé, il n'y a pas touché, et s'en va. Elle ne s'est pas retournée.

Le froid le cueille. Ça lui fouette le visage et l'esprit, il y voit beaucoup plus clair, tout à coup ! Il a pris un coup de chaud, c'est tout. C'est peut-être une sorte de crise de la cinquantaine avant l'heure. Sur ce point, Simone Weil ne s'exprime pas tellement, il manque de repères. Sous le ciel indigo, quelques flocons tourbillonnent et fondent en atteignant le sol. Les mains enfoncées dans ses poches, Madjid rit de lui-même. C'est la qualité première des philosophes : penser contre soi-même, se moquer de sa propre personne.

Même s'il se sent meurtri, il est moins engourdi de l'intérieur. Rencontrer Joanna, tomber sur elle, plutôt, lui a fait prendre conscience que philosopher tout seul, c'est un peu limité. Il devrait s'acheter un chat. Un chartreux. C'est chic, ça semble avoir un peu de répondant, beaucoup de flegme, et sur le fauteuil gris, ses poils ne se verront pas du tout. Montaigne avait sa « Mme Vanity », Colette en a fait un roman, Marc Twain en avait plus de trente, vraiment, le chat est le meilleur compagnon de l'amoureux des lettres. Il suffit d'ouvrir sa fenêtre pour lui offrir la liberté, contrairement au chien dont il faut devenir la nounou et l'esclave. Non, vivre avec un chat, c'est laisser deux solitudes se frôler, c'est infiniment plus poétique qu'une relation d'amour baveux comme en vivent les amateurs de toutous. Il n'est pas un homme à chiens, il est certain de devenir homme à chats. Excellente idée !

6

Marron glacé

— Élo ! Tu m'ouvres ?

À l'autre bout de l'interphone, Élodie cligne des yeux en baillant, puis elle appuie sur le bouton. Dans l'écouteur, elle entend la porte de l'immeuble se refermer sur Joanna avec un claquement sec. En traînant les pieds, elle s'approche de la cafetière et la fixe, les yeux dans le vague. Elle a mal dormi. Pourtant la soirée a été une réussite. Loum's s'est endormi au milieu d'une phrase qui commençait par : « Merci Maman, les lumières c'était magi… » et Fleur lui a réclamé son téléphone pour envoyer à ses copines une rafale de photos floues. Non, tout était parfait. Sauf la vision du stagiaire enlaçant une fille, sous le dais romantique des leds basse consommation.

— Hello ma biche, claironne Joanna en entrant.

Elle est parfumée, sanglée dans un trench, la chevelure négligemment retenue par une pince à strass.

— J'ai besoin d'aide.

Puis elle s'interrompt et regarde autour d'elle.

— Les enfants ne sont pas levés ?

— Jo, croasse Élodie, il est 7 h 30.

— Et alors ? Ils ne vont pas à l'école ?

Dans un geste élégant, Joanna jette sur la table du petit déjeuner un sachet débordant de croissants au beurre.

— Pas le samedi, non.

— Ah. Donc je te disais, j'ai un problème.

Avec un soupir dramatique, elle se laisse tomber sur une chaise. Sans se formaliser, Élodie lui sert une tasse de café et s'installe à son tour.

— Un problème grave comment ?

— Gravissime. J'ai. Un. Cheveu. Blanc ! martèle Joanna avant de boire une gorgée et de faire la grimace. Tu as un peu de sucre ?

Alors qu'Élodie s'apprête à se lever, Joanna l'arrête d'un geste et ouvre tiroirs et placards dans un grand fracas.

— Donc, un cheveu blanc. Avant mes trente ans ! Alors aux grands maux les grands remèdes, je viens de me faire livrer la meilleure marque de coloration maison, le top du top, « mieux qu'un pro » disent-ils.

— Tu t'es fait livrer ce matin ?

— Bien sûr ! Le travail de nuit, ça sert à quoi, sinon ?

Élodie lève les yeux au ciel avec un sourire.

— Et en quoi puis-je t'aider ?

Joanna se penche et tire de son sac deux boîtes qu'elle pose sur la table. Elle semble désespérée, tout à coup.

— Quelle couleur ? Je ne sais pas. J'ai pris Châtaigne et Marron glacé. Qu'est-ce que tu en dis ?

Élodie a beau plisser les yeux, elle ne voit aucune différence. Éventuellement, un reflet un peu plus cuivré sur la boîte Châtaigne ? Le regard inquiet de Joanna la scrute, alors elle affermit sa voix et annonce :

— Celle-ci, sans aucune hésitation.

Le soulagement de Joanna est comique. Elle saisit la boîte, la retourne, la soupèse, puis elle plisse les paupières et sourit.

— Super. Tu m'appliques la Châtaigne, je t'applique la Marron glacé.

— Mais quel traquenard, s'indigne Élodie. Je n'ai pas du tout envie de me colorer les cheveux !

— Tut tut tut, ça va te faire du bien. Ils sont tristes, ces cheveux, ils gémissent : « Prends soin de moi ! », je les entends d'ici.

Joanna se lève et tire sur l'élastique de son amie dont le visage se crispe sous l'effet de la douleur. Une cascade de cheveux d'un châtain terne se répand sur les épaules d'Élodie.

— Voilà, regarde-moi ça, s'indigne Joanna, pas de matière, pas de mouvement, pas de reflet… Ils sont en dépression. Un petit shoot doré leur fera le plus grand bien !

Résister à l'énergie bulldozer de Joanna est un combat qui ne vaut pas la peine d'être mené. Puisqu'elle sait qu'elle perdra à la fin, Élodie capitule tout de suite.

À 7 h 40, l'étroite salle de bains familiale ressemble à une pataugeoire. À 7 h 45, les mains gluantes de produit capillaire, Joanna masse le cuir chevelu d'Élodie, à 7 h 50 c'est l'inverse. À 8 heures, une serviette autour des épaules, Joanna mime Édith Piaf, les deux mains serrées autour du manche d'une brosse à cheveux trouvée sous le lavabo, tandis qu'Élodie se lance dans un accompagnement d'*air guitar* très convaincant. Minimum de bruit, maximum d'effet. La couleur prend doucement et les enfants dorment toujours. Fatiguées de glousser en silence, les deux amies quittent la salle de bains saturée d'humidité pour retrouver un peu d'air frais.

— On a largement le temps pour un deuxième café, non ? demande Élodie. Combien de temps ils disent, sur ton paquet ?

Les sourcils froncés, Joanna cherche la notice et déglutit péniblement.

— Alors… C'est une coloration bio, respectueuse de la fibre capillaire. Le travail se fait en douceur !

La main dans le sachet de viennoiseries, Élodie se fige.

— Joanna, tu me fais peur…

— Trois heures de pose.

— Hein ? s'étrangle Élodie. Tu veux dire qu'on est coincées ici jusqu'à 11 heures ? Un samedi, avec les enfants ?

D'une petite voix, Joanna répond « oui ». Élodie se crispe et murmure entre ses dents :

— Ma grande, tu vas découvrir ce que c'est de tenir deux lions en cage dans quarante mètres carrés. Pas certaine que tu meures toujours d'envie d'avoir des bébés, après ça !

— Chut, les lions dorment pour le moment. On ne va pas crier avant d'avoir mal, comme disait Gabriel.

L'irruption du prénom de Gabriel fait brutalement redescendre l'agacement d'Élodie. Elle remplit la cafetière sous le robinet et s'assied après l'avoir relancée. Tout doucement, Joanna s'approche et lui pose la main sur l'épaule.

— Comment tu le vis, cette année ?

— Différemment, murmure Élodie. Est-ce que c'est parce qu'il y a une étape symbolique au cinquième anniversaire, ou pour une autre raison ? Je ne sais pas…

Le crachotement de la cafetière meuble le silence pendant quelques secondes, puis Élodie reprend :

— Pendant des mois, et même des années, je me disais qu'arrêter de pleurer, c'était comme si on l'oubliait. Alors j'ai bien pleuré.

— Je sais, murmure Joanna.

— Aujourd'hui, je me débrouille avec les enfants, on a trouvé un équilibre. Je me laisse le droit d'avoir moins mal. Et je me dis que grâce à Gabriel, grâce à l'accident, toi et moi on est devenues proches comme je ne l'aurais jamais imaginé. En fait, il m'a offert une sœur.

Les yeux de Joanna se remplissent aussitôt de larmes.

Elle n'oubliera jamais le vertige qui l'a saisie quand la voiture a perdu le contact avec le bitume trempé de l'autoroute. Ils rentraient d'un mariage d'hiver, le premier samedi de décembre. Gabriel conduisait, en riant, comme toujours. Élodie, Fleur et Loum's avaient pris la route deux heures avant, avec les parents de

Gabriel. À côté du conducteur, son amoureux à elle fumait la fenêtre ouverte, les pieds nus posés sur le tableau de bord. Elle se souvient de la forme de ses ongles, plats et carrés au bout. Elle se sentait bébé, dans cette voiture d'adulte : l'amoureux avait six ans de plus qu'elle, Gabriel avait des enfants, elle sortait à peine de son école de commerce, premier contrat en poche. Heureusement, elle avait bien accroché avec Élodie malgré leur différence d'âge, et ne s'était pas ennuyée autant qu'elle l'avait craint. Les mariages de gens qu'on ne connaît pas, il n'y a rien de pire.

Elle somnolait à l'arrière. Une pluie brutale avait dévalé le ciel trop lourd. Fronçant les sourcils, Gabriel avait poussé les essuie-glaces à leur vitesse maximale. L'amoureux avait remis les pieds dans ses chaussures. Elle, elle se faisait les ongles. Ah, cette odeur de vernis, elle l'a pour toujours dans le nez.

En bas de la côte, les voitures jetaient sur le côté des gerbes d'eau plus hautes que la rambarde de sécurité. Elle n'avait presque pas eu le temps d'avoir peur. Leur voiture avait glissé sur le côté, sans que rien puisse l'arrêter.

En y repensant, Joanna a le cœur qui décroche. Elle s'était recroquevillée sur la banquette tandis que la carrosserie se rétractait comme un accordéon sous les impacts de la glissière de sécurité et du poids lourd, en face. Après trois, quatre tête-à-queue, la boule de traction s'était glissée sous la rambarde. Les cercles fous de la voiture avaient été interrompus net. Déformée sur trente mètres, la glissière avait tenu. L'amoureux n'avait rien eu. Elle, presque rien.

Quand les pompiers l'avaient désincarcérée, ils n'y croyaient pas. Mais Gabriel…

Quand elle avait arrêté de claquer des dents, transie sous sa couverture de survie, elle avait exigé d'être celle qui appellerait la veuve. Laisser Élodie apprendre qu'elle n'avait plus de mari, plus de père pour ses enfants, de la bouche d'un gendarme, lui semblait inhumain. Cet acte de courage avait scellé entre elles quelque chose d'indéfectible.

L'amoureux avait déserté le soir même et n'avait plus jamais donné de nouvelles. Meurtrie, Joanna en avait conservé une certitude : en amour, chacun pour soi.

— Il chantait tellement faux, soupire Élodie. J'ai failli ne jamais le rappeler à cause de ça, tu savais ?

Joanna sait. Elles ont cette conversation chaque année. C'est le rituel.

— Ça aurait été du gâchis. N'oublie pas qu'il réussissait le beurre blanc comme personne !

— Le beurre blanc, rit Élodie. Qui a besoin de beurre blanc, dans la vie ? Enfin, tu as raison. C'est peut-être à cause du beurre blanc que je l'ai laissé me faire un bébé avant mes vingt ans. On était vraiment des enfants, tous les deux.

— J'entends ta mère ! dit Joanna.

Elles se regardent et se sourient. Le temps s'écoule tranquillement dans la cuisine tiède. Par le carreau, elles suivent du regard de gros nuages opaques qui roulent dans le ciel sans pleuvoir.

Un coup résonne contre la cloison.

— Ah, les lions sont réveillés ? demande Joanna.

— Non, c'est Madjid. Le samedi, il passe l'aspirateur.

Pensive, Joanna contemple le plafond.

— Je suis sûre qu'il le fait avec un livre ouvert dans l'autre main. Tu sais que je l'ai croisé au bar de l'hôtel hier ?

— Non ? Seul ? Et il est venu te parler ?

— Ce n'était pas son objectif, mais oui, on a échangé quelques mots.

— Raconte, il t'a fait du charme ? « Ma chère Joanna, je vous trouve particulièrement en beauté », à la manière d'Emma Bovary lorsqu'elle séduisit le comte de Machin.

— Pas du tout ! s'offusque Joanna.

Du bout des ongles, elle repousse une mèche gorgée de produit colorant avant qu'elle lui glisse dans l'œil et reprend :

— C'était même vexant, maintenant que tu en parles.

Élodie lâche un long soupir dramatique.

— Ces intellectuels, ils vivent dans un monde à part.

— Un monde sans chaleur, réplique Joanna.

— Sans amour !

— Sans sexe…

Les deux amies pouffent.

— Alors que nous, regarde ! s'enflamme Joanna. Deux déesses de la débauche, avec nos cheveux blancs, nos serviettes tachées sur les épaules, dans notre cuisine de deux mètres carrés ! De quoi donner une érection de bon matin à tous les Madjid du quartier !

Elle se lève pour faire un tour sur elle-même, théâtrale, mais trois coups secs donnés sur la porte d'entrée l'interrompent. Sans hésitation, elle déverrouille et tire le battant vers elle, alors que dans son dos, Élodie gémit : « N'ouvre pas ! »

Trop tard. Dans le couloir obscur, Madjid se tient droit comme un i, une boîte dorée entre les mains.

— Bonjour. J'ai entendu du bruit et j'ai cru que malgré l'heure matinale, je pouvais me permettre de venir vous déposer ceci. Je fais un peu de ménage et j'ai pensé que… Bref, ce sont des marrons glacés. Peut-être que les enfants aimeront ?

— Oh, je suis à peu près certaine qu'ils détestent, répond Joanna sans se démonter. Mais nous, on adore. Merci.

Elle lui prend la boîte des mains et lui indique l'intérieur de l'appartement d'un geste du menton.

— Entrez, il reste du café.

Un « noooon » lamentable échappe à Élodie qui tente de rassembler ses cheveux poisseux dans une main tout en faisant disparaître sa serviette de l'autre. Ne laissant rien paraître de sa surprise, Madjid s'incline et entre. Il songe que le hasard fait bien les choses, puisque, s'il est franc avec lui-même, c'est à Joanna qu'il pensait lorsqu'il a acheté cette fichue boîte. Il se disait que, peut-être, elle allait de nouveau débouler chez lui sans frapper et qu'il aurait alors quelque chose à lui offrir.

— Bonjour, chère voisine.

— Excusez notre tenue, grimace Élodie, tout en roulant des yeux furieux à l'adresse de Joanna, nous étions en pleine opération capillaire.

— Je n'ai rien contre les atmosphères de salon de coiffure, répond Madjid. J'y passe moi-même d'excellents moments. Paradoxalement, les gens s'y montrent sans artifices.

Son regard calme se pose sur Élodie, puis sur Joanna, sans une ombre d'ironie. Tandis que Joanna ouvre les placards à la recherche d'une troisième tasse, Madjid tire d'un coup sec sur la jambe de son pantalon avant de s'asseoir en croisant un genou sur l'autre. Du coin de l'œil, Joanna surprend le geste, un geste d'homme mûr qui prend soin de ses affaires.

S'il a surpris ce qu'on disait avant de frapper, ce type est soit un acteur de génie, soit un tueur en série. Maîtrise de soi totale. Ou alors, il bosse à la DGSE et cet appartement est une planque, comme dans Le Bureau des légendes, songe Joanna en poussant le sucre sur la table. *Je vais le percer à jour...*

— Cher Madjid, dit-elle en prenant place face à lui. D'où venez-vous ?

— D'un peu partout, répond-il après avoir avalé une gorgée de café. Mon père est marocain, ma mère, canadienne.

— Fleur nous a dit que vous faites partie de la famille royale du Maroc, c'est vrai ?

Un rire silencieux secoue brièvement Madjid.

— Elle a un peu extrapolé après avoir découvert une photo sur laquelle je pose avec la princesse. Je dois vous avouer que j'étais à l'époque un simple diplomate.

— « Simple diplomate », voyez-vous ça, s'étrangle Joanna. Vous voulez dire, comme dans les vieilles pubs Ferrero Rocher ? Et qu'êtes-vous devenu ensuite, poursuit-elle sans lui laisser le temps de répondre, un roi du pétrole ?

— Non. J'ai travaillé dans l'industrie à l'international.

Madjid répond du tac au tac, il semble s'amuser.

Rira bien qui rira le dernier, pense Joanna, *je vais le pousser dans ses retranchements.*

Un peu dépassée, Élodie suit l'échange comme on regarde un match de tennis. Joanna joint le bout des doigts et se penche vers Madjid. Elle a oublié depuis longtemps qu'elle ressemblait à une cliente de coiffeuse à domicile.

— D'où le Japon ?

— Non, sourit Madjid, mon séjour au Japon date de ma carrière diplomatique.

— Et le Canada ? Vous y êtes retourné ?

— Mon fils y a grandi et il y est reparti lorsqu'il en a eu l'âge. Je crois qu'il s'y sent chez lui.

Joanna cligne des paupières, elle perd un peu de son assurance.

— Vous avez un fils ?

Avantage Madjid, pense Élodie.

— Je le vois peu, il est resté plutôt proche de sa mère.

Vite remise en selle, Joanna reprend le phrasé saccadé qu'elle réserve à ses collaborateurs pris en faute. Elle sait qu'elle les terrorise, lorsqu'elle articule sèchement.

— Et comment passe-t-on d'une multinationale au soutien scolaire ?

Elle aurait pu enquêter pour Médiapart, se dit-elle. Le sourire de Madjid vacille.

Avantage Joanna.

— Par la magie des accidents de la vie, chère Joanna, répond-il sans esquiver. Ceux qui vous broient et vous élèvent en même temps.

Égalité.

Madjid fait tourner au fond de sa tasse le reste de son café, renverse la tête en arrière pour le terminer, puis se lève. Il s'incline. Avant de tourner les talons, il plante son regard sombre dans les yeux de Joanna et dit à mi-voix :

— Je sais que vous comprenez. Entre grands brûlés, on se reconnaît.

Rendue muette, Joanna cherche à forcer son sourire et ne parvient qu'à grimacer.

Madjid sort.

Jeu, set et match.

Un drôle de silence suit son départ. Un sourire amusé flotte sur les lèvres d'Élodie, Joanna regarde le plafond d'un air dégagé, fredonne une petite chanson, puis éclate enfin :

— Bon, ça va ! Oui, ce type est une énigme, et, oui, bien sûr que je meurs d'envie d'en savoir plus !

— Ah, cette réserve sereine ne te ressemblait pas, tu me rassures ! s'esclaffe Élodie.

— Il est ouf, non ? Ou mythomane ?

— Je n'en ai pas l'impression.

— Je n'y crois pas. On dirait un scénario de série Netflix à lui tout seul. Quand je te parlais du *Bureau des légendes*, j'étais en dessous de la réalité. En fait, ce mec est un mercenaire à la solde de Raspoutine, et il est en mission d'extermination.

— Poutine, plutôt, non ?

— Non. En fait, il vient du passé. Madjid ne vieillit pas, il est copain des tsars et il est revenu les venger en infiltrant la CGT.

— Moi, je dirais plutôt qu'il est une IA incarnée dans un corps céleste. C'est un être de lumière, se prend au jeu Élodie.

— Comme dans *Charmed*, mais tellement ! *La Trilogie du samedi*, c'est la vie.

— Tu es trop jeune pour avoir regardé *La Trilogie du samedi*, objecte Élodie.

— Ma sœur l'enregistrait sur des cassettes, je regardais tout en douce le mercredi matin. Il a aussi des missiles à la place des yeux. Il faut pas le fixer trop longtemps.

— Mais c'est une bête de sexe, parce qu'il entend les pensées de ses conquêtes.

— Enfin un homme qui sait que s'exciter sur les tétons n'est pas une bonne approche ! J'aime l'idée, approuve Joanna. Et donc, notre mission à nous, c'est…

— Nous assurer qu'il ne va pas nous missiler ?

— Non ! Nous faire décorer de la Légion d'honneur parce qu'on aura grillé sa couverture. Je téléphone dès demain matin au ministre des Affaires étrangères.

— Bon et, à part nous monter la tête, est-ce que tu peux me dire combien de temps de pause il nous reste ?

Joanna saisit sur la table une boîte vide et consulte la notice, puis elle pâlit.

— Heu. C'est pas trois heures, en fait.

— Ah ? Il faut rincer quand ? s'inquiète Élodie.

— MAINTENANT !!!!

7

Champagne millésimé

— Hello, madame Sorry, s'exclame la voix joviale de Robin dans le hall.

D'un bloc, Élodie se retourne, tout sourire, avant de se souvenir que Robin enlaçait langoureusement une femme sur la Grand-Place. Langoureusement, elle en rajoute peut-être un peu. Mais tout de même, elle modère son expression de joie : cet homme n'est pas disponible, il n'est pas en train d'essayer de la séduire, elle doit conserver une saine et juste distance.

— Bonjour Robin. Vous avez passé un bon week-end ?

— On se dit vous ? s'étonne le jeune homme en appelant l'ascenseur.

La proximité de Robin permet à Élodie de respirer à pleins poumons une bouffée de parfum. Même si elle n'y connaît pas grand-chose, elle sait mettre quelques mots sur les arômes qui se dégagent du « stagiaire ». Bois de santal, cèdre, agrumes, et ces notes légèrement mentholées qu'elle associe aux promenades en forêt. Voilà, elle a trouvé : Robin sent la fougère. Elle frissonne des pieds à la tête lorsqu'elle croise son regard mordoré. Il a peut-être noté qu'elle le humait et décortiquait son odeur ? Il doit la prendre pour une déséquilibrée. *Distance, neutralité, rapports de travail*, liste-t-elle en se remémorant la charte RH.

— Comment se fait-il que je te croise aussi souvent au bureau ? demande-t-elle. Tu n'es pas en train de démarcher d'autres entreprises ?

Les portes de l'ascenseur s'ouvrent et elle s'y engouffre sans hésiter. Robin la suit d'un pas nonchalant. *Un vrai adolescent*, se dit Élodie. Lorsqu'il se tourne face à elle, elle remarque dans l'échancrure de sa chemise un minuscule grain de beauté, sur la clavicule. Elle est si absorbée qu'elle rate le début de sa réponse.

— … besoin d'un point de chute, alors je sous-loue un espace.

Le cabinet sous-loue des bureaux ? Tout à son étonnement, Élodie ne s'aperçoit pas tout de suite du regard insistant de Robin.

— Tu as fait quelque chose à tes cheveux ? demande-t-il soudain.

Elle porte aussitôt sa main à ses cheveux. Oh non, quoi ? La couleur a viré ? Elle a le crâne qui pèle ? Des pellicules ? Ça sent le brûlé ?

— C'est très joli, ces reflets. Ça met ton visage en valeur, dit simplement Robin. Bon journée !

Le temps d'assimiler le compliment de Robin, Élodie reste figée dans l'ascenseur. Les portes ont même le temps de se refermer avant qu'elle réagisse. C'est avec une étrange sensation de légèreté qu'elle gagne enfin son bureau, après avoir dû monter au treizième étage à l'appel d'un magasinier livrant l'entreprise du dessus. Non seulement la couleur marron glacé lui va bien, mais Robin a remarqué la différence et, surtout, elle va continuer à le croiser. Son dialogue intérieur promet d'être de plus en plus fourni, entre les moments où elle ne touche plus terre et ceux où elle s'interdit de se faire des films avec un jeune homme à peine sorti de l'adolescence. Rombiasse, elle, ne lui pardonnera pas la moindre rêvasserie, d'ailleurs la voilà qui sort de son bureau en claquant des talons.

— Tu t'es perdue dans les couloirs, ma petite Élodie ? lance-t-elle sur un ton acide avant d'entrer sans frapper dans le bureau des assistantes comptables, une agrafeuse à la main.

C'est toi qu'il faudrait perdre dans un couloir. Le couloir de la mort, gronde Élodie en elle-même.

À midi et quart, elle rassemble sur son bureau les quelques dossiers papier qui font de la résistance au tout-numérique, et consulte en ligne le solde de son compte en banque. Cette semaine, elle s'en sort plutôt bien, elle va même réussir à mettre un peu de côté. C'est grâce à Joanna, qui débarque à toute heure avec les bras chargés de tout et n'importe quoi, pour le plus grand bonheur de Fleur et Loum's. Le budget céréales-goûters-dessert est miraculeusement descendu à zéro, alors que les placards débordent de produits de marque. Vive Joanna.

Comme par magie, la voix reconnaissable de sa meilleure amie claironne dans les couloirs.

— Où est le bureau d'Élodie, je vous prie ?

L'estomac d'Élodie fait deux tours sur lui-même. Joanna, ici, au boulot ? Autant faire entrer un éléphant dans un magasin de porcelaine. Elle va donner son avis sur tout, et à très haute voix. Rombiasse lui fera payer au centuple cette intrusion. D'ailleurs, la voilà qui ouvre sa porte en grand et croise les bras d'un air mauvais.

— Vous cherchez ?

— La DRH, répond Joanna sans se démonter. Élodie.

— La DRH, c'est moi, grince Rombiasse tandis qu'Élodie se recroqueville sur son fauteuil de torture. Et vous êtes ?

— Je l'emmène déjeuner. Ah, ma biche, te voilà ! s'écrie Joanna en l'apercevant. J'ai un conseil urgent à te demander.

Enfonçant ses talons aiguilles dans la moquette, Joanna se dirige droit sur elle, comme un paquebot sur un iceberg. Dans son dos, Rombiasse avance elle aussi à grands pas furieux. Élodie voit l'incident se profiler. Joanna s'arrête net à quelques mètres de son bureau, Rombiasse lui rentre dans le dos avec un cri étouffé. Lentement, Joanna se retourne et la toise avant de lâcher, glaciale :

— Vous ne pouvez pas faire attention ?

Rombiasse s'étouffe, elle est écarlate. L'affront, sur son propre territoire, au milieu d'un *open-space* dont elle est la régente depuis des années, ne passe pas. Se redressant de toute sa hauteur, elle siffle :

— Vous allez me faire le plaisir de déguerpir. Ce n'est pas un café associatif, ici. Ma petite Élodie, tu prends tes aises ! Ça mérite un recadrage très clair.

Inspectant ses ongles parfaits, de vraies griffes, Joanna pousse un soupir impatient et coupe Rombiasse dans son élan :

— C'est comme ça que vous accueillez vos nouveaux actionnaires ? Allons, allons, attention à ne pas vous exposer à un recadrage très clair.

Le regard furibond de Rombiasse vacille et Joanna assène le coup de grâce en lui tendant la main :

— Joanna Deblic, directrice administrative et financière du groupe KGPM. Vos récents acquéreurs, donc. Vous confirmez mon intuition : ce cabinet a besoin d'un audit fonctionnel de toute urgence. J'en touche un mot cet après-midi au comex.

Rombiasse change de couleur. Son humeur belliqueuse se mue en servilité, et s'il avait été de bon ton de faire une révérence, elle l'aurait faite. Sous les yeux médusés d'Élodie, elle fléchit la nuque et se retire sur la pointe des pieds, sans un mot.

Joanna se détourne avec une moue de dégoût, comme si elle venait d'écraser une punaise, et prend Élodie par le bras.

— En route, ma cocotte.

Rendue muette par la surprise, Élodie n'oppose aucune résistance. Elle en oublie son sac à main et son manteau, traînée dans le sillage du paquebot Joanna. Une fois sur le trottoir, elle laisse enfin échapper l'air qu'elle retenait dans ses poumons sans s'en rendre compte.

— Jo… Tu peux m'expliquer ce qui vient de se passer ?

Fendant la foule pressée de déjeuner, Joanna ralentit à peine pour répondre :

— Quoi donc ?

— Le groupe pour lequel tu bosses vient d'acheter la boîte dans laquelle je travaille ? Tu es sérieuse ?

— Oui, désolée je ne t'en ai pas parlé. Le boss voulait qu'on se muscle un peu sur le secteur Grand Est, j'ai pensé à ton cabinet et voilà, ça s'est fait.

— Mais tu deviens ma chef ? s'étrangle Élodie.

— Pas du tout ! s'exclame Joanna. Tu sais, les acquisitions, c'est complexe, il y a des montages de sociétés qui détiennent des *holdings*… bref, le cabinet garde une certaine autonomie de gestion. Rassure-toi, tu ne vas pas devoir m'envoyer de rapports ni voir ma tronche en réunion le lundi matin !

Hors d'haleine, Élodie redouble d'efforts pour suivre la foulée de Joanna. Même en escarpins, elle pourrait courir un marathon.

— Jo ! s'écrie-t-elle enfin. Arrête-toi et regarde-moi !

— Qu'est-ce qu'il y a ? s'inquiète Joanna. Tu t'es tordu la cheville ?

Les larmes montent dans les yeux d'Élodie.

— Tu sais ce que tu viens de faire ? Tu viens de mettre un point rouge sur mon front. Joanna, réfléchis : tu vas repartir et moi, je reste.

— Je sais bien, répond Joanna.

— Je reste, mais Rombiasse aussi reste. Et là, avec cette petite scène que tu nous as jouée, elle n'a qu'une hâte : me faire payer très, très, très cher l'humiliation qu'elle a subie. Joanna, on ne passe pas tous dans la vie comme un coup de vent. J'ai besoin de ce boulot, j'ai besoin de fonctionner avec Rombiasse au quotidien, et toi tu... Tu secoues la table et tout ce qu'il y avait dessus ! Mais tu t'en fous, toi : ta vie n'est pas là ! Tu n'es pas là pour gérer les conséquences !

Interloquée, Joanna ne bouge plus.

— Mais, dit-elle d'une voix tremblante, tu as vu comme elle te parlait ? « Ma petite Élodie » ? Impossible de ne pas la remettre à la place, cette punaise de lit !

— C'était mon problème, Jo, pas le tien. Je sais que tu veux bien faire, mais je t'en prie, laisse-moi gérer à ma manière. S'il te plaît.

Joanna a perdu sa flamboyance.

— Bon. Désolée, je pensais t'aider.

Élodie pose une main sur son bras et sourit doucement.

— Je sais. Tu es mon phare dans la tempête, Jo ! Mais quand tu te transformes en navire de guerre, ça fait tout tanguer, beaucoup trop fort pour le pauvre naufragé agrippé à sa bouée que je suis.

— OK, je vais aller m'excuser auprès de ta Rombiasse.

— Non, non ! dit Élodie en éclatant de rire. Ne touche plus à rien ! Je vais faire profil bas, comme d'habitude, elle va passer ses nerfs et puis ça retombera. Tu n'as peur de rien, ma Jo. C'est ça qui te rend si précieuse et si dangereuse pour nous, pauvres mortels ! Je t'aime comme ça. Allez, on va déjeuner.

— Je n'ai plus faim, répond Joanna tristement.

— Ça va revenir. Et tu avais un conseil à me demander ?

Un pétillement réapparaît dans les yeux de Joanna. Retrouvant un peu de sa superbe, elle prend Élodie par le bras et l'entraîne le long des magasins. Derrière leurs vitrines scintillantes, les lutins et autres Père Noël saluent les passants et lèvent leur chope entre des montagnes de cadeaux. Chaque fois qu'une porte s'ouvre, une chanson de Noël répand sa mélodie sur le trottoir. Pas après pas, l'atmosphère se réchauffe entre les deux amies.

— Exact. Je me pose des questions sur ton voisin.

Discrètement, Élodie lève les yeux au ciel. Elle ne va pas déclencher une nouvelle offensive, alors elle laisse Joanna développer son idée.

— Son histoire de diplomate industriel, elle ne tient pas. Est-ce que c'est une couverture ? Un mytho ? Un tueur en cavale ?

— Joanna… ne laisse pas ton imagination prendre le mors aux dents comme ça, tu vas tous nous tuer !

— Non, mais, vraiment ! Qu'est-ce qu'un type érudit, pote avec la famille royale du Maroc, fabrique dans un appartement de banlieue dortoir du Bas-Rhin ? C'est louche.

Grelottant sans son manteau, Élodie ne peut s'empêcher de sourire.

— Dis donc, tu ne nous développerais pas une petite passion pour le beau Madjid ?

— Comment ? s'indigne Joanna. Moi qui ne pense qu'à ta sécurité !

— À d'autres, ma jolie, sourit Élodie. Je me disais aussi, que tu passais vraiment très peu de temps à profiter de ton Jacuzzi ! Voilà l'explication ! Ah, je suis un peu vexée, je pensais que tu étais subjuguée par les charmes de mon appartement et l'irrésistibilité de mes enfants.

Alors que Joanna proteste en agitant les mains, Élodie éclate d'un rire franc.

— Eh bien, j'attends de voir ce que tu nous réserves, Jo ! Ça va être grand, je le sens !

— Moque-toi, ingrate, maugrée Joanna en poussant son amie dans un restaurant aux vitres couvertes de buée.

— Pas ici, s'écrie Élodie, c'est hors de prix !

— C'est la boîte qui paie, rétorque Joanna.

— Alors, champagne !

Son rire s'étrangle dans sa gorge lorsqu'elle aperçoit, au fond de la salle, Robin attablé avec Andrew. Les deux hommes sont plongés dans une discussion qui semble passionnante. Un troisième couvert est placé en bout de table.

Comme si elle était équipée d'un radar, Joanna capte instantanément le regard d'Élodie.

— Intéressant, murmure-t-elle. Qui est ce beau gosse ?

Pour gagner du temps, Élodie fait mine de chercher le serveur du regard afin qu'on leur attribue une table. Un sourire flottant sur les lèvres, Joanna la regarde faire.

— Ce sera pour deux, Mesdames ? demande un grand homme maigre en veste noire. Suivez-moi.

Au grand soulagement d'Élodie, l'homme leur désigne une table hors de la vue de Robin, devant la fenêtre.

— Merci, répond Joanna en saisissant les menus que lui tend le maître d'hôtel, mais nous allons nous installer là-bas.

Ignorant les protestations du pauvre homme, Joanna contourne deux tables et s'installe à quelques mètres de celle où Robin et Andrew attendent leur rendez-vous. Fusillant son amie du regard, Élodie s'assied en leur faisant dos. Ayant renoncé à se battre, le maître d'hôtel prend le petit écriteau « Réservé » et le place sur la table qu'elles viennent d'abandonner.

— Prendrez-vous un apéritif ? demande-t-il sur un ton pincé.

— Bien sûr. Champagne ! lui répond Joanna en battant des cils. Quant au menu…

— N'y passons pas trois heures, souffle Élodie. Je dois faire profil bas, souviens-toi.

— Alors deux menus du jour qui vont très vite. Je vous fais une entière confiance, Martin.

Le maître d'hôtel lève un sourcil et Joanna lui adresse son plus beau sourire.

— Vous ne m'en voulez pas si je vous appelle par votre prénom ? Je tiens à vous remercier de votre adaptabilité, vous pouvez compter sur mon commentaire le plus élogieux à votre égard dès que nous sortirons d'ici.

Avec une courbette encore un peu raide, Martin manifeste sa gratitude anticipée, puis s'éloigne, ses menus sous le bras.

— Comment tu sais qu'il s'appelle Martin ? demande Élodie.

— Parce que j'ai dîné ici hier soir et qu'on a pris un verre avec le patron à la fermeture, il nous a parlé de son problématique maître d'hôtel avec, je cite, « son balai dans le cul », qui fait chuter la note de son établissement.

— C'est qui, « on » ?

— Moi et JP_72, à moins que ce soit Hugo_Inshape. Je retiens mieux les prénoms des maîtres d'hôtel que des hommes avec qui je dîne, c'est désolant.

À peine Joanna a-t-elle retiré son manteau que le sommelier s'approche avec une bouteille dont il présente l'étiquette.

— Comte de Champagne, blanc de blanc, millésime 2007.

— Parfait, sourit Joanna.

Avec des gestes cérémonieux, le sommelier penche la bouteille au-dessus de chaque coupe et se retire sans bruit.

— À nous deux, sourit Élodie.

— À nous deux. Et à ce charmant garçon qui te regarde avec insistance.

Élodie se ratatine aussitôt sur sa chaise molletonnée.

— Qui est-ce ? demande Joanna après avoir bu une gorgée les yeux clos.

— Un type que j'ai croisé deux ou trois fois, au bureau. Un Anglais, je crois. Ou un Américain. En tout cas, il a un accent.

— C'est tellement sexy, les accents.

Contrariée, Élodie fronce le nez. Elle reconnaît la voix de gorge de Joanna, lorsqu'elle se met en chasse.

— N'y pense même pas, il est pris.

Ouvrant les yeux, Joanna hausse un sourcil.

— Vraiment ?

— Vraiment. Je l'ai vu avec sa copine, le soir des illuminations.

Joanna penche la tête, prend une nouvelle gorgée, sourit. Qu'Élodie lui saute littéralement à la gorge en dessinant un cordon sanitaire autour de ce jeune homme est inattendu. Elle pourrait la taquiner, elles pratiquent l'art de la vanne depuis des années, mais Joanna sait reconnaître les moments où il faut se taire, tout simplement. L'intérêt d'Élodie pour un homme ressemble à une toute petite flamme vacillante, la manifestation que quelque chose de vivant est en train de reprendre en elle, comme une petite pousse sort de terre, des années après un incendie. Ce n'est donc pas le moment d'être lourdingue. Au contraire, Joanna a très envie de placer ses mains en coupe autour de cette étincelle fragile, pour qu'elle puisse grandir. Que cet homme soit indisponible, que rien n'aboutisse n'est finalement pas la question. Alors elle se recule sur sa chaise et bat des cils, un demi-sourire sur les lèvres.

Élodie se retient de se retourner, elle donnerait la moitié de son salaire pour savoir si Robin résiste au charme éhonté que lui fait Joanna. Elle exagère. À moins que ce soit Andrew, qui se montre réceptif ? Quoi qu'il en soit, elle s'en veut de sentir la jalousie lui chatouiller l'estomac.

Puis Joanna repose sa coupe et fronce les sourcils.

— Eh bien je n'aimerais pas être sa copine, à celui-ci. Il n'a d'yeux que pour… toi !

Une intense chaleur se répand aussitôt dans tout le corps d'Élodie. Elle a l'impression que sa chaise s'est élevée de quelques centimètres au-dessus du sol.

— Arrête, tu me fais marcher, dit-elle, il a la moitié de mon âge.

— Chut, la coupe Joanna, le visage contracté sous l'effet d'une intense concentration.

— Qu'est-ce que tu fais, chuchote Élodie, tu essaies de l'ensorceler par la seule force de ton regard ?

— Non, je lis sur ses lèvres. Intéressant. Très intéressant, même ! ça me donne une chouette idée !

Tout à coup, la porte du restaurant s'ouvre et les cheveux d'Élodie se dressent sur sa tête. C'est Rombiasse, qui vient d'entrer. Martin s'empresse auprès d'elle, et Élodie se sent couler dans une angoisse terrible lorsqu'elle s'aperçoit que sa DRH hostile marche droit sur elle. Qu'est-ce qu'elle va encore lui faire endurer ? Aller chercher son employée par la peau des fesses alors qu'elle est en train de déjeuner peut-il s'apparenter à du harcèlement ? Une grande vague glacée saisit Élodie. Rombiasse n'est plus qu'à deux tables d'elle et continue de s'approcher. Pourtant, son regard n'est pas fixé sur elle. Au contraire, elle semble ne pas la voir. Élodie se prend à espérer être devenue transparente. Soulagement, Rombiasse dépasse leur table sans s'arrêter.

Ce n'est qu'en voyant la mine horrifiée de Joanna qu'Élodie comprend. Le troisième couvert à la table d'Andrew et Robin, c'était pour elle.

8

Guirlandes maison

Le cœur un peu lourd, Élodie tourne la clé dans la porte. Elle a passé un après-midi épouvantable au bureau. Le champagne lui a creusé un trou dans l'estomac, elle a mélangé deux rendez-vous en visio, et surtout elle a baissé les yeux chaque fois qu'elle est passée devant le bureau de Rombiasse. Que Robin et elle passent un déjeuner entier à papoter et à rire, ça la mine. Elle aurait pu comprendre qu'une certaine amabilité soit de mise entre eux, après tout, Robin sous-loue un bureau quelque part sur le plateau, mais de là à déjeuner avec elle ? La conversation se déroulait en anglais, elle n'a rien pu comprendre, contrairement à Joanna. D'ailleurs elle a été surprise d'entendre sa DRH manier aussi bien cette langue. Cette Rombiasse est décidément un mystère.

L'odeur de houx qui flotte dans le salon la prend à la gorge. Elle ferme les yeux, et respire un bon coup.

— Fleur ? Fanta ? Je suis rentrée ! Est-ce que la maman de Madeleine a bien ramené Loum's ?

— Yes Maman, t'inquiète, on est tous les trois rentrés ! claironne Fleur. Viens devant le balcon, tu vas halluciner !

J'hallucine depuis midi, marmonne Élodie pour elle-même en déposant son sac à main sur la petite table de la cuisine.

Lorsqu'elle entre dans le salon, elle voit d'abord Fanta et sa fille, debout les mains dans le dos, en train de glousser. La présence de l'amie de sa fille tous les soirs apporte quelque chose de pétillant dans leur vie : Fanta est l'incarnation même de la créativité. Elle n'est jamais à court d'idées. Élodie se demande si c'est sa manière à elle de gérer l'angoisse de savoir sa mère sous haute surveillance à la maternité. Pour le moment, les inventions de l'adolescente sont drôles et souvent jolies, mais avec ses antennes de Maman, Élodie la sent sur une ligne de crête et la surveille discrètement. Il suffirait de pas grand-chose pour que Fanta se lance dans des entreprises plus discutables. Ramener un chien perdu, couvrir d'autocollants la voiture d'un voisin, inciter sa classe à s'enchaîner aux grilles du collège pour protester contre la date de début des vacances scolaires… Fanta n'a que treize ans, mais n'a peur de rien. Parfois, elle lui fait penser à Joanna.

— Qu'est-ce que vous me cachez, les filles ? demande-t-elle avec un soupçon d'inquiétude.

— Tadam ! s'écrie Loum's en jaillissant derrière les deux filles, les mains glissées dans des chaussettes.

— On a décidé de faire un sapin de Noël ! lance Fleur.

D'un pas sur le côté, les filles s'écartent et dévoilent leur création : un arbre bricolé avec quelques branches mortes (ramassées où ?) attachées entre elles avec de la ficelle à rôti, et décorées de dizaines de drôles de boules en tissu.

— Waouh. Je... ne sais pas quoi dire ! s'exclame Élodie, la main sur le cœur.

— Cette année, on ne participera pas au grand sapinocide, explique Fleur, très sérieusement. De toute façon, on n'a pas les moyens d'acheter un sapin, hein ?

Le cœur d'Élodie se serre. Elle n'avait pas imaginé que ses enfants développent si jeunes une conscience financière. Mais elle est bien obligée d'admettre que non, il n'y a pas de budget sapin Nordmann.

— Donc, poursuit Fleur, on a construit un arbre tout nu, avec les branches basses plus longues et tout, comme un sapin.

— Et on a pris le panier des chaussettes-toutes-seules, s'enflamme Loum's, qui ne veut pas être en reste. On les a remplies avec les papiers de brouillon que tu rapportes du bureau en les tortiflant comme ça. (Il fait le geste de froisser une feuille.) Ça fait des vraies boules.

— Et les chaussettes blanches, on les a nouées ensemble pour faire une guirlande géante, conclut Fanta.

Un instant de flottement fait vaciller les larges sourires, et Loum's demande d'une petite voix :

— T'es fâchée qu'on a utilisé les chaussettes ?

Aussitôt, Élodie fond.

— Bien sûr que non, mon Loum's. Vous êtes trois magiciens de Noël, c'est incroyable. Venez là, que je vous embrasse.

Pressés contre leur mère, Fleur et Loum's poussent un soupir soulagé. Fanta les observe à un pas de distance.

— Viens aussi si tu veux, Fanta, j'ai les bras assez longs pour trois ! propose Élodie.

Après une seconde d'hésitation, la jeune fille s'approche et se laisse happer.

Un bruit retentit dans le couloir.

— Tu es dingue de laisser ta porte ouverte, Élo ! gronde Joanna en refermant derrière elle.

— Je savais que tu arrivais, rétorque Élodie, tandis que Fanta se dégage vivement de l'étreinte collective.

— Ne crie pas, j'ai un cadeau, annonce Joanna.

D'un geste de l'épaule, elle fait glisser son manteau et le pose sur l'accoudoir du canapé sur lequel Fleur, Fanta et Loum's sont occupés à faire parler leurs marionnettes-chaussettes – une nouvelle invention de Fanta pour consoler les dernières chaussettes qui n'ont pas été recyclées en boules de Noël.

— Jo… Attends le 24, au moins ! gronde Élodie.

Dans la cuisine minuscule, elle cherche désespérément les petits moules à sablés qui faisaient la joie des enfants les années précédentes.

— J'aurais bien aimé, mais je ne peux pas. L'expo se termine dans deux jours.

— Ah non, s'exclame Loum's, pas d'expo, c'est trop ennuyant !

— Pas celle-là, tu vas voir, répond Joanna.

Tandis qu'Élodie ouvre et referme les tiroirs en maugréant, Joanna lance la bouilloire et pose sur le plan de travail un sachet de thé de Noël. Élodie s'interrompt et fronce les sourcils.

— Noël sans thé de Noël, ce n'est pas assez Noël, explique-t-elle. Je l'ai reçu en cadeau, ne te hérisse pas, je n'ai pas fait de folies pour toi !

— Tant mieux, grogne Élodie.

— Donc, Loum's, va prendre l'enveloppe qui est dans mon sac et apporte-la nous !

Aussitôt, le petit garçon saute du canapé et tire du sac l'objet réclamé. Il porte encore son pyjama trop petit et semble tout aussi enrhumé que la dernière fois que Joanna l'a vu.

— Tiens, ouvre, lui commande Joanna.

Avec des gestes blasés, Loum's tire quatre billets qu'il pose sur la table.

— Voilà. Les musées, c'est vraiment pas un bon cadeau, Jo, désolé de te dire ça.

Avec un clin d'œil, Joanna lui tend un billet.

— Lis ce qui est écrit dessus, et tu viendras te plaindre après.

Aussi concentré que possible, Loum's déchiffre :

— Im-mer-sion à Pou-dlar. Quoi ?! Poudlard comme Harry Potter ?

Silencieusement, Joanna acquiesce tandis qu'Élodie ravale un hoquet. Fleur et Fanta se sont approchées d'un bond.

— Hein ? Des billets pour la réalité virtuelle Harry Potter ? C'est ça ton expo ? Mais Jo, c'est une dinguerie, une din-gue-rie ! glapit Fleur en arrachant le billet des mains de son frère.

— Joanna, c'est de la folie ! Quatre billets ? Elle coûte une fortune, cette expo ! proteste Élodie.

— Chut, chut, c'est mon CE qui m'offre ça. Tu me vois jouer à Hermione toute seule ? Aucun intérêt.

Sans un mot, Fanta les regarde s'extasier ensemble. Du coin de l'œil, Joanna l'observe et dit, l'air de rien :

— C'est bête, j'ai un rencart ce soir-là. Fanta, si ça te dit…

Les yeux brillants, l'adolescente enroule une mèche de cheveux autour de son index et répond d'un ton qu'elle voudrait léger :

— Oh ? Je vais réfléchir, alors. Merci !

Tandis qu'Élodie se retrouve piégée au centre d'une ronde endiablée, Joanna recule d'un pas, se mettant en retrait. Elle aime se sentir comme une bonne fée. C'est tout le sens de sa mission, parce qu'elle envisage vraiment comme une mission le fait de se rendre disponible pour Élodie les quelques semaines précédant Noël. Une période qu'elle sait chargée de souvenirs déchirants. C'est exactement entre le 1er et le 24 décembre que Gabriel est resté entre la vie et la mort, branché dans tous les sens. Revivre tous les ans le calvaire d'une existence suspendue, c'est le fardeau d'Élodie. Mais si Joanna peut aider à l'alléger, un tout petit peu, alors c'est bien. Ça donne un sens au reste de sa vie à elle. Et pour être honnête, elle n'est pas peu fière de son idée, avec cette histoire d'expo virtuelle. Une bonne fée, certes, mais une fée qui connaît Machiavel sur le bout des ongles.

*

La queue devant l'entrée de l'exposition s'étire jusqu'à l'angle de la rue. Les billets de Joanna incluant un coupe-file, Élodie, Fleur, Fanta et Loum's dépassent d'un bon pas les visiteurs impatients. D'un œil distrait, Élodie note la présence de nombreuses familles, évidemment, mais aussi d'adultes en bandes, parfois déguisés. *La première génération de Potterhead*, songe Élodie.

Tout à coup, son cœur manque un battement. À quelques mètres de l'entrée, dans la file normale, elle reconnaît la silhouette de Robin. Elle sonde aussitôt le groupe auquel il semble rattaché : la femme qu'il serrait contre lui la dernière fois l'accompagne-t-elle ? Elle n'a pu voir que son bonnet et sa silhouette menue, autant dire qu'elle serait bien incapable de l'identifier. Des filles, il y en a plusieurs, mais toutes lui tournent le dos. Est-ce qu'il est venu seul ? Juste à côté de Robin, un homme porte un chapeau de sorcier et une cape à doublure rouge. Après un moment d'hésitation, Élodie a la grande surprise de reconnaître Andrew. Sans son costume à fines raies, le bras droit de Robin ressemble à un grand enfant, ce qu'il est manifestement. Penché sur son téléphone, Robin paraît beaucoup moins enthousiaste : il ne cesse de soupirer, tandis qu'Andrew mime avec une baguette imaginaire un lancer de sorts. *Les geeks de Poudlard se cachent partout*, songe Élodie.

Elle dépasse les deux hommes en baissant la tête et s'engouffre dans le grand hall. Un brouhaha émerveillé règne sous les hauts plafonds.

Alors qu'Élodie tend ses billets au vigile, elle remarque qu'Andrew paie son entrée au guichet. Ils risquent de partir dans le même groupe, se dit-elle en frémissant. Le dos tourné aux deux hommes, elle pousse devant elle les enfants vers la salle des équipements. Elle a l'impression de sentir entre ses omoplates le regard de Robin. *Tu délires, ma pauvre*, se morigène-t-elle.

Elle enfile avec soulagement le casque de réalité virtuelle remis par les agents d'accueil. Tant pis pour ses jolies boucles marron glacé. Le niveau d'excitation de Loum's est proche de la zone critique, elle s'efforce de le canaliser à mi-voix. Enfin, les voilà prêts, le départ est donné après un bref exposé des règles. Chaque visiteur est matérialisé par une silhouette lumineuse, les murs apparaissent en quadrillage vertical, un fléchage lumineux au sol permet aux visiteurs largués de rejoindre la scène suivante. Il faut commencer par s'élancer en courant droit sur un mur, dans une gare londonienne. C'est la fameuse voie 9 ¾ et Élodie a beau savoir qu'elle n'entrera pas en collision avec une paroi de béton, elle hésite tout de même un peu à foncer droit devant elle. La voilà projetée sur le quai de la gare du Poudlard Express. Tout autour d'elle, les élèves jaillissent du train, tirant leur valise. L'un d'eux porte une cage dans laquelle dort une vieille chouette cacochyme, un autre tient en laisse une créature étrange à gros yeux roses. Au bout du quai, la silhouette massive de Hagrid se balance d'un pied sur l'autre. En quelques secondes, Élodie perd toute notion de l'espace. Un panache de fumée engloutit le train à vapeur rutilant. Où sont Fleur, Fanta, Loum's ? Parfois, un petit cri excité lui permet de les situer, mais rapidement, elle se laisse porter, elle aussi.

— C'est quand même super bien fait, apprécie une voix d'adulte derrière elle.

Elle ne peut qu'approuver. À présent, elle voit le paysage à travers la vitre d'une sorte de fiacre. Les tours élancées de l'école se dressent à l'horizon. Elle sent même une brise fraîche dans ses cheveux.

Tout à coup, alors que Dumbledore ouvre devant elle les portes de la salle du banquet, un parfum reconnaissable entre mille l'enveloppe. Cèdre, agrume, fougère. Son cœur pulse dix fois plus fort. Chaque battement cogne contre ses côtes avec une puissance inouïe. Elle est folle, elle est vraiment folle de se mettre dans un état pareil pour une odeur ! Pourtant rien n'y fait, se raisonner ne fonctionne pas une seconde, elle a même les mains qui tremblent. Elle se répète en boucle : *Il ne m'a pas vue, il ne m'a pas vue*, espérant que son corps finisse par la croire et retrouve un fonctionnement normal.

La scène du banquet, son plafond qui neige, ses bougies suspendues en l'air s'effacent. Avec quelques secondes de retard, elle gagne la zone suivante. Elle n'entend plus les enfants. *Ils ne sont pas perdus*, se rassure-t-elle. Hagrid lui demande de se placer sur une plateforme, au pied de la tour au sommet de laquelle le professeur de divination attend ses élèves. Au dernier moment avant que la plateforme commence à s'élever le long du mur, deux personnes rejoignent le petit groupe. Le parfum de Robin se répand autour d'elle, la recouvre. Elle a la tête qui tourne un peu. Lorsque le sol commence à s'éloigner, elle tressaille. Son dos heurte quelqu'un, elle murmure « pardon » avant de se mordre les lèvres. Elle vient de se trahir.

Le sol semble à des centaines de mètres, les drapeaux Gryffondor flottent au vent tout autour d'eux, et même si elle sait que tout n'est qu'illusion, Élodie vacille. Le vertige lui donne des fourmis dans les pieds et, au moment où il faut marcher sur une fragile passerelle au-dessus du vide, elle trébuche. Un bras ferme la retient et la redresse. Elle sait. Elle sait que c'est celui de Robin, parce que son épiderme réagit, malgré elle. Elle a le cœur qui bat dans la gorge, la sensation des doigts serrés autour de son bras. Tout son corps enregistre, tout son corps répond. Il est quelque part, pas loin, et il l'a touchée. Cela fait des années, des siècles, que sa chair ne s'est pas imposée à elle, et aujourd'hui, elle se rend compte que sa peau, son ventre ont une vie propre qui n'obéit pas à ces phrases autoritaires qu'elle s'adresse. *Calme-toi. Respire. Redescends.* Cause toujours.

Elle tourne la tête, cherche la présence de Robin, et plus rien n'obéit. De toute façon, personne ne voit personne, alors qu'elle choisisse de suivre un parfum plutôt qu'obéir au parcours fléché, tout le monde s'en fiche. Un grand courant d'air fait s'évanouir les effluves de fougères et elle se sent perdue. Tout a pris des proportions insensées, les larmes lui montent aux yeux, simplement parce qu'elle a perdu la trace de Robin.

Elle se tourne, cherche le clignotement des silhouettes lumineuses recréées sur l'écran de son casque mais rien n'apparaît, elle s'est fait distancer par le groupe, elle ne sait plus où aller. Alors qu'elle s'apprête à relever son casque pour s'extraire du décor et s'orienter, elle sent une présence, face à elle. Quelqu'un qui ne bouge pas. Un corps immobile, autour duquel flotte un parfum de sous-bois. Il est là et il attend. Elle pourrait l'entendre respirer, mais peut-être qu'elle l'imagine, de toute façon rien n'a l'air réel, alors tout est permis.

Lentement, elle tend le bras devant elle, et du bout des doigts elle effleure un vêtement. Elle reconnaît les boutons d'une veste, la trame serrée d'un coton rugueux, le pli d'un revers. Face à elle, le grand corps ne bouge pas. Sur le bord de la manche, elle hésite. Toucher la peau ? D'un geste muet, l'autre tourne sa main, offre sa paume, et elle se lance. Elle approche la sienne, étend les doigts. D'abord, elle perçoit la chaleur de sa main.

Elle n'ose pas encore l'effleurer, elle se retient et elle reconnaît cette attente délicieuse du corps de l'autre, cet élan qui la pousse et qu'elle contient. L'air lui manque. Leurs peaux sont si proches, l'attente est si puissante que lorsque leurs doigts entrent en contact, un sanglot brutal lui serre la gorge. Et c'est là. L'autre est là. La chaleur de sa main au creux de la sienne, son cœur qui s'emballe, le leur. Un pas en avant et elle sera contre lui, et il sera contre elle. Elle sent dans son dos une poussée formidable, tout en elle se précipite vers le corps de l'autre, elle se sent déborder hors d'elle-même. Comme une écorce, elle voudrait le recouvrir, comme l'eau, elle voudrait s'infiltrer en lui. Ses mains écartent les revers de la veste, glissent sur le pull, cherchent la lisière. Enfin, la peau tiède du torse, et elle pensait que ça la soulagerait de cette soif immense qu'elle a de tout parcourir, mais c'est pire. Elle veut plus, elle veut tout et elle se fout qu'on les voie. Ses lèvres fourmillent, elle oublie où elle est et elle sent contre sa main que le cœur de l'autre explose avec la même fièvre. Contre sa nuque, elle perçoit un effleurement, puis une main dans son cou, un pouce qui frôle ses lèvres. Elle a envie de l'aspirer dans sa bouche, de le mordre et de le guider partout où son corps réclame qu'on le réveille et qu'on le fasse gémir.

Un bruissement de voix s'approche. Le groupe suivant arrive, impatient de traverser la passerelle et de découvrir la salle de divination. D'un pas, l'autre recule et Élodie chancelle. Elle reprend conscience de son centre de gravité, du bruit qui l'entoure, des gens. Tout sort de la brume et les contours du réel s'affirment. Elle cherche l'air, essoufflée, comme après avoir couru.

Il ne s'est rien passé. Dans sa paume, elle garde pourtant le souvenir du grain de peau, de la rondeur des muscles du dos, et dans la gorge une soif douloureuse. Avec le flux du nouveau groupe, elle s'éloigne, se laisse porter par le mouvement. Il ne s'est rien passé.

Debout au milieu de l'immense pièce vide, Robin la regarde s'éloigner.

Elle n'a pas retiré son casque. Lui, si.

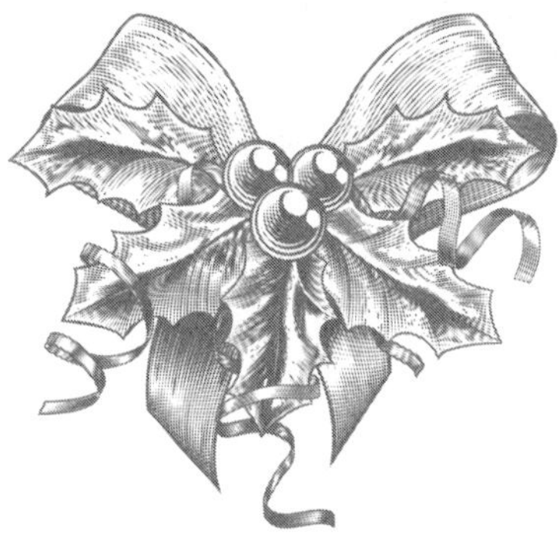

9

Thé de Noël

— On a entendu un bruit, là, non ? demande Joanna, à genoux devant le sapin dont elle replace une guirlande-chaussette.

— Faut-il te rappeler que la cloison qui nous sépare de Madjid tient plus du papier toilette que du placo-platre ? répond Élodie, le visage dans le four. Raaah, la pyrolyse, c'est la vie ! Rappelle-moi de ne plus jamais économiser sur ce type d'option.

— N'économise plus jamais sur ce type d'option, lance Joanna avant de se lever et de coller son oreille au mur.

— Jo… gronde Élodie. Laisse ce pauvre Madjid faire pipi tranquille.

— Il n'est pas chez lui.

— Quoi ?

— Je l'ai entendu sortir pendant que tu raclais la vitre de ton four avec les dents !

Les paumes plaquées sur les lombaires, Élodie se relève et s'approche de son amie.

— Tu as fait un stage au KGB ? Ou alors…

Elle sourit et chatouille du bout des doigts la nuque de Joanna dont le visage reste impassible.

— Ou alors, poursuit-elle, le beau Madjid occupe un peu trop tes pensées ?

Aussitôt, Joanna se redresse, comme piquée par une guêpe.

— Absolument pas, n'importe quoi.

— Pourquoi ? Tu le trouves repoussant ?

— N'importe quoi. Absolument pas.

— Il te met mal à l'aise ?

Élodie s'amuse franchement, c'est la première fois qu'elle surprend une réaction de ce genre chez son amie. Elle croit même déceler une rougeur suspecte sous son teint hâlé.

— Absol… Arrête, non ! s'insurge Joanna. Je le trouve simplement suspect. Que fiche un type de son envergure dans un trou à rats ?

— Merci pour les rats qui vivent dans le trou voisin !

— Pardon, pardon, je ne parlais pas de toi et des enfants, évidemment. Oh et puis zut, tu sais bien.

Un rire silencieux secoue Élodie. Voir Joanna fébrile à cause d'un homme, c'est aussi exotique qu'entendre un enfant de cinq ans comparer la phronesis et le courage politique du temps de Périclès.

— En tout cas, quelque chose bouge là-dedans alors que l'appartement est censé être désert, conclut-elle avant d'agiter ses longs cheveux dans son dos. Peut-être qu'il héberge quelqu'un ? Ou un voleur s'est introduit ? Ou…

— On va en avoir le cœur net tout de suite, la coupe Élodie. J'ai un double de ses clés. On ouvre, on regarde si tout va bien, on referme.

Les yeux de Joanna n'auraient pas brillé davantage si on lui avait annoncé que le poste de directrice générale lui était acquis. Élodie tire un trousseau du tiroir de la commode.

— Je vérifie qu'il n'y a personne dans le couloir, annonce Joanna, la main sur la poignée.

— Ils n'ont toujours pas réparé le détecteur de mouvements, râle Élodie tandis que le pallier de l'étage reste plongé dans l'obscurité.

— Chut, il ne faut pas que l'intrus nous entende à l'intérieur, chuchote Joanna.

Elle ressemble à une enfant, à marcher sur la pointe de ses escarpins, penchée vers l'avant, la tête rentrée dans les épaules. Il y a cinq ans, Élodie a vu Joanna sortir de son insouciante post-adolescence pour plonger la tête la première dans le monde des adultes. Elle a toujours eu cette force en elle, sinon jamais elle n'aurait pris le téléphone des mains du gendarme, sur l'autoroute. Jamais elle n'aurait annulé ses vacances pour venir veiller Gabriel, intubé dans tous les sens, les semaines précédant Noël. Et elle n'aurait pas attendu dans le couloir pour pouvoir la serrer dans ses bras, après que tout avait été débranché. Non, Joanna a toujours été une force de la nature, c'est certain. Depuis l'accident, elle a construit une carrière en béton, marchant sur les lignes de crête politiques en stiletto. Elle flatte, elle calcule, elle sévit, elle tranche, elle gravit les échelons sans perdre l'équilibre. Elle accumule les responsabilités sans flancher… À même pas trente ans, elle pourrait donner des leçons à n'importe qui. Alors la regarder se glisser dans la peau d'un agent secret est une bouffée d'oxygène pour Élodie. Joanna a droit, elle aussi, à la légèreté.

— Pourquoi tu fais autant de bruit ? grommelle Joanna tandis qu'Élodie cherche à entrer la clé dans le barillet.

— On est dans le noir, je te rappelle !

Enfin, la porte s'ouvre. L'appartement est silencieux. La bibliothèque couvrant le mur du fond est parfaitement rangée et sur la table basse, Joanna reconnaît le petit livre que lisait Madjid la première fois qu'elle l'a rencontré. La première fois qu'elle s'est introduite chez lui, pour être plus honnête. *La Personne et le Sacré*, de Simone Weil.

Sur la pointe des pieds, les deux amies s'avancent sur le tapis clair. Le frigo ronronne dans la cuisine ouverte, le plan de travail est impeccable, l'ensemble dégage une atmosphère paisible.

— Tu vois, il n'y a personne, dit Élodie.

Elle ne peut pas s'empêcher de parler à voix basse, comme si quelqu'un était réellement en train de les observer.

— On n'a pas encore regardé dans les autres pièces, rétorque Joanna avant de s'avancer vers la première porte.

La chambre de Madjid est sobre et claire : un lit deux places dont l'édredon est recouvert d'un tissu en lin épais, des rideaux clairs, un tapis bleu nuit. Dans l'angle de la pièce, des persiennes en bois brut camouflent une penderie.

— Sympa et de bon goût ! apprécie Joanna.

Le bruit sourd se fait entendre de nouveau, les deux amies sursautent.

— C'est dans la salle de bains, chuchote Élodie.

Elles s'approchent de la deuxième porte à pas feutrés, et font tourner la poignée. Dans la cabine de douche, un chaton gris aux yeux dorés les regarde. Il joue avec une bouteille de shampooing presque vide et lorsqu'il l'envoie contre la paroi vitrée, le son résonne dans la pièce carrelée.

— Oh, mais quel amour ! s'émeut aussitôt Joanna. Il est adorable, ce bébé ! Pourquoi est-ce que Madjid l'enferme, comme ça ? Ce type n'a pas de cœur !

— C'est pour l'habituer progressivement à son nouveau territoire, répond Élodie. Regarde, il a son coussin sous le lavabo, une litière, tout va bien. Le carrelage, ça permet de gérer les petits accidents de propreté.

Accroupie face au chaton, Joanna ne l'entend pas, tout entière occupée à se laisser flairer par le petit animal. Le chaton approche sa truffe rose et, dès qu'elle entre en contact avec le corps de Joanna, il recule d'un bond.

— Bon, Jo, mission accomplie, tout va bien chez le voisin, on rentre chez nous !

— J'arrive, j'arrive.

— Allez, on ne va pas s'éterniser !

— Mmmhh… je te rejoins.

Après un moment d'hésitation, Élodie sort de la salle de bains à reculons.

— Je laisse les clés sur la porte, tu refermes en sortant ?

— Oui, oui…

La voix de Joanna est lointaine, mais Élodie a d'autres préoccupations, comme préparer un dîner pour Fleur et Loum's. Elle regagne donc son appartement sans attendre et se plonge dans ses sujets domestiques. Elle n'a pas eu le temps de repenser à cet épisode troublant, à l'exposition Poudlard. Impossible de faire la part des choses entre ce qu'elle a ressenti, ce qui est vraiment arrivé et ce qu'elle a fantasmé. Aucune certitude d'avoir partagé cette expérience troublante avec Robin, le vrai Robin. Parfois, elle se dit qu'elle a tout imaginé et pourtant, son épiderme s'est réveillé, ses sens aussi. Elle perçoit plus nettement les sons, les goûts, les textures… et les parfums, évidemment. Tandis qu'elle se repasse le film de ce moment de sensualité extrême, le temps file… et Joanna ne revient pas.

*

Dès qu'Élodie est sortie, Joanna quitte à regret le chaton, traverse la chambre de Madjid et se dirige vers la porte d'entrée. Au milieu de la pièce de vie, elle s'arrête. C'est l'occasion rêvée de découvrir si, oui ou non, Madjid est bien celui qu'il raconte être. Elle récupère les clés et referme la porte restée entrouverte. Son cœur s'accélère. Elle se donne cinq minutes, pas davantage. Sur la table basse, le petit livre attire son regard. Des messages s'y cacheraient-ils ? Elle saisit le fascicule et le feuillette. « La beauté promet toujours et ne donne jamais rien ; elle suscite une faim, mais il n'y a pas en elle de nourriture pour la partie de l'âme qui essaie ici-bas de se rassasier. » Elle le repose. Ce n'est pas dans ce bouquin qu'elle trouvera matière à nourrir ses soupçons. Ses yeux volettent d'un meuble à l'autre. Où Madjid pourrait-il conserver des documents, des objets compromettants ? Pas dans le salon. Elle revient dans la chambre.

Sous le lit, elle repère de longs tiroirs. Elle s'agenouille et en tire un. Des chaussettes. Les mains plongées dans le compartiment, elle tâte, elle fouille. Rien. L'autre tiroir : des caleçons, des boxers. Ah, Madjid n'est donc pas un homme à slip ! Elle préfère. Rien non plus. Que reste-t-il à fouiller ? Elle s'approche de la table de nuit et ouvre les tiroirs. Des piles pour le réveil, un stylo sans capuchon, un spray de mélatonine. *Il a du mal à s'endormir. Intéressant.* Intéressant, mais pas concluant. La penderie maintenant ! Elle écarte les persiennes et pousse un hourra intérieur. À l'étage des chaussures, elle découvre trois grosses valises de classement métalliques, verrouillées. Tout est là-dedans, elle en est certaine. Elle tire la plus accessible, la soupèse. Au moins dix kilos de dossiers dorment à l'intérieur. La curiosité la dévore à un point presque douloureux. Des ordres de mission ? Des rapports secrets ? Des preuves ?

Parmi les vêtements de Madjid, elle ne trouve pas davantage d'informations. Des chemises en lin, des pantalons souples, un costume, un smoking (très classe), des pulls en cachemire. Une garde-robe qui contraste avec le standing de l'immeuble, du quartier, de cette ville-dortoir, songe Joanna. Les vestiges de sa vie passée, sans doute.

Combien de temps Joanna reste-t-elle à rêvasser, à passer et repasser sa main sur les piles de pulls de Madjid ? Elle n'en sait rien. Aussi, lorsque la porte d'entrée claque, elle est prise de panique. Son cœur s'emballe, elle ne sait plus ce que lui a dit Élodie en partant, est-il est possible que ce soit elle qui revienne la chercher ?

Un bruit de pas s'approche, des clés sont déposées quelque part, avec un tintement de porcelaine. Joanna se lève, entre dans la salle de bains, cherche un endroit où se dissimuler et se reprend. *Allons ma vieille, tu ne vas pas te planquer derrière un peignoir ! Du cran !*

Aussi silencieusement que possible, tandis que le chaton se frotte l'échine contre sa jambe, elle colle son œil dans l'entrebâillement. Madjid pénètre dans sa chambre. Elle le voit de dos, retirer sa veste, puis sa chemise. Des muscles noueux jouent sous sa peau lorsqu'il enfile son T-shirt. Alors qu'il lève les bras, elle laisse son regard glisser sur sa silhouette sèche. L'ombre de la colonne vertébrale, la cambrure du dos, la ceinture, les fesses, les cuisses fuselées. Juste au-dessus de ses chevilles nues, découvertes le temps que Madjid trouve l'encolure de son T-shirt, elle croit remarquer quelque chose. Un tatouage ? Une seconde plus tard, Madjid baisse les bras, le tissu du pantalon retombe et elle ne voit plus rien. Elle a peut-être rêvé. Un tatouage, ou… un bracelet électronique ? Un long frisson lui dégringole de la nuque au coccyx. Qui est cet homme ?

Lorsqu'il se retourne, son œil se fixe sans hésiter dans l'embrasure de la porte de la salle de bains. Elle est découverte, se reculer serait la pire des options. Alors elle inspire et ouvre en grand la porte avec un sourire, le chaton dans les bras.

— On a entendu du bruit et comme on vous avait entendu sortir, on est venues voir, dit-elle. Le coupable, le voilà !

Madjid ne semble même pas surpris. Il s'approche, tout sourire, et tend la main vers le chaton qui enfouit aussitôt sa fête au creux de la paume de son maître.

— Quand j'ai vu que la porte n'était pas fermée à clé, je me suis douté que j'avais reçu une visite amicale.

Joanna déglutit. Avoir l'air parfaitement à l'aise dans ses baskets, alors qu'elle est prise la main dans le sac, est une performance digne du César de la meilleure actrice. Elle n'est pas certaine d'être au niveau, heureusement le chat lui offre une certaine contenance. Elle tente d'imaginer Madjid nu, et c'est encore plus déstabilisant. Technique de coaching pourrie, elle retient celui qui lui a conseillé ce truc idiot pour mieux négocier ses primes de fin d'année ! Ça fonctionne peut-être quand l'interlocuteur est sexy comme une agrafeuse, mais pas dans le cas présent. Pas du tout.

— Je ne vais pas vous déranger davantage, Élodie doit m'attendre pour le dîner. J'avoue que je me suis un peu attardée pour jouer avec… Comment s'appelle-t-il ?

— Labo, répond Madjid.

— Comme Laborie, La Beauté ?

— Plus trivial. Laboratoire.

— C'est une référence à quoi, votre engagement contre les tests sur les animaux ?

— Une petite blague à moi-même, plutôt, répond Madjid, fixant sur elle ses prunelles sombres.

Qui est cet homme ?

Un peu gauche, Joanna lui remet le chaton et sort de la chambre, peu assurée sur ses talons. Elle désigne le livre sur la table basse et dit :

— C'est intéressant, de voir un homme lire Simone Veil !

— C'est Simone Weil, avec un w.

Joanna ne comprend pas.

— Weil et Veil, ce ne sont pas les mêmes Simone ! Deux grands esprits, deux femmes d'origine juive. Si ça vous intéresse, je vous le prête, ce livre.

Il y a deux choses que Joanna a toujours détestées. Les poils dans les oreilles et passer pour une ignare. Elle saisit donc la petite brochure et s'apprête à sortir.

— Comme je vous ai déjà apporté les marrons glacés,

je n'ai plus rien de solide à vous proposer, alors un thé vous conviendrait-il ?

Un instant, l'image d'Élodie la tête dans son four effleure Joanna. Le dîner ne doit pas être tout à fait prêt, et elle a tellement envie de mieux connaître Madjid. Qui sait, en croisant les jambes, il va peut-être de nouveau découvrir sa cheville ?

— Lapsong souchong, Bergamote, Hôjicha ?

— Vous n'avez pas de thé de Noël ?

— Vous voulez parler de ces mauvaises feuilles camouflées à l'aide de cannelle frelatée et de vanilline ?

— Que vous êtes snob, ne peut s'empêcher de s'exclamer Joanna.

— Je le confesse. Je suis d'un autre temps.

Pendant que l'eau chauffe, Madjid vient s'asseoir face à elle. De l'autre côté de la cloison, la voix de Tino Rossi s'élève, assourdie. « Ô quand j'entends chanter Noël, mon beau rêve blanc… » L'atmosphère en est transformée, et le silence entre eux devient beaucoup plus léger.

Madjid la regarde sans rien dire. Pour l'inciter à l'imiter, Joanna croise les jambes, l'esprit tout entier tendu vers la cheville gauche de son hôte. Peine perdue, Madjid ne réagit pas en miroir. Cet homme a décidément beaucoup trop d'indépendance d'esprit.

— Vous êtes d'un autre temps, de quel genre de temps ?

— Du temps où l'on prenait la peine de s'écrire avec du papier et un crayon.

— J'aime l'idée. On ne se serait jamais autorisé à écrire et poster : « Salut t frèch, si sa te di on se voa » !

Les créateurs d'applications de rencontres devraient songer à repasser au papier…

— Je suis du temps où les hommes dînent en veste et ouvrent la portière.

— La belle époque du patriarcat, donc ?

— Exactement, sourit Madjid, ça vous déplaît ?

— Du temps où l'on se vouvoyait jusqu'au moment de coucher ensemble ?

— Et parfois même après.

Un gloussement s'échappe de la gorge de Joanna. Elle ne sait pas très bien si elle trouve tout ça ridicule ou charmant. C'est souvent le problème avec les hommes inclassables. La bouilloire se met à chanter, Madjid se lève et contourne son fauteuil, elle s'attend à ce qu'il l'effleure en passant, mais non. Sa déception l'étonne. Dans son dos, elle l'entend sortir deux tasses, verser l'eau chaude dans une théière et y ajouter une pincée de thé en vrac. Lequel a-t-il choisi ? Elle s'amuse, s'empêche de se retourner. Calmement, Madjid revient poser sur la table basse son plateau. L'eau fume par le bec de la théière.

— Il ne faut pas négliger la dimension ludique, poursuit-il. C'est un jeu. Un jeu dans lequel chacun prend soin de laisser croire à l'autre qu'il est le meneur.

— Ou la meneuse…

D'un hochement de tête, il approuve et conclut en versant le thé dans une tasse à travers un filtre :

— Jusqu'à ce qu'aucun des deux n'ait plus de certitude. C'est là que ça devient vraiment amusant, vous ne trouvez pas ?

Avec horreur, Joanna sent ses joues s'empourprer. Elle n'aurait pas réagi autrement s'il lui avait fait une proposition indécente. En fait, si. Face à une proposition indécente, elle aurait soupiré et répondu, blasée : « OK, chez toi ou chez moi ? » Là, c'est beaucoup plus… troublant.

Elle se brûle la langue, repose sa tasse, décroise les jambes. Elle a l'impression de ne rien maîtriser, c'est à la fois étrange et nouveau. Et excitant.

— Dois-je m'attendre à recevoir une lettre de vous, qu'on me remettra au comptoir de l'hôtel ?

— Ai-je fait une telle proposition ? sourit Madjid.

Qui est ce type… ?

10

Liste au Père Noël

À plat ventre sur son lit, Joanna rêvasse. Elle a été comme absente pendant tout le dîner. Fleur et Loum's avaient beau chanter « Petit Papa Noël » à tue-tête, elle était très loin, dans un petit coin de son esprit qu'elle n'a jamais tellement investi. Même Élodie a renoncé à la ramener parmi eux. Elle la regardait, amusée, poivrer son yaourt et répondre à côté de la plaque. Dans l'angle de sa chambre astucieusement placé devant la grande baie vitrée dominant le quartier, son Jacuzzi crache des bulles. Elle se rappelle vaguement l'avoir allumé en entrant, mais elle n'a pas encore commencé à se déshabiller. Elle roule sur le dos et regarde le plafond écru, ses corniches. On dirait un joli papier à lettres.

« Allez, je me lance la première », finit-elle par murmurer.

Dans le tiroir du bureau, elle a trouvé un bloc à en-tête de l'hôtel. Ce sera toujours moins *cheap* qu'une feuille à imprimante. Elle tire un fauteuil devant sa table et allume la lampe. Est-ce qu'elle a un stylo digne de ce nom ? D'un geste impatient, elle renverse son sac à main sur la moquette immaculée de sa chambre. Un stylo, un seul, portant le logo de son entreprise. Si elle devient épistolière, elle va devoir s'offrir mieux que ça. Jamais Madjid ne tolérerait qu'on utilise un si piètre crayon. Il doit ignorer jusqu'à l'existence des stylos publicitaires !

« Cher Madjid. » Ça, c'était la partie facile. Levant de nouveau les yeux vers le plafond, Joanna cherche la phrase suivante. Elle a l'impression de rédiger sa liste au Père Noël. C'est d'ailleurs sans doute la dernière fois qu'elle a écrit une lettre à la main.

Cher Madjid,
Puisqu'il faut jouer le jeu du vouvoiement, j'accepte. Vous avez raison, ça a quelque chose de troublant, alors qu'il serait si simple de se dire « tu ». Le « tu » paraît tout à coup d'un érotisme scandaleux. Le « vous » aussi, finalement. C'est s'écrire, qui est érotique.

Mon Dieu, elle ne peut pas envoyer un truc pareil. Trois lignes à peine, et elle a déjà utilisé deux fois le mot « érotique ». Elle est dingue. Il faut être plus subtil. Elle froisse la feuille et se penche sur une nouvelle.

Cher Madjid,
Se vouvoyer n'engage à rien, je relève le défi. Vous me semblez bien...

Elle s'interrompt. Non, elle ne va pas lui écrire qu'elle le trouve bien mystérieux. C'est elle, qui doit sembler mystérieuse.

Bien… « … tôt mûr pour la troisième personne. Monsieur voudra-t-il di… » Si elle écrit « dîner chez lui demain », ça sera drôle, mais il pourrait prendre ça pour une invitation. Laissons-le franchir ce pas lui-même. Après tout, elle ne va pas lui mâcher le travail, non plus. Monsieur voudra-t-il di… « … scuter philosophie ou bien politique, la prochaine fois qu'il rencontrera Madame ? » Et voilà comment on retombe sur ses pieds.

Joanna jette un coup d'œil au petit livre dont la couverture dépasse de son sac à main. À évoquer la philosophie, il s'attendra à un exposé sur Simone Weil, elle va être obligée de lire le texte, maintenant. Ça promet d'être pire qu'un PowerPoint. Elle demandera un résumé à ChatGPT.

Je suis curieuse de votre parcours professionnel, cher Madjid. Vous avez deviné je crois que cette dimension occupait une certaine place, chez moi. [*Toute la place*, corrige intérieurement Joanna.] *Que faisiez-vous exactement, dans votre entreprise ? [« Qu'est-ce qui peut mener quelqu'un à appeler son chat "Labo" ? », voudrait demander Joanna.] Peut-être que vous trouverez que c'est un peu trop moderne, une femme carriériste. Êtes-vous du genre à la préférer derrière les fourneaux ? Avec moi, c'est fichu : je cuisine comme une pa…*

Et voilà, elle a laissé le naturel reprendre le dessus. Dans une lettre écrite à la main, on n'écrit pas « comme une patate », enfin ! Quel mot plus classe que patate pourrait transmettre la même idée ? Païenne ? Paysanne ? Palefrenière ? Pâ... le copie de je ne sais pas qui. Voilà ! Ça sonne mieux. Pâ... le copie d'Anne-Sophie Pic. Racontez-moi plutôt d'où vous vient ce petit côté désuet : de votre éducation ? Vos élèves doivent vous horrifier, avec leur langage bizarre et leurs références sportives ! J'y pense, j'adore le sport. Je hurle devant les matchs de Ligue des champions, le Tournoi des Six Nations, mais le pompon absolu, c'est Roland-Garros. On m'a sortie du cours Philippe-Chatrier en 2018 lors de la demi-finale Nadal-Del Potro. C'était abusif car j'étais déjà aphone à la fin du premier set.

Qu'est-ce qu'elle écrit ? Si l'idée est de passer pour une furie, c'est parfait ! Mais pour séduire un homme raffiné, c'est la catastrophe. Que raconterait quelqu'un de bien, de pondéré, quelqu'un de doux, comme Élodie ?

Mais rassurez-vous, le temps a fini par assagir ces traits de personnalité un peu excessifs. À présent je me passionne davantage pour...

Pour le tricot, les confitures d'abricot, la paix dans le monde ? Elle s'est crue à Miss France ? « pour le cinéma. » Ça au moins, c'est vrai. « Les comédies populaires » aurait été plus précis. Plus honnête aussi.

Cette première lettre ressemble un peu à celle que j'ai écrite à ma correspondante italienne, en 2004. J'espère que vous saurez me montrer le chemin de la vraie belle et adulte correspondance épistolaire, je vous attends.

Oh pétard, elle a ripé, le « je vous attends » ressemble à une invitation coquine. Trop compliqué de rattraper le coup, elle ne va pas écrire : « Je vous attends au coin de la rue. » Obligée d'assumer l'irruption de son subconscient.

Enfin, j'attends votre lettre, évidemment. Votre nouvelle correspondante.

Elle a hésité entre « bien cordialement » et « bien à vous », qui faisait un peu trop folle de son corps, alors elle n'a rien mis. Elle est épuisée. C'est crevant, d'écrire une lettre, elle comprend qu'on soit passé au langage SMS, finalement.

Elle relit l'ensemble :

Cher Madjid,
Se vouvoyer n'engage à rien, je relève le défi. Vous me semblez bientôt mûr pour la troisième personne. "Monsieur voudra-t-il discuter philosophie ou bien politique, la prochaine fois qu'il rencontrera Madame ?"
Je suis curieuse de votre parcours professionnel, cher Madjid. Vous avez deviné je crois que cette dimension occupait une certaine place, chez moi. Que faisiez-vous exactement, dans votre entre-

prise ? Peut-être que vous trouverez que c'est un peu trop moderne, une femme carriériste. Êtes-vous du genre à la préférer derrière les fourneaux ? Avec moi, c'est fichu : je cuisine comme une pâle copie d'Anne-Sophie Pic. Racontez-moi plutôt d'où vous vient ce petit côté désuet : de votre éducation ? Vos élèves doivent vous horrifier, avec leur langage bizarre et leurs références sportives ! J'y pense, j'adore le sport. Je hurle devant les matchs de Ligue des champions, le Tournoi des Six Nations, mais le pompon absolu, c'est Roland-Garros. On m'a sortie du cours Philippe-Chatrier en 2018 lors de la demi-finale Nadal-Del Potro. C'était abusif car j'étais déjà aphone à la fin du premier set. Mais rassurez-vous, le temps a fini par assagir ces traits de personnalité un peu excessifs. À présent je me passionne davantage pour le cinéma. Cette première lettre ressemble un peu à celle que j'ai écrite à ma correspondante italienne, en 2004. J'espère que vous saurez me montrer le chemin de la vraie belle et adulte correspondance épistolaire, je vous attends. Enfin, j'attends votre lettre, évidemment.
Votre nouvelle correspondante

C'est un peu de bric et de broc, mais ça fera l'affaire. Elle n'a pas la moindre énergie pour se lancer dans une nouvelle missive. Elle détache le feuillet et le glisse dans son sac, simplement plié en deux. Elle ira acheter une enveloppe en allant auditer le deuxième cabinet d'expertise-comptable de la région, demain, dans une petite ville limitrophe. Maintenant qu'elle a retrouvé le plaisir de laisser le crayon noircir le papier, elle écrirait bien autre chose. Une liste de Noël. Tout ce qu'elle aimerait recevoir.

Cher Père Noël-qui-n'existe-pas,
Cette année, enfin l'année prochaine vu qu'on est déjà à la fin, j'aimerais bien que tu m'offres :
Le sac Andiamo de Bottega Veneta

En réalité, si elle fait attention à ses dépenses pendant un ou deux mois, elle pourrait se l'offrir. Pas besoin du Père Noël. Elle saisit entre le pouce et l'index la pince à strass qui retient ses cheveux en chignon banane et fait jouer ses dents à la façon d'un crocodile furieux. Ça l'aide à réfléchir. Qu'est-ce qu'elle pourrait bien souhaiter qu'elle ne puisse acquérir par ses propres moyens ? Repoussant le bloc-notes et son crayon, elle se lève pour fouiller dans le minibar. Aucune envie d'alcool, le Coca ne la tente pas non plus. Non, elle préfère un thé. Ah, le thé… Jusque très récemment, elle n'en avait jamais saisi la charge érotique. En quelques secondes, la bouilloire ronronne, tandis qu'elle fouille du bout de ses ongles en résine parmi les sachets proposés par l'hôtel. Menthe, fruit rouge, pêche, tous ces arômes censés pallier la pauvreté gustative des feuilles de thé – elle a bien retenu la leçon –, non merci. Il reste un sachet, un seul : tisane au fenouil. Apparemment, ça promet une digestion orgasmique. Pourquoi pas ?

Dès qu'elle plonge le sachet dans l'eau bouillante, une fumée parfumée s'élève de la tasse. Joanna réprime une grimace de dégoût. Cette tisane pue le pastis ! En plissant le nez, elle se force à en avaler une gorgée, il faut ce qu'il faut, puis renonce et court vider son mug dans le lavabo immaculé. Boire du thé est décidément une discipline qu'elle ne maîtrise pas encore. Tiens, voilà quelque chose à souhaiter ! Elle revient au bloc et saisit le stylo.

- des compétences béton en thé (pour épater on sait bien qui)
- Cette idée en entraîne aussitôt une autre, tout aussi hors de portée immédiate :
- une nuit de folie pour Élodie
- Et tant qu'à œuvrer pour Élodie…
- une autre DRH pour Élodie
- le poste de DG (et pas de DGA, non mais !)
- que Gabriel ne soit pas mort
- un appel de ma mère et qu'elle se souvienne de mon prénom
- danser avec Ryan Gosling la scène de *La La Land* (tellement kitch, mais j'assume)

C'est amusant, et un peu déprimant, aussi. Au moment de ranger son stylo moche, elle ajoute :

- une lettre de Madjid

Que de love dans cette liste, sourit Joanna. À croire qu'on n'aspire qu'à sentir nos petits cœurs déborder, finalement, même si un bureau de trente mètres carrés et une prime à quatre zéros ne gâchent rien ! La feuille en main, elle la relit en hochant la tête. Pour ce qu'elle souhaite à Élodie, elle peut faire deux ou trois trucs, elle a déjà commencé. L'idée de prendre le coupe-file Poudlard Expo une heure trente après l'heure de rendez-vous de Robin et son copain Potterhead était audacieuse. Ils auraient pu changer leurs plans après ce déjeuner au cours duquel elle a écouté leur conversation. Élodie et lui auraient pu se manquer, mais elle a fait confiance au type qui lui a garanti une heure et demie de queue si elle ne prenait pas de ticket premium. Élodie ne lui a rien raconté, pourtant elle semblait tellement sur un petit nuage que Joanna était prête à parier qu'elle avait croisé le regard du charmant Robin. Il n'y a plus qu'à attendre… un jour ou deux. Ensuite, si rien ne bouge, elle prendra les choses en main.

*

Est-ce qu'elle osera monter dans le même ascenseur que Robin, si elle le croise dans le hall ? Après ce qui s'est passé… ou ne s'est pas vraiment passé, elle ne sait plus. Est-ce qu'il est toujours avec sa copine ? Est-ce qu'il est à l'aise avec le fait de s'être laissé toucher comme il l'a fait, alors qu'il était en couple ? Et s'il était un infidèle chronique ? Et s'il n'était pas en couple ?

Alors qu'elle se passe un trait d'eye-liner sur la paupière, Élodie se sent assaillie par le doute.

— Je pars, Mamoune ! clame Fleur avant de claquer la porte.

Le nez dans son bol de céréales, Loum's sommeille encore un peu. Elle va devoir le larguer au portail, sans entrer dans la classe comme elle le fait d'habitude, le temps file trop vite ce matin.

Sur le palier, elle croise Madjid.

— Comment va votre chat ? Il nous a causé une belle frayeur, Joanna a dû vous raconter !

— Elle m'a raconté, sourit le voisin.

— Vous n'avez pas cours aujourd'hui ?

— Non. Bonne journée !

Pas très bavard, songe Élodie en tirant Loum's par la main. C'est vrai qu'il est un peu mystérieux, tout bien réfléchi. Joanna n'a pas tort sur toute la ligne. De là à enquêter façon Nestor Burma…

Tandis que Loum's liste à haute voix l'immense choix de cadeaux parmi lesquels le Père Noël, s'il est sympa, pourrait piocher pour être certain de lui faire plaisir, Élodie allonge le pas. Elle répond par monosyllabes à son fils, absorbée par sa recherche d'attitude chic et décontracté à adopter face à Robin. Cependant, la récurrence du mot « cadeau » finit par la tirer de sa boucle mentale et elle se met à prêter l'oreille. Elle n'a pas vraiment commencé ses achats. Il va sérieusement falloir qu'elle s'y colle, pourtant. Si elle récapitule : pour Loum's, à peu près toute la collection des Lego Harry Potter (la petite virée à Poudlard ne doit pas être étrangère à ce revirement brutal qui le fait tout à coup délaisser la collection Star Wars). Pour Fleur, la gourde XXL Stanley Cup, même si Élodie peine à comprendre l'intérêt de se trimballer avec un bidon de trois litres au lieu d'une gourde de taille normale. Et pour tous les deux, une soirée cinéma dès que l'opération « un billet acheté, un billet offert » lui permettra de s'offrir le luxe inouï de trois places au Multiplex. Voilà, problème réglé, elle embrasse son fils dans les cheveux et le confie aux bons soins de l'équipe éducative. Problème suivant, maintenant…

Au pied du bureau, elle inspire profondément. Elle s'est coiffée, elle sent bon, elle a les joues roses. Si elle croise Robin, elle ne veut pas qu'il regrette ce qui s'est (peut-être) passé.

Malgré l'heure tardive, Rombiasse ne l'attend pas avec une corbeille à papier qu'il faudrait vider, ou un rapport dont elle devrait gommer une ligne sur deux. Soulagement. D'un pas léger, elle s'avance vers sa place. Elle dépose son sac et, tandis que son écran s'allume, décide de s'offrir un café. Le réservoir de la machine au coin de l'*open-space* est vide, il faut le remplir aux toilettes (elle a toujours des scrupules à vider la fontaine à eau). Le récipient en plastique entre les mains, elle remonte le couloir et finit par passer devant les salles de réunion. La porte d'une d'entre elles est à demi ouverte, on peut y entrevoir un ordinateur portable et une pile de documents étalés sur la table. *Est-ce que ce serait la sous-location dont m'a parlé Robin ?* se demande Élodie.

Sans respirer, elle s'approche et, quand elle est certaine que la pièce est vide, elle entre. Sur le dossier du fauteuil – beaucoup plus ergonomique que le sien –, elle remarque une écharpe en cachemire indigo. Elle ne peut pas s'empêcher de la toucher. L'étoffe est douce sous ses doigts, elle dégage le parfum qui embaume ses rêveries. Elle aimerait s'y lover, l'enrouler autour de son cou. La porte s'ouvre d'un seul coup et rebondit contre la paroi. Élodie sursaute.

— Eh bien, ma petite Élodie, on s'est perdue ? grince Rombiasse. Je peux savoir ce que tu fais ici ?

— Je… me demandais si j'avais manqué une notification de réunion, en voyant que quelqu'un s'était installé.

— Personne ne s'est installé. C'est provisoire, corrige Rombiasse dont l'aplomb semble vaciller.

Intéressant, la Rombiasse adopte l'attitude de quelqu'un pris en faute, remarque Élodie.

— Je m'éclipse, alors, dit-elle avec un large sourire.

Est-ce que cette sous-location est bien régulière ?

Dans le couloir, elle se cogne de toute sa hauteur contre le torse de Robin.

Une intense bouffée de chaleur la saisit tout entière, son diaphragme se contracte, elle a du mal à respirer. Mais elle se force à sourire d'un air aussi dégagé que possible.

— Bonjour Robin. Tout va bien ?

— Tout va mieux, sourit le jeune homme qui se recule d'un pas pour mieux la regarder.

Il s'attarde sur ses yeux, ses boucles. Elle se laisse observer sans quitter son sourire, alors que ses jambes tremblent.

— Je te dois un petit déjeuner, dit-il enfin.

— Tant que ce n'est pas au lit, répond-elle du tac au tac, avant de se mordre les lèvres.

— Au… lit ?

— C'est une expression, ça m'a échappé, se justifie-t-elle le plus calmement possible.

Mais qu'est-ce qui lui prend, elle a cru qu'elle était Joanna ou quoi ?

— D'accord pour un café, alors, reprend-elle en montrant son récipient vide.

— Un café un peu meilleur que ça, répond Robin. Au restaurant où on s'est vus, quand tu déjeunais avec ton amie ?

Ça y est, il a flashé sur Joanna. Ça confirme son profil de serial séducteur : la femme qu'il serrait dans ses bras sur la Grand-Place n'est manifestement pas un obstacle pour lui. En même temps, qui pourrait lui en vouloir ? Joanna est tellement solaire. Trop tard, elle vient d'accepter le principe du café, elle ne peut pas se rétracter maintenant. Tant pis, la compagnie de Robin reste tout à fait agréable, même sans « et plus si affinités ». Elle a bien le droit de partager un café avec un plus-ou-moins-collègue.

— Parfait. Demain ?

Un pétillement dans le regard de Robin lui confirme leur rendez-vous. Elle devra déposer Loum's à la garderie du matin, voilà qui ne va pas l'enchanter. Et ce soir, elle avait oublié que Fanta restait dormir ! Il faudra s'assurer que les filles n'ont pas de panne de réveil après une nuit passée à papoter. Un simple café matinal demande toute une logistique. Qu'est-ce que ça serait pour un dîner ? Elle n'est pas près de rencontrer quelqu'un. Cette pensée, qui n'a pas traversé son esprit en cinq années, lui serre le cœur. *Arrête ça tout de suite*, hurle-t-elle intérieurement.

Alors qu'elle marche en direction des toilettes, Rombiasse sort dans le couloir et la suit du regard, l'air mauvais.

11

Chocolat chaud

Ces types en cravate vont finir par la tuer. Aucun second degré, aucun peps ! Joanna défait un bouton supplémentaire de son chemisier pour se donner un peu d'air. La pièce sent la salle de classe après trois heures de cours. Elle se dirige vers la fenêtre pour aérer. Et dire qu'on remet ça cet après-midi. Rencontrer les cabinets de comptabilité « en région » n'est pas la partie de son job qu'elle préfère. Derrière la vitre, le ciel est gris et lourd. Elle adorerait qu'il neige, c'est si rare sous la cloche surchauffée dont Paris est couvert ! La ville serait peut-être moins austère, recouverte d'un voile de nacre.

Un nuage de buée tapisse la vitre contre laquelle elle respire. Sous ses yeux, les immeubles ne se différencient que par les enseignes lumineuses dont ils sont coiffés. Ondulor. Pharmaco. Police nationale. La déprime.

Son regard s'arrête sur une enseigne placée au rez-de-chaussée d'un bâtiment voisin : « Librairie-Papeterie ».

Impeccable, elle qui voulait s'offrir un stylo ! Et des enveloppes. Et du papier à lettres un peu plus qualitatif qu'un bloc-notes d'hôtel. La feuille de papier dans son sac occupe son esprit en permanence. Est-ce qu'elle va vraiment la déposer chez Madjid ? Comment ? Que va-t-il penser d'elle ?

Une notification de Pat_fitness32 allume l'écran de son téléphone. « Voilà qui est moins prise de tête qu'une relation épistolaire », soupire-t-elle. Parfois, elle a envie de se désinscrire de toutes les applications. Elle l'a déjà fait, mais passer ses soirées seule devient vite démoralisant, alors elle rouvre ses comptes, l'un après l'autre.

Joanna s'ébroue. Elle n'a aucune raison de se sentir morose : elle va bien, elle travaille au bonheur de son amie, elle a rencontré un type qui lui fait un effet vraiment particulier, et elle va s'acheter un super stylo.

Son manteau enfilé, elle joue des coudes devant l'ascenseur et, une fois sur le trottoir, respire à pleins poumons l'air froid. Si elle s'oriente correctement, la librairie est sur sa gauche. Ses talons claquent sur le bitume, elle allonge le pas pour disposer d'un maximum de temps dans la librairie.

Les portes s'ouvrent devant elle, et l'odeur de l'encre fraîche et du papier lui saute au visage. Elle achèterait des livres neufs uniquement pour leur odeur. L'espace papeterie se situe au fond du magasin. Avec ravissement, elle s'aperçoit que la librairie dispose d'un petit espace salon de thé. Elle s'y installera une fois son achat fait. Dans une vitrine rutilante, un présentoir à stylos tourne sur lui-même. Elle l'observe faire une rotation complète, évalue la prise en main de chaque stylo, inspecte les pointes – bille ou plume – le mode d'ouverture, la qualité des capuchons… Tout autour d'elle, les allées bruissent de murmures, comme dans une bibliothèque. Enfin, elle se décide. Elle prendra un modèle pas trop massif pour pouvoir le tenir entre ses doigts sans se fatiguer, à bille et doré à l'or rose. Lorsque la vendeuse lui remet la boîte avec cérémonie, elle a l'impression de s'être offert une pièce de joaillerie.

Le salon de thé est particulièrement attirant, avec ses chaises 1900, son parasol vert amande et son chariot à glaces. On se croirait en terrasse. Joanna choisit des sablés au comté, trois scones aux noisettes et graines de potiron torréfiées et une salade de fruits. Habituellement, elle profite de son déjeuner pour préparer ses réunions, mais là, elle a envie de se laisser un peu d'espace, un peu de vide. En prime, elle ne risque pas de croiser un collègue. Alors qu'elle émiette son troisième scone, rassasiée, elle repère une silhouette familière. Manteau grège, trilby en feutre assorti, cachemire bleu, boucles brunes.

Qu'est-ce que Madjid fiche dans ce quartier ? s'étrangle-t-elle. Elle l'observe consulter l'étagère des essais philosophiques, les mains dans les poches. Il ne semble pas pressé. Lorsqu'il se tourne vers les tables, elle remarque ses yeux fatigués, ses traits marqués. Il semble plus âgé que la dernière fois. Elle le trouve touchant. *Il va vraiment falloir que j'arrête d'observer cet homme à son insu*, se reprend-elle. Elle engloutit sa salade de fruits en trois cuillerées et se lève pour s'approcher de lui.

— Bonjour Madjid.

Il sursaute et un éclair de panique traverse son regard.

— Oh. Joanna. Bonjour !

Est-ce qu'il est en train de se livrer à une activité coupable ? pense-t-elle aussitôt. *Il vient peut-être de glisser un message codé dans le dernier ouvrage féministe de Mona Chollet ?*

— Quelle surprise de vous croiser ici, s'étonne-t-elle.

— Oui, je… j'avais à faire dans le quartier. Et vous ? Qu'est-ce qui vous y mène ?

— Les affaires. Je visite l'un de nos cabinets, c'est parfaitement ennuyeux. Est-ce que vous avez le temps pour un thé au citron, aux fruits rouges ou à la cannelle ?

Il grimace aussitôt et une lueur de gaieté apparaît dans son regard.

— Tout sauf ça ! En revanche, les chocolats chauds sont exquis, ici.

Intéressant, il a donc ses habitudes. Qu'est-ce qu'il peut bien fabriquer dans ce coin ?

Ils s'installent, pas tout à fait face à face, ce qui permet à chacun de laisser son regard se perdre dans le vide. Joanna pense à sa lettre, dans son enveloppe vierge toute neuve. Non, ce n'est pas le moment de la lui donner.

La serveuse, probablement débutante, pose sur leur table les deux tasses commandées, accompagnées d'un sablé maison. Le chocolat est épais et onctueux, à l'espagnole.

— Vous venez souvent ici ? demande-t-elle.

— Oui, le contraste entre le paysage bétonné et l'univers foisonnant de cette librairie me donne souvent à penser.

— C'est vrai qu'on dirait un… terrier. On s'y sent bien, comme si rien de l'extérieur ne pouvait venir nous déranger.

— Vous êtes lectrice ?

L'honnêteté imposerait à Joanna de répondre : « Pas du tout. » Cependant, l'idée de passer pour quelqu'un de superficiel, d'inculte et, donc, de saccager toutes ses chances de séduire Madjid lui est insupportable. Elle s'en tire avec une demi-vérité :

— J'adorerais lire davantage. Mais j'ai si peu de temps pour le faire. Je suis trop occupée à… à…

— À vivre, complète Madjid avec un sourire bref, avant de se pencher sur son chocolat.

Par-dessus le rebord de sa tasse, ses pupilles s'échappent parfois et balaient à toute vitesse l'espace feutré de la librairie. Il semble surveiller les allées et venues des clients. Est-ce qu'il est inquiet ? Est-ce qu'il a rendez-vous ? Ou bien il craint d'être vu avec elle ? L'évocation de cette possibilité suffit à faire descendre sur les épaules de Joanna un froid glacial. Dans toutes ses relations, ou simulacres de relation, elle a toujours tenu le rôle du trophée. Une nana *successful* et désirable que les mecs étaient fiers d'exhiber. Un joli faire-valoir.

Mais avec Madjid, les règles sont différentes, elle le sent bien, et elle se surprend à désirer sembler moins charnelle, plus philo-chic-HPI. L'ironie, c'est que HPI, elle l'est, mais elle n'a jamais eu besoin de l'afficher. Elle est traversée par l'envie de porter un gilet en laine et lin moche poché aux coudes et des chaussures de prof d'art plastique, et elle s'en veut immédiatement d'avoir honte de son physique d'avion de chasse. Est-ce qu'on ne s'est pas battues bec et griffes pour avoir l'air de ce qu'on veut sans se poser de questions ? Ce type fait exploser ses certitudes et ses repères, il y a de quoi avoir envie de mordre.

— Vous attendez quelqu'un ? demande-t-elle d'une voix dangereusement douce.

Aussitôt, le regard de Madjid se calme, comme s'il était pris en faute.

— Pas du tout, je suis tout à votre compagnie.

C'est faux, vous êtes tout à votre inquiétude, conteste Joanna en silence, soulagée quand même de sentir qu'il la regarde sans détour, sans paraître embarrassé. Elle s'est fait un film, Madjid se fiche qu'elle ressemble à une influenceuse cosméto-business plutôt qu'à une agrégée de béhaviorisme analytique. Mais cet homme a quelque chose à cacher, c'est une évidence. Un truc pas glorieux. Un truc qu'il appelle avec pudeur « accident de la vie », peut-être ? Prise d'une inspiration subite, elle tend une perche :

— Vous me parliez d'accident de la vie, la dernière fois. Le vôtre vous pourrit encore l'existence ?

Surpris, Madjid repose sa tasse, plisse les yeux et serre la bouche. Cela lui dessine deux longues entailles verticales au milieu de chaque joue, comme des fossettes qui se seraient étirées en hauteur.

— Non. Il m'a conduit à payer le prix de ce que je devais à la vie. J'ai été très gâté, vous savez. Trop, sans doute. Et cet accident se rappelle à moi régulièrement, de peur que je l'oublie et ne retourne à mon insouciance, peut-être. Mais c'était un accident... (il cherche le bon mot)... juste. Voilà. Alors que tant d'autres sont blessés par des accidents injustes. Je ne suis pas à plaindre.

Le concept d'accident injuste parle très bien à Joanna.

— Quel accident peut-être qualifié de « juste » ? dit-elle. Vous êtes puni pour une bêtise ?

Une lueur sans joie anime les pupilles de Madjid.

— Je suis puni pour une dramatique erreur. Et je n'en dirai pas plus pour le moment, je tiens trop à conserver votre estime.

— Fleur, apporte-moi une enveloppe s'il te plaît ! réclame Élodie en signant son chèque.

Plus bas, elle ajoute :

— Un demi-salaire pour cinq jours de voyage scolaire... Mais comment font les gens ?

Élodie remercie sa fille d'un baiser léger sur la tempe et glisse son autorisation de sortie, la circulaire signée et le chèque dans une enveloppe.

— Fanta, c'est bon de ton côté, cette histoire de documents à rendre pour la semaine de février ?

Un « oui, oui » lointain lui répond. *L'adolescence est un territoire mystérieux*, songe Élodie. Elle se demande ce que peuvent se raconter sa fille et son amie pendant des heures, après une journée au collège dont elles ont déjà exploité le moindre intercours, la moindre pause, pour papoter jusqu'à plus soif. Elles étaient déjà proches, mais la nouvelle organisation imposée par l'hospitalisation de Leïla ne fait que les souder davantage. La plupart du temps, Élodie s'en réjouit. Elle voit bien combien une amitié puissante est nécessaire dans la vie, il n'y a qu'à regarder la joie et le soutien que lui apporte Joanna. Mais elle ressent aussi un peu d'inquiétude. Fleur est fascinée par l'énergie de Fanta. Rien de méchant en soi, mais Élodie veut rester sur ses gardes. Fleur ne doit pas abdiquer tout sens critique face à son amie. Est-elle vraiment bien armée pour ne pas se laisser entraîner dans un projet casse-cou, une idée farfelue qui tourne mal ? *C'est l'aspect le plus difficile du veuvage*, songe-t-elle. Quel mot affreux, pour commencer ! Et quelle solitude, quand il faut arbitrer, décider, dominer son inquiétude. En réponse à ses sombres pensées, deux coups énergiques ébranlent la porte. C'est Joanna. Seule Jo sait faire vibrer les gonds de cette manière-là. Élodie retrouve le sourire et va ouvrir. Une bourrasque de vie s'engouffre dans le couloir.

— Mais quelle journée infâme, s'exclame son amie en entrant de son pas habituel. Heureusement, j'ai croisé… ton voi-sin, chuchote-t-elle. Il était dans la même librairie que moi à l'heure du déjeuner. Tu sais ce qu'il peut bien faire dans le quartier de l'Europe ?

— Pas du tout. Pose ton sac et viens t'asseoir deux minutes. J'ai un conseil à te demander.

— Un conseil ? L'heure est grave !

Le canapé sert plus ou moins de support à l'arbre de Noël et ses coussins disparaissent sous des piles de vêtements. Élodie en saisit une brassée qu'elle dépose en équilibre sur l'accoudoir et ordonne :

— Assieds-toi.

Presque aussitôt, Loum's jaillit de sa chambre en mode boulet de canon et vient s'agripper aux genoux de « sa Jo ».

— Allez mon chéri, laisse Joanna, Maman doit lui parler.

L'enfant enfonce son visage dans les pans du gilet de Joanna et refuse de se décoller. Il y a deux choses contre lesquelles Joanna est incapable de lutter : les chats gris aux yeux bleus et Loum's. Avec eux, elle est douée d'une patience infinie. Ils ont tous les droits, même celui de s'essuyer le nez sur son cardigan Zadig & Voltaire. Mais le regard agacé d'Élodie la force à repousser doucement le petit garçon.

— Va prendre un bonbon dans mon sac, suggère-t-elle avec un clin d'œil à l'adresse de son amie.

Sans se faire prier, Loum's se détache et fonce vers la cuisine.

— Il va te le retourn… commence Élodie, aussitôt interrompue par un fracas d'objets métalliques étalés sur le plan de travail.

— Je l'ai, le bonbon ! s'écrie le petit garçon. T'inquiète pas, ma Jo, je remets tout dedans.

— Super, grimace Joanna. Bon, ma grande, j'espère que ton conseil est de la plus haute importance et qu'il justifie la violation de mon sac à main.

D'une profonde inspiration, Élodie remplit ses poumons d'air et lâche :

— Je vais petit-déjeuner avec Robin. Qu'est-ce que je dois porter ?

— Tu vas quoi ? Mais c'est quoi, ce plan tout moisi, Élodie ? Pour un *date*, on se voit le soir ! Le déjeuner, c'est pour les affaires, et le matin, c'est pour… je n'ai même pas de mots. Éventuellement un rendez-vous avec ton conseiller bancaire autour d'un Nescafé tiède, et encore !

Élodie gémit, ses paumes frottent ses yeux avec énergie.

— Non, mais ce n'est pas un *date*, comme tu dis. C'est pour se faire pardonner d'une explosion de cartouche d'encre. Je ne m'emballe pas : soit il est maqué, soit il a flashé sur toi. En trois phrases, il a réussi à caser ton prénom.

— Il connaît mon prénom ?

— Non, mais il m'a dit : « Le restaurant où tu déjeunais avec ton amie. »

Sarcastique, Joanna articule avec exagération :

— Et donc ça, ça signifie qu'il a flashé sur moi ?

— Oui, enfin… Il s'est arrangé pour te citer, quoi. Oh, et puis, zut hein. Tu m'aides ou pas ?

Du tas de vêtements, Élodie tire une combinaison par la manche, se redresse et la plaque contre son corps. C'est le vêtement le plus coûteux de sa garde-robe, elle l'a acheté du temps de Gabriel. Depuis, elle a perdu des hanches et des seins, mais il lui va toujours et le velouté du tissu est une invitation à la caresse. On dirait de la peau d'abricot. Elle ne l'a plus porté depuis des années, jusqu'à tout à l'heure.

— Ça ? ou…

Elle lance le vêtement sur une chaise et pioche une jupe moirée et une blouse échancrée. Cette jupe, elle l'a achetée sur un coup de tête en soldes. Elle s'était résignée à l'offrir à Fleur dans quelques années, sans jamais l'avoir portée, après s'être persuadée qu'elle n'avait plus l'âge de mettre ce genre de vêtement. Mais bon, peut-être qu'il est temps de revoir sa position…

— Ça ? ou…

Laissant tomber la jupe et la blouse à ses pieds, elle désigne la robe noire qu'elle a enfilée lors de son dernier essayage. La coupe n'est pas flatteuse, Élodie flotte dedans, le tissu se plaque sur ses hanches un peu saillantes et elle efface complètement une poitrine déjà discrète.

Joanna croise les jambes et s'enfonce dans le canapé.

— Je ne sais pas sur qui ce Robin a flashé, mais ce qui est certain, c'est que toi, tu as envie de lui plaire. Mets la combinaison. Je me souviens de t'avoir vue dedans. Elle met en valeur ta taille et ton décolleté. Et je te prête mon trench. *Mamma mia*, ce garçon va en avaler son foutu café de travers.

Les deux amies se sourient, face à face au milieu d'un tas de vêtements en boule.

— Je n'oublie pas Gabriel, tu sais, murmure Élodie.

— Je sais.

— Je n'ai même jamais autant pensé à lui.

— Je sais.

— Et il me manque. Son corps me manque. Son rire. Son soutien. Sa présence.

— Tu n'as pas besoin de me faire la liste de tout ce qui te manque chez lui. C'est normal que le temps fasse son job, et qu'un nouvel espace se crée pour quelqu'un d'autre. Personne ne remplacera Gabriel. Mais personne n'a le droit de te juger si tu sens que tu es prête à vivre un nouvel amour.

— Un « nouvel amour », carrément ? Pas de précipitation, ce mec, je le connais à peine proteste Élodie.

— Une nouvelle histoire de cul, alors. Un truc *hot* à te réveiller les morts.

Joanna lève les yeux vers le plafond, une main sur le cœur.

— Pardon, Gabriel. C'est pas toi qu'on veut réveiller, c'est ta petite femme qui se fossilise depuis que t'as pris de l'avance.

— Jo ! s'étrangle Élodie, mi-scandalisée, mi-réjouie.

— Tut tut tut, ton Gabriel, c'était pas un enfant de chœur, c'est même toi qui me l'as dit. Ça ne risque pas de le choquer. Il te donne l'absolution, parole de Joanna.

De la cuisine, Fleur lance :

— Merci Mamoune, pour la circulaire !

À cet instant, tout est encore en ordre. Au moment où Mme Barnier, la professeure principale de Fleur, lui rendra son enveloppe avec un rire gêné, il sera trop tard.

— Je crois que tu t'es trompée de destinataire, Fleur…

12

Nez rouge

Quand le réveil sonne, Élodie a les yeux grands ouverts depuis un bon moment. Peut-être qu'un bruit léger l'a réveillée, ou bien son cerveau a décidé tout seul que 6 heures étaient un super moment pour sauter du lit. Quoi qu'il en soit, cela fait bien une heure qu'elle est allongée dans le noir, en train de former puis de repousser des images confuses d'elle-même, vêtue du trench de Joanna, entrant d'un pas sûr dans la brasserie où l'attend un homme à l'aspect changeant. Un coup, c'est le stagiaire qui se retourne en souriant, un autre, c'est Gabriel. Rien ne va dans ce demi-rêve qui repart en boucle dès qu'elle reconnaît le visage de son rendez-vous. Elle préfère « rendez-vous » à « rancard », sans parler de l'horrible *date* que Joanna utilise à tout bout de champ. Elle aussi, elle « parle comme une vieux ».

Lorsqu'il est vraiment l'heure de se lever, elle a l'esprit brumeux. Elle passe une tête dans la chambre où ronflent encore Fanta et Fleur. L'air est saturé d'une odeur de sommeil moite, il va falloir aérer malgré la température extérieure.

— Debout les filles ! Ce matin, il ne faut pas traîner.

Enroulé dans sa couette Playmobil, Loum's tète son pouce. Elle fourre son nez dans son petit cou chaud.

— Hop dès le matin, lève-toi, le soleil brille, hop dès le matin, lève-toi gaiement ! chantonne-t-elle en espérant l'aider à entamer la journée dans la bonne humeur.

Quand les trois enfants sont habillés, à peu près coiffés et débarbouillés, occupés à se répartir très sérieusement sur la table du petit déjeuner les dix-huit dernières céréales au miel, elle se demande ce que pourrait apporter à leur équilibre une histoire d'amour. Ou de cul, comme dit Joanna avant tant d'élégance. En fait, elle se sent très bien comme ça. Ce bonheur simple, elle l'a construit contre un vent de force 12, sous la grêle et avec des boulets aux pieds. Elle en est sacrément fière et ne se sent pas prête à tout remettre en jeu, surtout pour un mec fan de Harry Potter, qui ne compte pas s'établir en France et qui a déjà une fille dans sa vie. Il ne se passera rien avec le stagiaire. Mais ça ne l'empêchera pas de prendre ce café en traversant la brasserie comme une déesse habillée par Prada, de se sentir un peu femme fatale, pour une fois, avant de repartir faire des photocopies entre deux gestions de rupture conventionnelle. La base.

Étonnamment, Loum's n'a pas tellement protesté quand elle l'a déposé avec une heure d'avance à l'école, en même temps que les enfants d'infirmières et d'artisans abonnés aux horaires matinaux. Elle le trouve un peu groggy, avec son nez qui coule. Trop groggy pour protester. Elle prendra sa température ce soir, elle se le promet.

À 8 heures, elle est debout devant la vitrine de la brasserie. Au comptoir, elle ne voit que des hommes en costume, avalant un expresso, leur valisette à la main. Dans le reflet de la porte, elle ajuste sa ceinture, vérifie que son mascara n'a pas déposé d'ombre sous ses yeux, se mord les lèvres et inspire à fond l'air glacial de l'aube.

— Te fais pas de films, ma cocotte, murmure-t-elle pour elle-même. C'est un café entre collègues.

Alors qu'elle s'était imaginé le repérer au premier coup d'œil, puis s'avancer jusqu'à lui, port de tête de reine, sourire énigmatique, elle est obligée de s'arrêter au milieu du passage. Elle ne le voit pas. Le serveur la bouscule et s'excuse à peine, elle vacille sur des talons un peu trop hauts pour elle. Il n'est pas là ! Elle sort son téléphone pour vérifier l'heure. Huit heures deux. Il n'est peut-être pas aussi ponctuel qu'elle. Alors qu'elle s'apprête à le ranger dans sa poche, un client ouvre la porte à la volée et lui heurte le coude. L'appareil s'envole, et le serveur pressé l'écrase sous son talon sans lui accorder un regard.

— Oh non… gémit Élodie.

Elle plie les genoux, ramasse son portable et évalue les dégâts sur l'écran, tandis qu'une silhouette se penche au-dessus d'elle. D'une détente des jambes, elle se redresse et le sommet de son crâne heurte… le nez de Robin. Qui émet un craquement sec.

— *Oh my... !* gémit le jeune homme en portant les mains à son visage, les yeux noyés de larmes de douleur.

— C'est vous ? Toi ? Mais qu'est-ce que… Ne me dis pas que je viens de te casser le nez, souffle-t-elle, horrifiée.

Dans un grognement, Robin touche l'arête de son nez avec prudence. Aussitôt, un flot de sang lui recouvre la bouche et le menton. Élodie attrape une serviette immaculée sur le dossier d'une chaise et la lui tend.

— Cassé, je crois pas. Je sens pas grande chose, dit Robin à travers le tissu. C'est juste les *bloody* Niagara Falls !

— Je suis tellement…

— *Sorry*, tu es *sorry*, je sais. Mais c'est ma faute aussi, j'étais en retard et j'ai ouvert comme une sauvage et ça t'a fait lâcher ta mobile, alors j'ai voulu me rendre utile et voilà.

Ils se font face, Robin et sa chemise tachée de sang, le nez pincé dans une serviette, tout droit sorti d'un roman de Stefen King, et elle, dans son trench sublime, son téléphone en miettes dans la main.

— C'est moi qui te dois un café, maintenant, je crois, dit-elle d'une petite voix contrite.

Les yeux encore embués par le choc, Robin agite silencieusement ses épaules. Il rit.

— On s'installe au fond ?

Le temps que le serveur s'approche de leur table, le sang s'est arrêté de couler. Du bout des doigts, Robin inspecte les dégâts.

— J'ai une belle patate violet à la place du nez, non ?

— Si, reconnaît Élodie. Mais ça te va bien, le violet.

— Je préfère ça : le humour plutôt que le culpabilité !

Il lui effleure la main sans s'attarder, si vite qu'elle imagine avoir rêvé. Même avec son nez bleuissant, Robin est beau à tomber par terre. Bien qu'il ait la peau lisse, le maintien souple d'un escrimeur et un sourire d'adolescent, il a une manière de poser ses yeux sur elle qui ne fait pas jeune con. Elle y lit une forme de gravité, et ça lui imprime un long frisson du bas du dos jusqu'à la racine des cheveux.

— Et pour ta mobile, c'est foutu ? demande Robin.

Il a la même voix que Raphaël Quenard, tout d'un coup.

Élodie pose son téléphone sur la table. De petits éclats de verre s'échappent de l'écran, et de larges stries noires font sauter l'image.

— On dirait bien, soupire-t-elle.

Elle qui comptait le transmettre à Fleur pour ses quinze ans…

— Alors je peux au moins faire quelque chose pour cette problème. Est-ce que tu es synchronisée avec le Cloud ?

— Je… oui, je crois que tout est sur mon compte Google.

— Les contacts, les photos ?

— Oui.

— Alors je peux ?

Il saisit le téléphone moribond, retire la coque arrière, récupère la carte SIM et sort de sa poche un téléphone impeccable dans lequel il glisse la carte.

— Voilà. Celui-ci, il marche. J'espère que ça ira.

— Mais tu plaisantes ? Tu ne vas pas me donner un téléphone, enfin, c'est…

— C'est pas une téléphone tout neuf, c'est ma vieille. Je viens d'acheter un plus récent. Il est un peu lente, celui-ci.

— Alors, si c'est ta vieille et qu'elle est lente… répond Élodie, réprimant un sourire. Je vais le garder le temps de voir si je peux m'arranger avec mon assurance.

— Tu as une assurance contre les serveurs ?

— Seulement contre les serveurs désagréables.

Ils se sourient.

Les cafés arrivent, double expresso noisette pour elle, un allongé avec beaucoup d'eau et du lait pour lui, du jus de chaussettes à l'américaine. Ils n'ont pas grand-chose à se dire. Bizarrement, ça ne le gêne pas de tourner sa cuillère dans son café en silence. Alors ça ne la gêne pas non plus. Elle trempe ses lèvres dans sa tasse, laisse son regard s'échapper par la vitrine derrière laquelle les gens passent, pressés. Il y a quelque chose de dangereusement confortable à sa présence. Il a une copine. Elle l'a vu la serrer dans ses bras. Elle ne peut pas se laisser glisser dans une relation foireuse, sauf à vouloir se faire laminer le cœur. *Il. A. Une. Copine.* Tant pis pour le confort de ce silence partagé, elle met les pieds dans le plat.

— Tu sais que je t'ai vu, à la fête des lumières ?

— Oh, tu y étais ? répond-il, sincèrement étonné.

— Oui, j'y ai amené mes enfants. J'en ai deux.

Crochet du droit.

— Ah, c'est chouette, répond Robin, sans marquer de recul.

Apparemment, deux enfants n'ont pas d'effet repoussoir à ses yeux.

— J'essaie de vivre avec eux des chouettes moments. C'est pas toujours la joie pour eux, d'être orphelin de père, et d'avoir une maman veuve et fauchée.

Crochet du gauche. Il ne réagit toujours pas. Simplement, il pose ses yeux graves sur elle. Elle se rassemble, s'aiguillonne : il faut arracher le pansement d'un coup sec, ça fera moins mal.

— Je n'ai pas l'habitude de boire des cafés avec des beaux gosses plus jeunes que moi, tu imagines bien. Surtout ceux qui ont déjà une copine.

K.-O.

Mais Robin termine son café sans réaction particulière, pose sa tasse et plante son regard vert dans le sien. De fines pattes-d'oie apparaissent sur ses tempes alors qu'il plisse les paupières, malicieux.

— Je suis beau gosse, tu trouves ? Intéressant…

Merde, mais qu'est-ce qu'il n'a pas compris ? se demande Élodie.

De quoi parlent-ils, après qu'elle a bredouillé une explication comme quoi « beau gosse, c'est une expression, ce n'est pas à prendre au pied de la lettre » ? Elle ne sait plus exactement. Une fois ou deux, elle essaie de ramener la conversation sur le fait qu'elle l'a vu à la soirée des lumières, accompagné qui plus est, mais elle ne sait pas comment, il glisse aussitôt sur un autre sujet.

Et rit… Qu'est-ce que ça lui fait du bien. Elle redécouvre le son de sa voix, quand elle dégringole des aigus vers les graves, on dirait qu'elle rebondit.

— Faire rire une Française, on m'avait prévenu que c'était un mission impossible. Voilà, je suis plus fort que Tom Cruise.

— On a une expression pour ça, réplique Élodie, étourdie par l'afflux d'endorphines. « Femme qui rit, à moitié… » Elle s'interrompt juste à temps.

Un sourcil haussé, Robin attend la suite, mais elle se mord les lèvres. Qu'est-ce qu'ils mettent dans leur café, dans cette brasserie ?

— Non, rien, se reprend-elle.

Avec un rire grave, Robin s'étire vers l'arrière, ses pectoraux tendus jusqu'à étirer sa boutonnière à l'extrême. Puis il se penche de nouveau au-dessus de la table et, du bout des doigts, lui effleure la lèvre. Elle n'ose plus bouger.

— Pas grave, que tu gardes le mot dans la bouche. Je connais l'expression. Je compte bien voir si elle est vraie.

Est-ce le contact de la peau de Robin, son regard à la fois grave et gourmand ? Élodie a l'impression de flotter.

Une alarme s'élève de son sac à main. Il est 8 h 50. Elle l'avait programmée au cas où le café aurait tendance à s'étirer en longueur. Pas question de donner à Rombiasse l'occasion de la réprimander. Elle s'ébroue et cherche dans sa poche un billet froissé qu'elle dépose sur la table.

— C'est moi qui t'invite, dit-elle en posant son index sur son propre nez. Je te dois bien ça.

Robin ne proteste pas, il grimace.

— Il est toujours toute violet ?

— Non. Plutôt rouge. Une jolie tomate.

Sur le trottoir, les passants passent toujours, le trottoir s'étire, du même gris qu'une heure auparavant, mais tout semble plus riant. Du ciel bas s'échappent quelques flocons légers, fondus bien avant de toucher le sol.

— Il va neiger avant Noël, murmure Élodie, ravie comme si c'était la première fois.

Elle se tourne vers Robin qui a le nez en l'air et, pouffe.

— Tu connais la chanson du renne du Père Noël ?

Perplexe, Robin secoue la tête, et Élodie entonne d'une voix fragile.

— « On l'appelait nez rouge, Ah comme il était mignon, Le petit renne au nez rouge, Rouge comme un lumignon. »

— Jolie voix, apprécie le jeune homme. Tu sais ce qu'on fait dans mon pays, quand des gens vient chanter des C*hristmas carols* ?

— J'imagine qu'on leur jette une poignée de bonbons ?

— Le problème c'est que (il fouille ses poches), je n'en ai pas. Alors pour remercier le chanteuse, on… l'embrasse. Si c'est permis.

La haute silhouette de Robin éclipse le ciel. Il s'est penché vers elle, et il attend. Alors, malgré son cœur qui a migré dans sa gorge, Élodie chuchote :

— C'est permis.

Le mouvement de Robin est si lent qu'il semble filmé en *slow motion*, cent images par seconde. Il se penche, se penche, et dépose enfin un baiser, au coin de ses lèvres, cela ne peut pas être une erreur, et pendant quelques secondes, leurs souffles se mélangent, leurs bouches s'effleurent et s'attardent. Il suffirait de rien, d'un léger mouvement de tête, pour qu'elles se recouvrent et se happent. Au lieu de quoi, Élodie murmure :

— Et ton amoureuse ? Celle que tu serrais contre toi à la fête des lumières ?

Robin se redresse, un peu trop vite.

*

— Montre, montre, supplie Fanta, tandis que Fleur cache sa main dans son dos.

— Je peux pas ! Je te jure je savais plus où me mettre. Je comprends pas comment les documents ont pu être inversés.

— Allez, montre ! C'est quoi, une lettre d'amour ?

— Non.

— Un truc sexuel ?

— Non.

Fleur a bien du mal à expliquer ce qui l'a tant perturbée à la lecture de la feuille de papier qu'elle a tirée de l'enveloppe une fois sortie de la classe. Rien d'explicite, rien d'impudique, et pourtant elle s'est sentie horriblement mal à l'aise. Un peu comme si elle avait collé son œil dans le trou d'une serrure et qu'elle avait surpris… elle ne sait pas vraiment quoi. Et elle ne veut pas trop y réfléchir, d'ailleurs.

Assises flanc contre flanc dans l'embrasure de la fenêtre du CPE, Fleur et Fanta se tiennent chaud comme elles peuvent. Comme elles ne sont pas dans la même classe, elles se donnent rendez-vous ici à chaque intercours.

— Allez, Fleur, t'as pas le droit de me faire ça ! Tu me racontes la scène trop gênante avec Barnier, tu me parles d'une lettre hyper-chelou, et quand je te demande de la lire, tu me dis non ?

— Non, tu vas te monter un truc de fou dans ta tête, c'est juste une lettre.

— Bon, OK, capitule Fanta. OK, j'ai compris, c'est perso, c'est ta famille. Et la famille, on la protège. On va au self ?

Fleur n'en revient pas de cette reddition. Fanta l'a habituée à plus de combativité. Du coup, elle se dit que son amie a davantage de recul et de retenue qu'elle pensait, et elle cède à son tour :

— Allez, tiens. Y a rien de foufou de toute façon.

Avec une nonchalance étudiée, Fanta tend la main et ouvre le rabat de l'enveloppe sans se presser. Coude à coude, les deux filles traversent la cour du collège en direction des baies vitrées embuées derrière lesquelles les élèves engloutissent leur déjeuner.

— Waaaahh, laisse échapper Fanta dès les premiers mots.

Elle s'arrête pour lire la suite, imitée par Fleur.

— Ah ouais…

— Quoi ? demande Fleur, un peu inquiète de ce que son amie déchiffre entre les lignes.

— Bah… c'est chaud, quoi !

— Hein ?

— Mais oui : « J'espère que vous saurez me montrer le chemin de la vraie belle et adulte correspondance épistolaire » ! Elle est à fond, ta mère. Elle est à fond sur Maalouf ! J'y crois pas…

— On se calme, elle est pas « à fond », ils s'écrivent, c'est tout ! C'est comme un jeu !

Déjà, Fleur regrette. Elle aurait dû garder cette lettre pour elle, la glisser sans rien dire à personne dans la boîte aux lettres de Madjid. Ou même, la reposer sur la table de la cuisine. Sauf que ce n'est plus possible, maintenant que Fanta l'a lue. Fanta, c'est une machine à idées de génie un chouïa trop géniales. Elle va vouloir mettre son grain de sel dans l'histoire pour la *glow up* à sa manière. La réalité toute plate c'est jamais assez, pour elle. Elle voudrait vivre dans *Sex Education*, le genre de série que sa mère ne l'autorisera jamais à regarder.

Le regard de Fanta peine à se détacher de la lettre que Fleur finit par lui prendre des mains.

— Écoute. Ta mère, elle est géniale. Elle mérite d'être heureuse, non ?

— Oui et ?

— Et elle a l'air de bien apprécier Maalouf. Enfin, votre voisin.

— Je crois qu'elle l'apprécie juste comme ça, modère Fleur, mais Fanta est lancée.

— Et tu crois pas qu'elle a le droit de vivre un truc chouette ? Une belle histoire ?

Fanta touche un point sensible et Fleur ne répond rien. Si, bien sûr, leur mère a « le droit de ». Mais c'est quand même beaucoup plus compliqué que semble le penser Fanta. Il ne s'agit pas de « refaire sa vie » (cette expression tellement horrible) après une séparation. Un divorce et un veuvage, ça n'a rien à voir, mais elle ne se voit pas se lancer dans de grandes explications, forcément un peu confuses et, surtout, douloureuses. De toute façon, Fanta est trop dans son truc pour écouter.

— Donc ce qu'on va faire, c'est qu'on va donner cette lettre à son destinataire. Mais on s'arrangera surtout pour qu'ils aient plus d'occasions de… enfin, tu vois, quoi.

Non, Fleur ne voit pas.

— Bah, de se connaître de mieux en mieux ! s'enthousiasme Fanta, des étoiles dans les yeux. On pourra faire un plan.

Arrivée devant l'entrée du self, Fleur en profite pour faire diversion.

— Cool, il y a du pamplemousse en entrée !

Fanta fait la grimace.

— Tu me fileras ton sucre en poudre ?

— Bien sûr.

En passant sa carte de cantine dans le lecteur, Fleur espère très très fort que si elles ne reparlent pas de cette histoire de la journée, Fanta finira par oublier.

C'est mort. Quand elle a une idée en tête, Fanta n'oublie jamais.

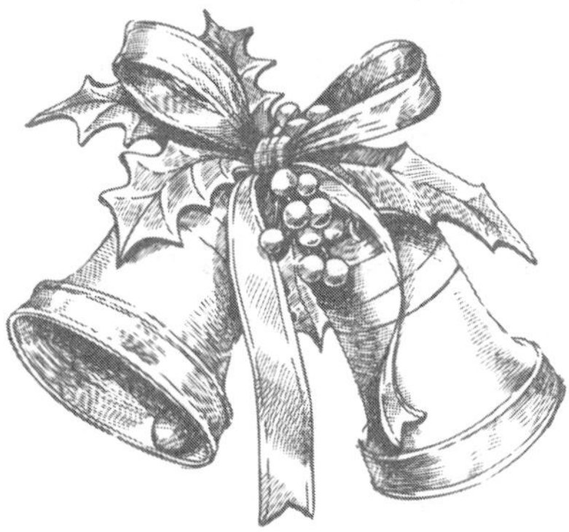

13

Cannelle

Depuis qu'elle a glissé l'enveloppe dans la boîte aux lettres de Madjid, en quittant l'appartement d'Élodie vers 22 heures, Joanna trépigne. Elle a consulté son téléphone toute la journée avant de se souvenir qu'à aucun moment elle ne lui avait donné son numéro. Ses experts-comptables lui ont rarement paru aussi chiants, pas drôles, pas fins, pas poètes. Comme s'ils s'étaient donné le mot pour être l'exact contraire de Madjid.

Chaque fois qu'une notification apparaît sur son écran, son cœur tressaille. Il semble à Joanna qu'il tinte, comme une notif' vivante : *tiling'* !

Chaque fois, elle est déçue. Farid67_charm lui dit qu'elle a des yeux de chatte. Charmant. StefStefStef est fou d'elle. VazyBB demande son consentement avant de lui envoyer une *dick pic*. Prévenant. DocteurMax lui propose un rendez-vous « au plus vite ». Son point fort, c'est qu'il la vouvoie. Pour tromper son attente, elle accepte, 20 h 30 au bar de l'hôtel. Il portera un sac en cuir dans l'esprit Mary Poppins, il terminera tout juste ses consultations à domicile. Elle s'efforce de le trouver craquant. Si Madjid lui a envoyé une réponse, d'ici là, elle annulera.

Enfin, la journée est terminée, elle se sent libérée, délivrée, et c'est presque en courant qu'elle entre dans le hall de son hôtel. Sous les lampes tamisées, le carrelage en damier semble huilé.

— Madame, bonsoi…

— Vous avez du courrier pour moi ? interrompt-elle le réceptionniste.

Elle pose ses deux mains à plat sur le comptoir, son grand manteau de laine blanche ouvert, les yeux suppliants. Amusé, le grand bonhomme chauve, qui doit faire office de videur de temps à autre vu sa carrure, ouvre le parapheur en cuir posé devant lui et fait un signe de dénégation.

— Pas que je sache, Madame. Votre numéro de chambre, je vous prie ?

— 445. Vous avez l'habitude de monter le courrier ?

— Non, mais vous pourriez avoir reçu un message téléphonique.

D'un geste de la main, Joanna balaie cette possibilité. Ce n'est pas un coup de fil qu'elle attend. Sa déception la prend par surprise. Elle a presque envie de pleurer. Hochant la tête avec compassion, le géant chauve lui demande :

— Puis-je faire quelque chose pour vous ?

— Je ne sais pas, vous écrivez des lettres d'amour à la main ?

Le géant sourit et répond :

— Pas depuis le CP, je le crains.

— Rappelez-moi votre prénom ?

L'homme désigne du pouce le prénom gravé dans son badge en inox.

— Fleury.

— Fleury, rappelez votre amoureuse du CP et essayez de recoller les morceaux. Conseil d'amie. Elle vous reprendra tout de suite : les hommes qui écrivent sont trop rares pour être largués sans préavis.

— Mon grand-père, quand on lui demandait « un seul conseil pour la vie », nous répondait : « Écrivez-vous. »

— Un sage, votre grand-père. Vous bossez jusqu'à quelle heure ?

— Deux heures. On n'a pas trop d'oiseaux de nuit, dans le coin.

Rapidement, Joanna calcule. Si Madjid n'a pas ouvert sa boîte aux lettres ce matin, il le fera en rentrant du boulot. C'est-à-dire plus ou moins maintenant. Un instant, l'idée d'aller l'épier l'effleure, mais elle se reprend : elle n'est pas une psychopathe quand même. Donc il rentre maintenant. Il nourrit Labo. Il se sert un thé bidulang à faire infuser deux minutes quarante-trois dans une eau à soixante-dix-huit degrés. Ensuite, oh, tiens, il va ouvrir son courrier. On n'a qu'à dire qu'il est presque 20 heures. Il lit sa lettre, la relit, regarde le plafond en se balançant sur son fauteuil, pense à sa bouche, à ses courbes, à son aura de prédatrice exquise, il fantasme un peu, il… OK, on s'arrête là, il se lève pour aller chercher son papier à lettres et son stylo, dans le genre de celui qu'elle vient de s'acheter, et il s'assied à son bureau. Comme il est super fort avec les mots, le crayon court tout seul sur le papier. Il se relit à peine, il est 20 h 25. Il enfile son manteau, coiffe son chapeau, cachette son enveloppe, mmmh, sa bouche, ses longues fossettes, et hop, il emprunte l'ascenseur et descend, marche sur le trottoir jusqu'aux portes coulissantes de l'hôtel, et quand il entre pour déposer son courrier, elle, Joanna, est… Elle est accoudée au bar avec DocteurMax. Et voilà, timing foireux, elle se grille irrémédiablement. Madjid recule, la main sur le cœur, blessé à mort, et disparaît dans la nuit avec son chapeau et son vague à l'âme. La loooooose ! Il faut qu'elle annule DocteurMax. Ou alors, Madjid ne ressort pas de chez lui, il a un chat, un thé qui l'attend, il déposera sa lettre demain. Et en plus il aime se faire désirer. Elle ne va pas décommander DocteurMax. Si c'est pour passer encore une soirée à se morfondre, merci !

— Mademoiselle ? Une contrariété ? s'enquiert Fleury dont le front lisse est barré d'un pli préoccupé.

— Non. Pas vraiment. En fait, si. J'attends quelqu'un à 20 h 30. Un médecin.

— Vous êtes souffrante ?

Elle ne prend pas la peine de le détromper.

— Vous le faites monter dans ma chambre directement.

Comme ça, Madjid ne saura rien de rien s'il décide finalement de se pointer.

— Et surtout, si quelqu'un vous apporte un courrier pour moi, vous m'appelez immédiatement !

— Même à 2 heures du matin ?

Elle hoche vigoureusement la tête.

— Même à 2 heures du matin. Fleury, vous êtes un chou.

Pour un peu, elle embrasserait ses joues glabres.

À 20 h 30, on frappe à sa porte. Un dernier coup d'œil à sa chambre XXL : le lit est fait, le Jacuzzi, éteint, l'éclairage est parfait. Au moment de tourner la poignée, une idée fulgurante lui traverse l'esprit : et si Fleury s'était pris les pieds dans le tapis et qu'il avait fait monter Madjid au lieu de DocteurMax ? Elle n'est pas prête ! Son cœur passe instantanément de 70 battements par minute à 120. Trop tard pour reculer, elle ouvre.

D'abord, elle remarque le sac en cuir et le soulagement lui coupe les jambes. À moins que ce soit la déception, elle se sent un peu confuse. Ensuite, son regard remonte le long de la main. Une main forte, déliée, masculine. Parfait. Puis le manteau, encore parsemé de cristaux de neige sur le point de fondre. Bonne qualité. Le visage de DocteurMax est à la hauteur du reste : agréable, des yeux foncés, un sourire légèrement irrégulier et plutôt charmant, un nez fort et une barbe naissante. Bonne pioche !

— Enchanté, Joanna_sans_h, dit-il d'une voix profonde.

— Enchantée, DocteurMax, répond-elle en s'effaçant pour le laisser entrer. Désolée de vous faire monter sans préavis, vous avez dû croiser quelques-uns de mes collègues en bas, je préférais la jouer discrète.

Elle est très fière de ce mensonge hyper-crédible inventé sur le vif.

— Docteur Max, pour Maxime ? demande-t-elle, tandis qu'il dépose son sac au pied d'un canapé face à la baie vitrée et qu'il retire son manteau.

— Pour Maximilien, plus exactement. Mes parents ont pensé qu'il fallait au minimum quatre syllabes pour me désigner.

Elle sourit vaguement, l'esprit encore tourné vers Madjid. Comme si elle avait fait ça toute sa vie, elle se dirige vers le petit bar et propose :

— Gin tonic, whisky, bière brune ou blonde ?

— J'ai bien quelques blagues nulles à vous proposer en réponse, mais ça serait de mauvais goût, rétorque le médecin.

— De l'eau pétillante, alors, ça remet les idées en place.

Elle ne sait pas encore bien si elle a envie d'entrer dans l'arène. Le grand cirque de la séduction ne l'émoustille plus autant qu'avant. Le ton un peu sec qu'elle a pris malgré elle ne semble pas refroidir le médecin. Il s'approche, passe une main dans ses boucles châtaines et lui prend la bouteille des mains.

— Je peux ?

Puisqu'elle fait signe que oui, il la débarrasse de sa bouteille, lui enveloppe la main dans la sienne et la retourne, paume vers le plafond.

— Votre pouls me semble bien rapide. Il va falloir que je vous ausculte.

Son sourire de côté ne permet aucune équivoque. Et parce qu'il n'est pas mal, parce qu'elle combat comme elle peut la mélancolie d'avoir tant attendu toute la journée une réponse qui ne venait pas, et parce qu'il sent *Vétiver* de Guerlain, elle se laisse glisser dans le jeu.

Les gestes se font plus audacieux. Elle remarque lorsqu'il la renverse sur l'édredon qu'il porte la marque d'une alliance retirée récemment. Il ne s'y prend pas mal, elle a le recul pour le dire. Un effleurement des lèvres sur la pointe de son sein, sa main chaude qui se glisse sous ses reins, elle se cambre juste ce qu'il faut et quand il rassemble dans son autre main ses poignets pour les relever au-dessus de sa tête, elle décide de débrancher et de prendre ce qu'il y a à prendre.

Il a le souffle profond, des gestes lents et précis, attentifs à son rythme à elle, à ses gémissements, à la torsion de sa nuque, au gonflement de ses lèvres. Pour mieux aller à sa rencontre, elle remonte les genoux, creuse le dos puis pousse son bassin en avant. Elle l'accompagne et, les yeux, mi-clos, elle guette sur son visage les signes du plaisir qui monte. Elle se détend, se tiédit, s'amollit. Le parfum moite de leurs corps l'étourdit. Elle cherche la profondeur, le contact, elle veut plus et la frustration de sentir le plaisir en suspens, juste avant la bascule, l'excite davantage. Au moment où elle sent une vague de fourmillements lui parcourir le corps, elle essaie de retirer une main de l'emprise de son amant, qui resserre son poing. Il veut maintenir ses mains prisonnières, juste au-dessus de sa tête. Alors qu'elle ouvre la bouche pour réclamer sa libération, il lui saisit la mâchoire de l'autre main et lui lape la bouche lentement, comme pour avaler la protestation qui monte. Elle est excitée et troublée, elle n'a pas l'habitude de ne pas maîtriser ce qui se passe et elle n'arrive pas à savoir si ça l'effraie ou si ça lui plaît. Le lent va-et-vient reprend, qu'elle accompagne à la recherche d'un plaisir plus dense, plus profond. Elle sent monter son orgasme et s'arc-boute, la chevelure répandue sur son oreiller. Un râle sourd monte de sa gorge.

C'est alors que le téléphone sonne. Deux secondes suffisent pour qu'elle reprenne ses esprits. D'un puissant mouvement de bassin, elle fait basculer Maximilien sur le côté, arrache ses poignets à ses doigts et saute en bas du lit. D'un geste rapide, elle enfile la robe qui gît en boule au pied du canapé et arrache sa carte du lecteur à gauche de la porte. La chambre est aussitôt plongée dans l'obscurité. Elle descend en courant les quatre étages de l'escalier. Prendre l'ascenseur lui ferait courir le risque de voir les portes s'ouvrir juste devant le nez de Madjid, alors que la porte de l'escalier s'ouvre en décalé par rapport au comptoir. Arrivée en bas, à bout de souffle, elle entrouvre le battant, juste à temps pour voir le dos de Madjid passer les portes coulissantes. Il est venu. Il est venu ! Plus rien ne compte que de lire la lettre qu'il lui a laissée. Elle est pieds nus ? Aucune importance, elle traverse le grand hall, la tête haute, et adresse à Fleury un sourire radieux.

— Merci d'avoir tenu parole. J'ai une lettre, alors ?

— Oui, sourit le réceptionniste. Et quelque chose me dit que ce n'est pas une facture.

Elle rit, soudain tellement guillerette, tellement impatiente, et entre en sautillant dans l'ascenseur.

Lorsqu'elle ouvre la porte de sa chambre, elle sursaute violemment. Assis en tailleur au milieu du lit, entièrement nu, DocteurMax la fixe en silence. Elle l'avait oublié. Il a toujours le menton viril et les pectoraux parfaits, mais il dégage une mauvaise humeur puérile qui le prive de tout *sex-appeal*.

— Je crois que c'est la première fois que j'ai droit à ça, dit-il d'une voix sombre.

— Ah, je… j'avais un truc super important sur le feu. Un pli urgent ! ajoute-t-elle en agitant l'enveloppe au-dessus de son épaule.

Elle s'en fout, mon Dieu qu'elle s'en fout, de cet orgueil froissé. Elle aimerait juste qu'il disparaisse en un claquement de doigts. Pourquoi ne se lève-t-il pas ? Pourquoi n'est-il pas déjà dans le couloir, rhabillé – ou pas ?

Maximilien inspire profondément, puis expire sur cinq ou six secondes. Le son évoque à Joanna le bruit que produisait le taureau chez ses grands-parents, celui devant lequel il ne fallait surtout pas essayer de traverser le champ. Un peu inquiète, elle cherche à déchiffrer son visage. Est-ce qu'il est vexé ? En colère ? Dans des proportions normales… ou pas ?

Le tout est de ne pas se laisser impressionner. Elle en a vu d'autres, des sur-virils prêts à jeter la lampe de chevet contre le mur parce qu'elle n'avait pas joui assez fort au regard de leurs prouesses. Ouais, ce genre de choses arrive. À force de rencontres, elle dispose d'un échantillon assez large, avec sa proportion de mecs chelous. La seule technique efficace : faire redescendre la pression, offrir une porte de sortie honorable, passer de la crème.

— C'était super, j'ai rarement autant kiffé.

Beaucoup de crème.

— J'avais l'impression que tu lisais dans ma tête. Et ce truc, que tu fais avec ta langue, oh là là, elles en ont, de la chance, tes conquêtes. Fournisseur officiel d'orgasmes ! Je suis sûre qu'elles te le disent toutes. À charge de revanche, vraiment, dit-elle. J'ai hâte !

Elle n'y croit pas une seconde. De revanche il n'y aura pas, puisqu'elle tient dans sa main la preuve que Madjid ne lui est pas indifférent. DocteurMax a fait son office de bouche-trou, et même la frustration sexuelle qui l'habite à présent a quelque chose de délicieux, puisqu'elle la dirige vers quelqu'un d'autre.

Un sourire fugace traverse le visage de Maximilien.

— Ouais. C'était vraiment super. Tu es une sacrée chaudière. J'ai hâte de voir ce que ça donne quand on arrive au bout.

Sans chercher à relancer les hostilités, il se lève et se rhabille sans se presser. « Sacrée chaudière », mais quel plouc ! Elle se retient de lui rire au nez. Elle a surtout envie de le jeter dehors pour lire enfin sa lettre, mais elle s'efforce de garder son calme. Il n'a rien demandé, ce pauvre docteur.

— On trouve vite un créneau, lui dit-il.

Elle s'approche pour lui tendre la joue. À nouveau il a ce geste : il lui agrippe la mâchoire de la main gauche et se penche sur sa bouche, qu'il lèche lentement, une fois, deux fois.

— Hâte de continuer ce qu'on a commencé, dit-il avant de refermer la porte derrière lui.

Une appréhension diffuse envahit Joanna. Elle en a peut-être fait un poil trop, sur la crème. Et si celui-là, elle avait un peu plus de mal à s'en défaire que les précédents ?

Une fois que la porte s'est refermée sur DocteurMax, Joanna se sent moins tendue. Elle a besoin de s'installer pour lire la réponse de Madjid. Dans le Jacuzzi ? Elle a trop peur de faire tomber le papier dans l'eau. Dans son lit ? Il sent encore trop *Vétiver*. D'ailleurs, elle va ouvrir les fenêtres en grand. Dans le canapé, face aux lumières de la ville, ce sera parfait.

Elle s'assied sur ses jambes repliées et tapote les coussins pour s'y enfoncer confortablement. Il ne manque plus qu'un très grand verre de chardonnay et elle deviendra l'héroïne d'une série américaine.

L'enveloppe est blanche, toute simple, adressée à « J. ». C'est vrai qu'elle a signé sa première lettre « Votre correspondante », Madjid ne sait donc pas si son prénom s'écrit avec ou sans « h », il a été prudent.

Très délicatement, pour ne rien déchirer, elle décolle le rabat. C'est délicieux, cette attente, une fois qu'on a l'objet de son désir à portée de main.

À l'intérieur, elle trouve une feuille pliée en deux. Madjid n'a pas écrit de roman brûlant.

Ma chère J.,

Vous avez le goût du défi, aussi n'ai-je pas été surpris en découvrant votre lettre devant ma porte. J'ose vous avouer que je l'avais espérée toute la journée, après notre échange à la librairie. J'ai moi-même peu l'occasion de prendre la plume, les correspondants adéquats ne sont pas légion. À une époque, j'ai cru qu'écrire deviendrait mon seul moyen de communication, et finalement, les choses se sont déroulées autrement.

Pardon, Labo est venu réclamer son lot de caresses, j'ai dû m'interrompre. Chère J., même si j'en suis infiniment flatté, je vous avoue que j'ai du mal à saisir ce qui, chez moi, peut susciter votre intérêt. J'aimerais vous faire rêver en vous parlant du Maroc de mon enfance, des parfums mêlés de néroli et de cannelle, des gens brillants qui se sont trouvés sur ma route, vous éblouir par mon érudition, en citant pour vous les plus grands poètes de ma jeunesse, mais je me sentirais dans la peau d'un imposteur. J'ai un faible pour Abdellatif Laâbi. Comme lui, j'aime à dire avec un soupçon d'arrogance :

« Je recueille bout par bout
ce qui subsiste en moi
Tessons de colère
lambeaux de passion
escarbilles de joie
Je couds, colle et cautérise
Abracadabra !
Je suis de nouveau debout
Pour quelle autre bataille ? »

J'aimerais vous assurer que cette bataille nouvelle, c'est vous qui me l'apportez : vous séduire, quel sommet à gravir ! Cependant l'honnêteté m'oblige : je mène d'autres combats, moins joyeux, moins glorieux. Je ne suis pas un homme pour vous, et j'aurais trop honte de vous expliquer en détail pourquoi.
Chère J., vous méritez mieux. Cent fois.
Madjid, vôtre malgré tout.

Pensive, Joanna replie la feuille de papier et la glisse de nouveau dans l'enveloppe. Soit cet homme est un expert en manipulation, à lui dire à la fois qu'elle l'intéresse et qu'il est inaccessible, soit il est en plein conflit intérieur. Elle a besoin de creuser davantage. De quel combat parle-t-il ?

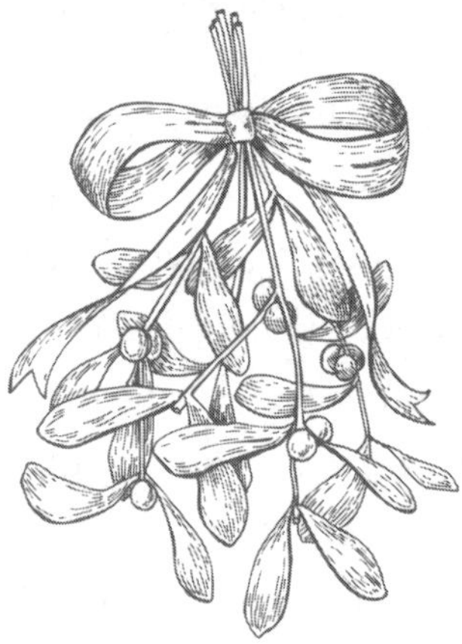

14

Sculpture sur glace

Les lumières des lampadaires projettent dans la chambre d'Élodie d'étranges halos mouvants. Elle n'arrive pas à dormir. Qu'est-ce qui modifie à ce point la luminosité ? Elle quitte la chaleur de sa couette et s'approche de sa fenêtre. Il neige ! Pas de petits flocons humides comme ç'a été le cas toute la journée, mais de gros flocons duveteux. Elle ouvre en grand les deux battants pour écouter le silence de la nuit, si particulier lorsque la neige absorbe tout. Une sorte de bruit blanc l'enveloppe, le clapotis des flocons qui se posent sur le toit et le balcon, leur bruissement léger quand ils tournoient en se frôlant. Le silence de la neige est un privilège à savourer.

Les yeux tournés vers le ciel, Élodie sourit. Si elle ne parvient pas à s'endormir, c'est parce qu'elle se repasse à l'infini les mots échangés ce matin, et ce baiser dans un souffle, et le rire de Robin. Elle n'a rien raconté à Joanna, elle le fera plus tard. Pour le moment, elle garde pour elle ces souvenirs tout frais, c'est son secret. Elle y repense, encore.

— Et ton amoureuse ? Celle que tu serrais contre toi à la fête des lumières ? a-t-elle dit, le souffle court après le baiser que Robin a déposé au coin de ses lèvres.

Il s'est redressé, comme piqué par une guêpe, et son cœur à elle est devenu aussi lourd qu'une enclume. Il réagissait, il était forcément coupable.

— Mon amoureuse ? a-t-il demandé, les sourcils froncés.

— Oui, je t'ai vu. Je t'ai vu la serrer contre toi.

Les lèvres serrées, Robin a semblé fouiller sa mémoire, sans succès. Puis son visage s'est éclairé.

— Oh ! Tu parles de ma Granny ? Granny Yolande ! C'est la mère de ma mère, c'est elle qui voulait me montrer les lumières. C'est elle aussi qui dit que je parle comme une vieux.

Le soulagement s'est abattu sur les épaules d'Élodie avec la puissance d'une pluie tropicale. Conscient des questions inconfortables contre lesquelles Élodie s'est battue depuis ce fameux soir des illuminations, Robin a commencé à s'excuser. Elle lui a fermé la bouche du bout des doigts et lui a dit :

— Tu ne me dois rien.

— Si, a-t-il répondu. Un café.

Que ce moment est doux à faire revivre ! Elle avait oublié qu'elle était aussi romantique. Gabriel le lui disait : elle aurait dû vivre dans un roman de Jane Austen. Gabriel… Bizarrement, l'évoquer ne lui pince plus le cœur aussi fort qu'avant. Il devient une présence plus douce, elle a compris que les jugements dont elle s'accable ne viennent pas de lui, mais d'elle.

Le froid devient perçant. Elle jette un dernier regard vers la source des flocons, loin dans l'obscurité, et lance un léger baiser en direction du ciel.

Retrouver la chaleur de son lit est un ravissement. Tout lui paraît merveilleux, elle s'est transformée en Bob l'Éponge. Juste avant de sombrer dans le sommeil, elle se souvient de cuisiner un peu Fleur demain, sa fille la regarde d'un drôle d'air.

— Mais je te regarde pas bizarrement, se défend Fleur en levant les yeux au ciel. Il n'y a rien, tout va bien, tout est normal.

— Tu es sûre ? insiste Élodie en versant une poignée de céréales dans le bol de Loum's.

— Sûre. On parle d'autre chose, st'eup.

— Bon…

Élodie reste dubitative. Elle a bien remarqué l'expression préoccupée de Fleur dès le saut du lit. Et quand elles ont entendu la porte de Madjid claquer, Fleur lui a jeté un regard perçant, elle guettait une réaction de sa part. Est-ce qu'il y a un problème au collège ? Ou pendant les heures de soutien scolaire ?

— Tout se passe bien, avec Madjid ? demande-t-elle à sa fille, qui se fige aussitôt.

— Quoi, pourquoi ? Pourquoi tu parles de Madjid ?

L'agressivité de Fleur la surprend. Il y a manifestement quelque chose d'anormal au sujet de leur voisin.

Elle essaiera de lui en parler à un autre moment, moins contraint par le temps. Elle a d'autres préoccupations : avoir l'air naturelle devant Robin, et pas complètement enamourée, et surtout, acheter ces foutus cadeaux de Noël. Avec un budget à deux chiffres au total, elle a peur de faire des déçus.

— J'y vais ! annonce Fleur avant de décrocher sa clé du mur.

— Bisou ? quémande Élodie.

Son casque vissé sur ses oreilles, sa fille fait mine de ne pas entendre. Elle sort sans se retourner et claque la porte derrière elle. Élodie soupire. Est-ce que sa fille grandit, est-ce que cette distance va devenir leur fonctionnement quotidien ? Est-ce que c'est l'influence de Fanta ? Même si elle apprécie la jeune fille, elle sent bien que la situation est en train de la perturber profondément. Leïla est toujours hospitalisée, chaque jour sans accoucher est une victoire, mais elle manque chez elle. Et Driss a le visage de plus en plus contracté quand il vient récupérer sa fille après les cours. Élodie se doute que quelque chose ne tourne pas rond. Elle le fera parler ce soir, elle se le promet.

En attendant, elle prend cinq minutes dans la salle de bains pour préparer une entrée triomphale dans l'*open-space*. Son tiroir de salle de bains ne contient que le strict nécessaire : brosse, dentifrice, brosse à dents, trousse à pharmacie, crème hydratante basique et l'eye-liner qui l'accompagne fidèlement depuis des années. Est-ce que ça se périme, ce truc ? Elle se dessine une fine ligne au ras des paupières, s'inspecte sous la lampe crue de la salle de bains, et regrette de ne plus pouvoir faire comme Fleur lorsqu'elle avait trois ans : se colorier les lèvres et les paupières à l'aide d'un gros feutre à l'eau. Pour Noël, elle rêve d'un joli rouge à lèvres, d'une crème teintée et d'une poudre soleil de super qualité.

Une fois Loum's déposé devant la grille, après un bisou et un concert d'éternuements larmoyants, elle se précipite dans le tram. Jamais elle n'a été aussi impatiente de gagner son bureau. Elle se sourit dans le reflet de la vitre. Les trottoirs sont encore blancs, les arbres nus semblent trempés dans du sucre glace, tout est embelli par le manteau de neige déposé dans la nuit.

Au pied de l'immeuble, elle reconnaît la silhouette de Robin. Est-ce qu'elle va l'embrasser, où faut-il poser ses lèvres, est-ce qu'il l'attend, elle, est-ce que… Il garde les bras le long du corps et la regarde, immobile. Ce n'est pas qu'il la regarde, d'ailleurs. Il la contemple. Elle sourit, un peu gauche, et s'attarde elle aussi sur son visage, le dessin de son épaule sous sa veste, le dos de sa main.

— Aujourd'hui je t'emmène en mission, annonce Robin. Pas la peine de monter dans ta bureau.

Elle soupire.

— Je ne peux pas partir comme ça, Robin, je suis salariée. Et ma cheffe n'est pas très… souple.

— Je sais, je la connais pas mal. Je l'ai prévenue hier.

— Comment, tu as fait quoi ?

— Je l'appelle devant toi ? propose Robin, le téléphone dans la paume.

— Non, non ! Je, tu ne peux pas…

Trop tard.

— Allo, ma-da-me Rom-biasse ? (Il articule avec exagération.) C'est Robin. Comme je vous l'ai annoncé, j'accompagne Élodie au séminaire RH de l'interprofession au palais des congrès. Je vous remercie de me le permettre, c'est précieux pour moi, pour mieux comprendre l'environnement réglementaire et juridique de votre pays. Bonne journée !

Effarée, Élodie le regarde raccrocher avec un petit air satisfait.

— Je t'enlève, on se promène et je te ramène comme Cinderella, devant le portail de l'école de ton fils. Est-ce que ça te convient ?

— Comment Rombiasse a pu te dire oui ? Elle ne m'a jamais accordé un seul jour de télétravail !

— C'est la magie Robin Firth.

Un instant, le nom de famille de Robin fait écho à quelque chose de connu. Élodie fouille sa mémoire sans succès, puis elle range l'information dans un coin de son esprit avant de saisir la main que lui tend Robin.

— On prend le tram pour le palais des congrès ?

— En fait, je t'avoue, je t'emmène dans un autre palais…

Silencieuse, Élodie fait quelques pas sans lâcher la main du jeune homme. Elle n'est pas ce genre de fille.

Elle n'est pas une poulette qui vit dans l'instant et se laisse emmener à l'hôtel. Il faut qu'elle le dise, il y a méprise, elle ne…

— C'est pas un palais-palais, hein, précise Robin, comme s'il lisait en elle. C'est une truc que je rêvais de visiter quand j'étais un petit bonhomme et que je venais passer les vacances ici.

Trop d'informations. Élodie découpe les phrases en petits morceaux, tout en continuant à caler son pas sur celui de Robin. « Pas un palais-palais » : elle est tellement soulagée qu'il n'y ait pas de malentendu à lever. « Je venais passer les vacances ici. » Pardon ?

— Comment ça, tu venais passer tes vacances ici ? demande-t-elle.

Avec un clin d'œil mystérieux, Robin passe sous la barrière rouge et blanc protégeant l'entrée d'un parking. Il tire une clé de sa poche et fait deux ou trois tours sur lui-même.

— J'oublie toujours où je la gare, marmonne-t-il.

— Robin ? C'est quoi, cette histoire de vacances ici ? Tu n'es pas canadien ?

— Ah ! La voilà ! *Come on.*

Il gagne du temps, se dit-elle en le suivant à travers les allées garnies de voitures de toutes sortes. Enfin, Robin s'immobilise devant… une antique coccinelle traversée par un ruban bleu, blanc, rouge.

— Le problème des vieilles voitures, c'est qu'elles clignotent pas quand on appuie sur le clé, s'excuse-t-il.

Élodie ouvre des yeux ronds. Elle aurait imaginé qu'un P.-D.G. de start-up roulait plutôt dans un modèle électrique. Cette voiture ressemble comme deux gouttes d'eau à celle du film Un amour de Coccinelle, sorti en 1968.

— J'ai une passion pour le film, explique Robin. Alors quand j'ai su qu'on la vendait aux enchères, je n'ai pas pu résister.

— C'est la vraie ?

— Celle du premier film, oui. C'est mon côté geek ! se réjouit Robin en s'installant derrière le volant.

Sans direction assistée, la manœuvre pour sortir de la place de parking est plus que sportive. Cela fait bien longtemps qu'Élodie se déplace en transports en commun, elle ne se souvient pas de la dernière fois qu'elle a voyagé en voiture. Enfin, le véhicule s'engage dans la circulation.

Élodie a presque les genoux sous le menton. Chaque fois que Robin passe une vitesse, il lui effleure la cuisse, elle a l'impression d'être revenue aux premiers émois de ses années lycée.

— Et donc, je te disais que je venais ici en vacances, petit, reprend enfin Robin. Mon français si parfaite ne vient pas du ciel !

— Ici, ce n'est pas tout près de Montréal, observe Élodie.

— Et c'est encore bien plus loin de Vancouver ! Montréal, c'est francophone.

— Je suis idiote.

— Interdit de parler comme ça de la fille que j'ai fait entrer dans mon voiture mythique ! Toutes les filles qui s'assoient dans ce fauteuil sont des femmes uniques, fortes, drôles et absolument canones.

Élodie se tourne vers la vitre pour rire et rougir.

— Bon, si je dois être honnête, tu es la seule qui est montée dedans à part Granny.

— Ta Granny est certainement canone, elle aussi.

— Elle est bien plus que ça ! C'est une mamie aimable comme une rottweiler, son épicier a peur d'elle, elle refuse de s'arrêter de travailler, et elle chante comme Nina Simone tellement elle a fumé deux paquets par jour toute sa vie. On l'appelle « La Terreur du Parquet » dans son métier.

— J'ai hâte de la rencontrer, dit Élodie en réprimant un frisson.

— Et le plus terrible, c'est qu'elle m'adore. Elle n'aime que moi, en fait.

— OK, je ne suis pas sûre que ce soit une bonne idée que tu me présentes. Elle fait office de belle-mère terrible, c'est ça ?

— Oh, je te rassure, la belle-mère est bien pire. En fait, le meilleur allié d'une fille fantastique face à « la belle-mère », c'est Granny-la-Démoniaque.

Quel programme, songe Élodie tandis que derrière les vitres embuées, la ville disparaît peu à peu, remplacée par des haies, des champs vallonnés et des lisières de sapins noirs saupoudrés de neige.

La route se rétrécit, la ligne médiane disparaît, les maisons se font plus rares. Alors que la chaussée finit par être remplacée par un chemin agricole, Élodie est prise d'un doute. A-t-elle bien fait de suivre Robin, sans méfiance, sans se poser de question ? De nos jours… Et comme d'habitude, Robin semble entendre ce qu'elle pense tout bas et dit :

— Tu sais, si j'étais une psychopathe, je t'aurais enfermée dans le local de la photocopieuse dès le premier jour !

— Ne me fais pas croire que tu n'y as pas pensé, répond-elle en lui glissant un regard sur le côté.

— Je suis une garçon poli, alors je ne vais pas répondre à ta provocation.

Une petite décharge électrique parcourt le corps d'Élodie. Elle perçoit la pression de la main de Robin contre sa cuisse avec plus d'acuité. Ils n'ont jamais reparlé de l'épisode de la Poudlard Expo. Pourtant, depuis, quelque chose grésille entre eux, une onde électrique qu'elle sent palpiter sous chaque mot, chaque contact. Ils s'aimantent. User de second degré n'est pas simplement leur manière de se jauger, c'est une stratégie pour ne pas être trop vite submergés par un truc ingérable.

— On est arrivés.

Lorsqu'Élodie lève les yeux, elle aperçoit une grange immense. Pas de voiture, pas de maison, rien.

— Et tu rêvais de ça, quand tu étais enfant ?

— Tu vas voir.

Dans le silence de la campagne enneigée, Élodie ose à peine claquer sa portière. Robin lui prend la main et l'entraîne vers l'immense porte charretière.

— Le propriétaire est un ami. C'est une original. Et avant qu'il se fâche à mort avec tout l'équipe municipale de la métropole, il exerçait son art sur la Grand-Place. Là, c'est juste pour nous.

Il pousse le battant de la main gauche et la tire à l'intérieur. Au début, elle ne comprend rien. Elle s'attendait à entrer dans la pénombre, et c'est au contraire une lumière aveuglante, d'un blanc bleuté, qui inonde sa rétine.

— Bienvenue dans le Palais des Glaces. c'est plus stylé que le palais des congrès, non ?

Chaque mot prononcé fait s'échapper de sa bouche un panache de vapeur.

— C'est… c'est de la glace ?

— On est chez un copain. Le jour, il est sculpteur sur glace, comme son père, et la nuit, il bosse dans un hôtel. Le seul problème, c'est qu'il a moins bon caractère que son père, alors il fait plus le show sur la Grand-Place. Mais il continue chez lui. Il s'entraîne pour l'exposition Art Below Zero d'Amsterdam.

Éblouie, Élodie lève la tête. Tout est transparent et pourtant tout est concret, net. Chaque arc-boutant au-dessus de sa tête est sculpté avec finesse. Les marches d'un escalier monumental se présentent devant eux. Sur les murs, l'artiste a sculpté blasons et joints de pierre, torsades en colonne et vitraux blancs.

— Mais c'est fou, souffle Élodie. Tu crois qu'on peut monter ?

— On peut. Fleury pèse à peu près cent kilos, c'est notre garantie qu'on va pas traverser le plancher !

Les parois de la grange ont disparu, le toit aussi, tout est d'un bleu-blanc luminescent.

— En fait, je préfère la Reine des Neiges à Harry Potter, dit Robin.

Sans se retourner vers lui, Élodie sourit. Elle a l'impression d'entendre le sang de Robin pulser dans tout son corps. Il la désire et elle le sent. Elle ne comprend pas pourquoi, mais merde, on s'en fout après tout. Au-dessus de leurs têtes, un lustre à pampilles diffuse une lumière mouvante. Elle sent la présence de Robin dans son dos, tout proche. Il attend qu'elle se tourne. Elle n'a pas sur le visage ce masque de réalité virtuelle si pratique pour se cacher d'elle-même. Si elle choisit de faire face, ce sera sans masque, sans protection. Elle s'encourage, elle écoute monter du creux de son ventre l'envie immense qu'elle a de lui, de sa patience et de sa force. Tant pis pour la belle-mère terrible, elle se tourne et se serre contre lui, l'épouse de toute sa hauteur. Confiante, elle lui tend sa bouche. D'abord avec légèreté, il se pose sur elle. Puis elle sent son appétit, sa soif d'elle prendre le dessus. Il enfonce en elle sa langue plus profondément, la mord et la caresse, elle gémit et s'amollit.

— Est-ce que tu veux, tu veux… moi ? demande Robin d'une voix comprimée.

— Je veux toi, souffle-t-elle.

La lumière change tout à coup. Quelqu'un a ouvert la porte en grand.

— Oh Robby, t'es là, mon ami ? C'est quoi, cette voiture incroyable ?

15

Marrons chauds

Cher Madjid,

J'hésite. Est-ce que vous appliquez sur moi une technique de programmation neurolinguistique qui vise à m'enflammer l'imagination, ou bien est-ce que vous êtes sincère lorsque vous m'assurez ne pas être quelqu'un d'assez bien pour moi ? Des excuses miteuses de mecs lâches du genre : « Ce n'est pas ta faute, c'est la mienne », j'en ai vraiment eu ma dose. C'est pour cette raison que maintenant, c'est moi qui les sers aux hommes. J'ai une préférence nette pour : « À charge de revanche ! », étant entendu que la revanche ne vient jamais. Chacun ses petites lâchetés. Bref, avec vous je ne pensais pas me retrouver dans ce type de schéma. Oui, vous me plaisez, votre complexité, votre retenue, votre grand front, vos mains, même votre chat, me plaisent.

Voilà, je suis cash, même si ce n'était pas du tout ce que j'avais prévu en commençant cette lettre. Vous

*m'agacez, avec votre danse, un pas en avant, deux pas en arrière. Nous sommes adultes, non ? Si ça nous plaît de nous tourner autour et de nous effleurer en déclamant du Baudelaire, allons-y gaiement ! Mais pas de « moui, mais non, mais quand même, *soupir* ». Je n'ai pas de temps pour ça. Vous non plus. Flemme. J'ai envie de vous connaître vraiment. Acceptez-vous de vous dévoiler ?*
Votre correspondante.

Elle parcourt sa lettre. Pas une rature, pas une reprise acrobatique. Elle fait des progrès. Peut-être aussi que son agacement lui donne de l'élan. Son agacement ou son appétit, elle ne sait pas trop. Étrangement, en écrivant « vous dévoiler », elle n'a même pas pensé à ce corps aperçu dans l'entrebâillement de la porte de la salle de bains, quelques jours plus tôt. À son dos, aux muscles secs de ses épaules, à… OK, maintenant, elle y pense. Mais au moment de l'écrire, pas du tout. Elle était sincèrement concentrée sur le sens figuré de ce verbe. Dévoiler. Ça y est, elle devient asexuelle ! On en revient à l'overdose de bonbons Arlequin.

Elle s'étire et se laisse retomber sur le canapé. Elle a mal dormi. DocteurMax est venu la déranger dans ses rêves, elle l'entendait frapper à la porte et se réveillait en sursaut, toujours coincée à l'intérieur de son rêve. C'était pire qu'*Inception.* À 7 heures, quand le réveil a sonné, elle a envoyé un mail à tout le *board* de la SSII prestataire historique du groupe : elle décalait leur rencontre à 15 heures. Puis elle s'est rendormie.

Son deuxième réveil n'a été provoqué que par le soleil tombant droit sur son oreiller. Les orteils enfouis dans la moquette épaisse, elle a esquissé quelques étirements puis s'est laissée fondre sous une douche brûlante. Bousculer l'agenda de six bonshommes cravatés était un privilège dont elle n'abusait pas, mais quand même, c'était sacrément satisfaisant de pouvoir se le permettre de temps en temps. Après la douche, elle a écrit. Elle se disait qu'elle aurait les idées claires, et à se relire, oui, elle avait les idées sacrément claires. Sa lettre était limpide. Un peu trop, peut-être. Mais elle pensait chaque mot. Elle n'a pas de temps à perdre. Non pas qu'elle soit pressée, mais son temps est précieux. Tout le monde devrait réfléchir comme ça, plutôt que de laisser pourrir des situations merdiques par flemme de repartir à zéro. « Ton temps est précieux », voilà une belle maxime à imprimer sur des T-shirts pour mamans débordées. *Punaise Joanna, t'aurais dû faire du marketing.*

À 10 heures, elle répond à trois ou quatre mails, elle paraphe un Docusign, relance le contrôleur de gestion, complète un mandat, et elle rabat le clapet de son ordinateur portable. Efficacité. 10 h 30, elle peut considérer qu'elle entre en pause déjeuner. Pause qu'elle terminera à 14 h 45.

Entre-temps, elle sait exactement ce qu'elle va faire : renouer avec une tradition chère à son cœur. Après tout, Noël est dans dix jours, il est plus que temps de se plonger dans l'ambiance.

Elle enfile un jean et un blazer sur une chemise blanche Céline à col mao, ses cuissardes Vanessa Bruno, puis elle fourre l'enveloppe destinée à Madjid dans son sac et emprunte l'ascenseur. Ce soir, elle prévoit chez Élodie un atelier guirlandes de Noël. Les machins en chaussettes sur le faux sapin, c'est mignon, mais c'est moche.

Dans la rue, l'ambiance de Noël est trop discrète. Il y a bien quelques plaques de neige rescapées dans les caniveaux, mais la majorité de ce qui est tombé dans la nuit a déjà fondu. Le quartier résidentiel offre peu de vitrines à admirer. Elle compte plutôt faire ses emplettes sur la Grand-Place, là où elle est certaine de trouver une débauche de décorations et des cappuccinos à la crème fouettée saupoudrée de pralin.

Lorsque Joanna descend du tram, l'atmosphère est bien différente. D'un balcon à l'autre, des illuminations de Noël se balancent, chargées de branches de sapin vert foncé et de bouquets de houx ornées de fruits rouges. Bien qu'elle soit habituée aux fastes des Champs-Élysées, Joanna s'émerveille. Chaque vitrine est décorée au pochoir, chaque porte est ornée d'une couronne enrubannée de satin rouge. Les boutiques se font une concurrence acoustique acharnée, chacune diffusant jusque sur le trottoir sa propre playlist de Noël. Ça tintinnabule et ça grelotille de partout.

Une fois qu'elle est rassasiée de nœuds et de neige carbonique, Joanna entre chez un primeur. Elle sait qu'elle paiera dix fois le prix, mais tant pis.

— Bonjour, vingt oranges s'il vous plaît.

Le commerçant la détaille des pieds à la tête. Il porte une petite moustache stricte et un tablier bleu roi.

— À jus ou à dessert ?

— À dessert. Ça coulera moins quand on les tranchera pour les faire sécher.

— Vous quoi ? Vous n'allez pas les manger ?

Le brave homme a presque les larmes aux yeux d'indignation.

— Heu, non. C'est pour faire des guirlandes de Noël.

Marmonnant dans sa moustache, le commerçant saisit un sac en papier et entreprend de sélectionner les premières oranges. Il les touche, les retourne, puis les repose, incapable de les envoyer vers un si triste destin.

— Bon, vous savez quoi ? Je vais pas vous vendre d'oranges. C'est trop triste. C'est des oranges si bonnes que si t'en manges, tu t'envoles tout droit au paradis. Ce sont des *tarrocco* de Sicile. Laissez-les aux gens qui veulent en manger. Allez acheter vos fruits au supermarché !

— Mais je suis ici, vous n'allez pas refuser de me servir ! s'amuse Joanna. Le refus de vente est puni par la loi !

Le brave commerçant croise les bras sur la poitrine et gonfle le torse.

— Sauf en cas de demande anormale ! Et acheter un fruit pour ne pas le manger *est* anormal. Bonne journée, Madame.

Morte de rire, Joanna sort de la boutique. Une bonne histoire à raconter dans sa prochaine lettre ! Est-ce parce qu'elle vient de penser à lui ? Madjid surgit devant elle à l'angle de la rue. Tomber deux fois par hasard sur cet homme, ce n'est plus une coïncidence, c'est de la prédestination ! Prise d'une impulsion, elle décide de le suivre. Madjid marche sans hâte, la tête rentrée dans son écharpe. Il a l'air harassé. Où va-t-il ? Il s'écarte face à une jeune femme qui avance dans la direction opposée, et Joanna lui attribue mentalement un bon point. Un artisan fait tomber une pince de sa poche en déchargeant un sac de matériel sur le trottoir, il la ramasse. Deux points. Quelle honte indicible un être si parfait peut-il donc porter ?

À l'angle de la Grand-Place, un individu équipé de bonnet et de mitaines fait griller des marrons. L'odeur se diffuse à dix mètres à la ronde et Joanna meurt d'envie de s'arrêter acheter un cornet de papier garni de châtaignes rôties sur le brasero, mais Madjid marche d'un bon pas et elle ne veut pas le perdre de vue. Elle contourne le vendeur juste à temps pour le voir entrer dans un immeuble.

Lorsqu'elle parvient face à la grande porte bleu nuit, elle découvre trois plaques de laiton gravées fixées près de l'interphone. « Docteur Boudard, Oncologue », « Yolande Rombiasse, Avocat au Conseil d'État et à la Cour de cassation », et « Farid Bensalem, Chirurgien esthétique ». Il semble n'y avoir aucun appartement d'habitation, à en juger par la liste enregistrée dans l'interphone. Pensive, Joanna la fait défiler plusieurs fois avant de s'éloigner de la porte. L'idée que Madjid puisse avoir rendez-vous avec un oncologue lui plombe complètement le moral. Est-ce cela, le combat dont il parlait ? Il semble pourtant en pleine forme, mais avec ces cancers, on ne sait plus ni que ni quoi. Difficile de l'imaginer se faire refaire le nez chez le docteur Farid Bensalem. D'ailleurs, elle l'en empêchera si c'est le cas, elle adore son nez. Alors, Maître Rombiasse ? Mais pourquoi la Cour de cassation ? Rien ne tient. Peut-être qu'il va simplement prendre un café avec l'un des trois, un vieux copain de fac ou un truc dans ce genre ? Elle va s'installer sur la terrasse de l'angle, sous les vapeurs de marrons chauds, et surveiller sa sortie. Elle pourra toujours invoquer le hasard si jamais il la repère en s'installant à son tour sous les parasols chauffants de la brasserie. Elle n'est plus à un hasard près. Bizarre, Rombiasse… Ce nom lui évoque quelque chose, mais quoi ? Elle dépose son sac sur la table et lève la main pour attirer l'attention d'un serveur. L'un d'entre eux accourt, trop heureux probablement de pouvoir s'attirer les bonnes grâces d'une cliente de moins de cinquante ans sans supplément moustache.

— Un chocolat viennois, s'il vous plaît ! demande-t-elle au jeune homme empressé.

Chaque période de Noël lui offre la réconfortante possibilité de s'offrir une de ces gourmandises noyées sous une montagne de chantilly maison à peine sucrée, saupoudrée de cacao et d'éclats de caramel au beurre salé. Une spécialité de la région pourtant bien éloignée de l'Autriche. Elle pourrait en boire des litres.

Vingt minutes passent, puis une heure et Madjid ne sort pas. Si elle veut pouvoir acheter ses oranges et être à l'heure avec les gratte-papier de la SSII, elle ne va pas pouvoir rester à faire le guet beaucoup plus longtemps.

Après avoir payé, elle revient sur ses pas, ignore avec superbe la devanture du primeur susceptible et s'arrête cinq boutiques plus loin dans une supérette dont elle dévalise le casier d'oranges. Il lui reste largement le temps de repasser à l'hôtel pour déjeuner et se rafraîchir avant sa réunion.

À la sortie du tram, le sac d'oranges pèse au bout de son bras. Idée lumineuse : elle va le déposer directement sur le paillasson d'Élodie, comme ça, tout sera sur place ce soir pour l'atelier guirlandes !

Dans l'ascenseur, elle griffonne un mot sur le dos d'une enveloppe trouvée au fond de son sac à main. « C'est pour vous ! À ce soir. » Les portes de l'ascenseur s'ouvrent sur le palier obscur. À tâtons, elle trouve la poignée d'Élodie, y suspend son sac et coince l'enveloppe bien en vue, puis elle redescend.

— Alors, c'est vous, la bonne raison de Robby ?

Les joues encore brûlantes, Élodie essaie d'avoir l'air normale face au propriétaire des lieux, une sorte de géant « sacrément tanké », dirait Joanna.

— La bonne raison…

— De rentrer s'installer en France ! À sa place, moi…

Robin envoie un coup de coude dans les côtes de son ami.

— Je te présente Fleury. Une ami d'enfance. Et il fait le malin, mais le seule femme de sa vie, c'est ma grand-mère.

— Ah, Granny… soupire Fleury, les yeux dans le vague, avant de se ressaisir. La prochaine fois que tu passes à la grange, préviens-moi, ma caille ! J'ai cru que c'était des sangliers. Il reste un peu de maïs par terre, alors quand ils ont trop la dalle, ils forcent l'entrée. J'avais peur qu'ils massacrent mon bijou !

— C'est vous qui avez fait ça ? demande Élodie en balayant le palais de glace d'un geste ample, trop heureuse de saisir une perche avant que Fleury s'appesantisse sur les bruits suspects qu'il aurait entendus.

— Eh oui. Une grosse brute avec une âme d'enfant. C'est tout moi.

— C'est pas un brute du tout, glisse Robin à Élodie. Il fait semblant pour t'impressionner, il croit qu'on a toujours neuf ans !

— J'ai deux ou trois revanches à prendre, c'est vrai, reconnaît Fleury. Il les faisait toutes craquer. Moi, j'étais le copain moche. Allez les tourtereaux, du balai, j'ai un boulot !

— Tu retournes à l'hôtel ? Tu ne travailles plus de nuit ? demande Robin.

— Le jour, je sculpte. Et je dois m'occuper du clocheton nord, avec une vigne vierge et des tuiles rondes, alors mes cailles, il va falloir laisser l'artiste en paix. Mais vous repassez quand vous voulez pour un chocolat chaud. Avec Granny, évidemment ! Ah, poursuit-il en voyant le tressaillement d'Élodie, tu n'as pas encore rencontré le dragon… Elle va t'adorer. Surtout si sa fille te déteste. Tu pourras pas gagner sur tous les plans. Je te coache quand tu veux.

Pouffant comme des enfants, Élodie et Robin quittent la grange main dans la main jusqu'à la Coccinelle tricolore.

— Sacré personnage, ton Fleury !

— Une crème. On va déjeuner ? J'ai le dalle !

— J'ai le dalle aussi, répond Élodie. Je connais une auberge pas loin, je te guide ?

Assis l'un face à l'autre près de la grande cheminée, ils négligent le contenu de leur assiette et se dévisagent, un pétillement particulier au fond des yeux. Chaque parole échangée semble contenir un sens caché qui donne à Élodie l'envie de glousser comme une ado. Même si le désir frustré imprime une torsion douloureuse au fond de son ventre, elle sent que le délai qui leur est imposé lui rend service. Ils n'ont pas d'avenir, Robin finira par repartir au Canada. Elle ne va pas se lancer à corps perdu dans une histoire sans perspectives, si ? Que peut-elle attendre ? Comme le flux et le reflux, ces questions paraissent et disparaissent, balayées par un regard de Robin, par un frôlement de leurs genoux sous la table ou par un sourire. Elle ne sait plus ce qui est indispensable, non négociable à ses yeux. Peut-être que Joanna a raison quand elle lui souhaite crûment une « bonne histoire de cul ». Mais elle, Élodie, ne sait pas se blinder. Son corps, elle ne le détache pas du reste.

— Tu penses quoi ? demande Robin

— Que c'est compliqué, répond Élodie.

— Je crois qu'il faut mettre le cerveau sur off, parfois.

Facile à dire, songe Élodie, les yeux fixés sur l'ardoise proposant le menu du jour. Elle se rend compte qu'avant d'ouvrir le colis, elle aimerait en connaître le contenu. Est-ce que les sentiments, la vie à deux, les projets communs, la garantie « sans mort violente » sont inclus ? Est-ce qu'elle accepterait un package *light* contenant simplement les corps aimantés, l'estime mutuelle, sans assurance « chagrin d'amour » ? Elle se rend compte qu'elle a perdu tous ses repères dans la jungle sentimentale contemporaine. Alors puisqu'elle ne sait pas à quoi se raccrocher, elle le regarde, lui, et elle reçoit son regard en retour. Robin semble paisible. Il a l'air équipé d'une sacrée capacité à « cueillir le jour », comme dit le poète. Veinard.

— Et cet après-midi, qu'est-ce que tu as prévu ? demande-t-elle, ravalant ses angoisses. Une promenade en calèche, une ascension du Haut-Koenigsbourg, une descente en parapente ?

Robin sourit. Elle remarque qu'il a saisi sa fourchette et qu'il lui fait tracer des rayures sur la nappe à carreaux. Nerveux, finalement ?

— J'ai prévu que c'est toi qui prévois, si tu veux bien, répond-il. Est-ce que tu as quelque chose à me faire découvrir ? Je suis à ton disposition.

Une nouvelle fois, Élodie se sent suspendue au-dessus du vide, sans repères. Comment ça, ce n'est pas lui qui mène la danse ? Elle pensait n'avoir qu'à se laisser porter, à se laisser conduire, et voilà qu'il lui refile le volant. Ce que lui réclame Robin, c'est qu'elle aussi le surprenne. Et à voir son regard inquiet et son genou qui tressaute, il n'en mène pas large.

— Ah, murmure-t-elle.

— Ça t'embête ? Tu as envie de faire quoi, tout simplement ?

Le « tout simplement » la fait sourire. Se demander ce qu'elle a envie de faire, et savoir que les possibilités sont beaucoup plus ouvertes que le choix entre une partie de *Uno* et un *Qui est-ce* a quelque chose de vertigineux.

— Je n'ai plus l'habitude de me poser cette question, reconnaît-elle.

C'est le moment que choisit la patronne de l'auberge pour s'approcher. Elle tire de la poche de son tablier un carnet ligné, et de son chignon un crayon à papier. La patronne est assortie aux nappes à carreaux, au plafond bas, aux poutres noircies par la cuisine au feu de bois. Élodie se croit dans un film américain, au moment où les soldats du Débarquement s'enfoncent dans les terres rurales normandes et découvrent « l'art de vivre à la française », sa poule-au-pot et son pinard au pichet.

— Qu'est-ce qui vous ferait plaisir ? gronde la forte femme, la poitrine en avant.

Voilà une excellente occasion de s'entraîner à répondre à cette question existentielle.

— Est-ce que tu veux que je choisisse pour nous deux ? demande-t-elle à Robin. Comme ça, on se fait goûter ?

Celui qu'elle ne parvient plus à nommer « le stagiaire » hoche la tête avec enthousiasme.

— OK, alors… Un menu du jour s'il vous plaît, et à la carte, je vais prendre… des œufs cocotte, ça fait des siècles que je n'en ai pas mangé, une joue de porc aux petits légumes rôtis, et une part de votre tarte aux coings et pommes.

— Excellent choix, approuve la matrone.

Ses doigts boudinés font courir le crayon sur le carnet à toute vitesse.

Galvanisée par cette première épreuve réussie, Élodie se tourne vers Robin, rayonnante.

— Je sais où je vais t'emmener. Ça sera tout simple, je te préviens.

— C'est ça qui me plaît chez toi, sourit Robin, le « simple ». Entre autres.

Elle est tentée de demander la liste complète de ce que Robin lui trouve, parce qu'elle a bien du mal à identifier ce qui, chez elle, peut éveiller l'intérêt d'un jeune homme de même pas vingt-cinq ans.

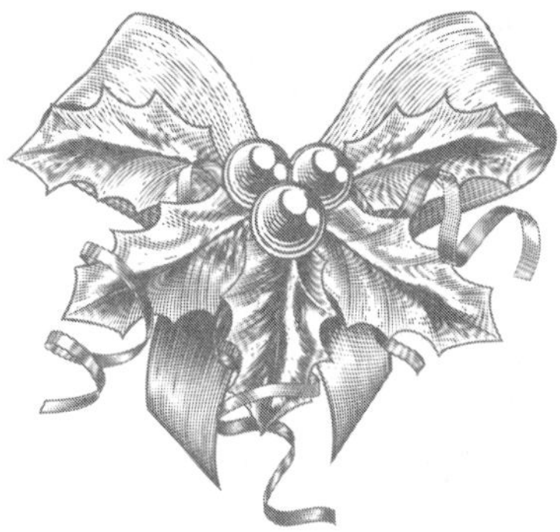

16

Sapin

— Alors, monsieur Maalouf, qu'est-ce qui vous a rendu la niaque ?

En attendant la réponse de son client, Maître Yolande Rombiasse ouvre le premier tiroir de son bureau d'officier de marine et en tire un cendrier plein à ras bord. Face à elle, Madjid se tient parfaitement droit, les mains posées sur ses genoux. Il observe la photo de famille que l'avocate expose sur son bureau : un jeune homme en robe noire et coiffe de graduation à l'américaine. L'avocate le fixe de ses petits yeux délavés puis étouffe une quinte de toux dans son poing fermé. Elle a largement dépassé les soixante-dix ans, mais sa silhouette sèche dégage une énergie formidable.

— Il nous reste moins de vingt-quatre heures pour former le pourvoi en Cassation. J'en déduis que vous avez tergiversé pendant des jours, et que vous vous réveillez *in extremis* alors que vous aviez renoncé à vous battre. Donc, ma question : pourquoi ?

Madjid se demande avec inquiétude ce qui, dans un corps si frêle, explique une tonalité si grave. On dirait que le petit bout de femme cache un gouffre intérieur.

— Ne vous prenez pas la tête sur ma voix, grogne l'avocate, j'ai un œdème de Reinke, comme Jeanne Moreau. Ça vous pose face aux juges, ce timbre. Je l'entretiens avec soin.

Pour accompagner ses paroles, l'avocate tire de la poche de sa veste une boîte métallique plate dont elle sort un cigarillo.

— Désolée si la fumée vous gêne, assène-t-elle en l'allumant. Vous en voulez un ?

Madjid fait un signe de dénégation tandis que Maître Rombiasse souffle sa fumée vers le plafond jauni encadré de moulures.

— Alors ? Je veux savoir qui je défends. Vous avez d'abord accepté le jugement, vous avez versé rubis sur l'ongle les dommages et intérêts à la famille de la victime, et maintenant, vous vous réveillez et vous voulez former un pourvoi. Qu'est-ce qui a changé depuis l'appel ?

— Je ne sais pas si vous allez tout à fait me prendre au sérieux, sourit Madjid.

— Dites toujours. Vous me collez des délais plus serrés qu'un serre-tête de bourgeoise, je veux savoir.

— J'ai rencontré quelqu'un.

Le silence s'installe dans la pièce enfumée.

— Et vous avez envie de l'emmener en week-end sans appeler le juge des libertés. Je comprends.

— Nous n'en sommes pas là, tempère Madjid.

— Un jeune homme charmant comme vous, je n'ai aucun doute qu'elle succombe, rétorque Maître Rombiasse.

Venant d'une femme de soixante-quinze ans mesurant un mètre cinquante à tout casser, l'expression « jeune homme » revêt une saveur particulière. Une toux sèche proche du rire nerveux secoue brièvement Madjid.

— L'amour… soupire Maître Rombiasse. Elle est au courant, au moins, qu'elle est en train de s'amouracher d'un repris de justice ?

— Je n'ai pas osé me présenter sous ce jour peu flatteur. J'imagine que vous comprenez. Je préfère entretenir le mystère.

Elle ouvre une chemise cartonnée et en sort des liasses de feuilles qu'elle dispose en tas distincts.

— Ça pue, votre affaire. Un type qui me la fait à l'envers dès le début, je peux vous dire que je ne mets pas une pièce de plus dans la machine !

— Je ne la lui ai pas « faite à l'envers », se récrie Madjid. C'est une simple omission.

La moue de Maître Rombiasse en dit long.

— Vous savez, les femmes adorent les vilains garçons ! Les *bad boys*, comme disent les jeunes.

— C'est moins vrai aujourd'hui je le crains, répond Madjid avec un sourire poli.

— Ah, la nouvelle génération… grince Maître Rombiasse. Mon petit-fils, lui aussi, semble embrouillé dans une histoire d'amour tordue. Les nouvelles règles sont beaucoup trop compliquées pour moi. Mais une chose est sûre…

L'avocate tire trois bouffées profondes de son petit cigare et souffle la fumée droit sur Madjid avant de terminer :

— La première qui fait souffrir mon petit-fils, je lui pète les genoux.

— Je n'en doute pas. Rassurez-moi, le conseil conjugal est bien compris dans vos honoraires ?

— Monsieur n'aime pas qu'on lui donne des conseils ? raille l'avocate avec un regard par en dessous.

Elle ressemble à Robert De Niro en femme et en maigre, se dit Madjid avant de répondre d'une voix calme :

— Monsieur est un grand garçon. Voire un vieux garçon.

Vaincue, Yolande Rombiasse lève les mains en signe de reddition, le cigarillo pendu aux lèvres.

— J'arrête les frais ! Menez votre vie de mensonges comme vous l'entendez ! Moi, je vais me cantonner à votre dossier.

L'avocate saisit une liasse de documents, parcourt silencieusement les premières pages et fixe de nouveau son regard transparent sur Madjid.

— J'ai déjà identifié deux ou trois angles d'attaque. Si Madame ne vous a pas largué d'ici là pour lui avoir caché la vérité, je vous garantis que vous pourrez bien vite l'emmener au restau là où ça vous chante. Y compris au Brésil ou au Japon.

*

— C'est quoi ce truc suspendu à la porte ? s'exclame Fanta en sortant de l'ascenseur.

— Aucune idée, marmonne Fleur, tout occupée à chercher sa clé.

— Des oranges. Quelqu'un a déposé des oranges. Il y en a un paquet ! s'exclame Fanta en décrochant le sac. C'est qui, tu crois ? Tiens, une enveloppe !

Indifférente à l'excitation qui perce dans la voix de son amie, Fleur enfonce la clé dans la serrure. À l'approche des vacances, les journées de cours ont tendance à raccourcir. Il est à peine 14 h 30 et les deux filles ont devant elles un long après-midi avant le retour d'Élodie et Loum's.

Les sourcils froncés, Fanta a tiré le petit papier du sac et déchiffre : « C'est pour vous, à ce soir » ; elle saisit aussitôt le bras de Fleur :

— C'est un cadeau de Madjid pour ta mère !

— Trop bizarre, je ne vois pas pourquoi il lui offrirait des oranges.

— Mais si, regarde, ça doit être un code. Genre : « Je vous envoie des oranges = Je vous attends en slip dans ma salle de bains. »

L'image fait grimacer Fleur mais une fois que Fanta s'est fait une opinion, rien ne l'en fera démordre. Les filles déposent dans l'entrée leur sac de cours, enlèvent leurs manteaux et hissent le sac d'oranges sur le plan de travail de la cuisine. Il pèse au moins trois kilos.

— Tu sens que ta mère est à fond ?

— À fond de quoi ?

— À fond sur Maalouf, évidemment, souffle Fanta, les yeux au ciel.

Sans répondre, Fleur ouvre un placard, en sort un paquet de Granola et déchire le premier sachet avec les dents.

— Écoute… Je préfère qu'on ne s'en mêle pas. Les histoires de ma mère, c'est les histoires de ma mère.

— Allez, c'est tellement romantique ! J'ai toujours rêvé d'être comme la nana des *Bridgerton*, celle qui arrange les coups !

— Mais on n'est pas dans une série, Fanta. C'est la vraie vie et, surtout, c'est ma mère…

— Justement, faut donner un coup de pouce au destin. Imagine ça comme un cadeau de Noël !

Dans la voix de Fanta, Fleur perçoit autre chose que de l'enthousiasme. Du désespoir. Elle sort deux verres, y verse du sirop fruits de la passion, leur préféré, et une bonne dose de limonade. Elle sent bien que quelque chose cloche dans la vie de Fanta. L'appartement trop vide sans sa mère, l'angoisse trop puissante pour ce petit bébé qui doit surtout rester à l'intérieur, l'attente trop longue… Quelle que soit la raison précise, Fanta est en train de vriller. C'est pour ça qu'elle se lance à corps perdu dans cette histoire d'amour supposée. En réalité, Fleur est perplexe. Madjid et Maman ? Elle n'y croit pas.

— Mon père vient de se faire virer, lâche Fanta tout d'un coup. La boîte est en faillite ou je sais pas quoi. Il m'en a pas parlé parce qu'il veut pas que je flippe, du coup, c'est encore pire. Je sais qu'il est en panique avec Maman qui est à l'hôpital, un enfant de plus qui arrive et tout. Mais moi, je peux rien faire, rien !

Deux grosses larmes débordent soudain sur les joues rondes de l'adolescente.

— Sauf que je l'ai entendu téléphoner il y a trois jours. Il pensait que je dormais. Il parlait à un collègue, et il disait qu'avec Maman en congé mat' et un salaire réduit, on allait finir à la rue.

— Merde, murmure Fleur. Il fait quoi déjà, ton père ?

— Technicien maintenance.

— Il va retrouver du boulot, c'est sûr !

— Je sais pas. J'y connais rien, à son taf. Et je suis trop jeune pour bosser, alors… J'arrête pas de penser à *Germinal*.

— Ger-quoi ?

— La série guèz qui parle des gars en PLS, ils font la grève dans les mines de charbon. C'est la misère, de ouf. C'est passé sur Prime.

Fanta fait rouler les oranges sur le plan de travail. Puis elle relève la tête et sourit :

— C'est plus cool d'organiser des trucs romantiques. Allez viens, ce soir on fait un plan !

De guerre lasse et parce qu'elle voit bien que Fanta a vraiment besoin de se changer les idées, Fleur répond :

— OK… Quel genre de plan ?

— Un plan trop fin. J'ai une idée de ouf ! On n'a qu'à dire que ce soir, on va au Champo regarder un vieux film en noir et blanc, et en fait, je t'explique tout à la cafèt. On prendra des pop-corns, comme dans la chanson.

*

— À gauche.

— Sûre ?

Sans fléchir, Élodie approuve. La route, elle pourrait la faire les yeux fermés. Il y a bien quelques coupes rases sur les pentes autrefois boisées, mais elle ne s'y trompe pas.

La dernière fois qu'elle a tenu un volant, c'était en 2019, et c'était à la fête foraine, dans les autotamponneuses. En réalité, son permis a tellement peu servi qu'elle serait bien incapable de dire s'il est encore valable. Habiter sur une ligne de tram et le manque de moyens pour vadrouiller hors de sa banlieue l'ont rendu à peu près inapte à la conduite. Sinon, bien sûr, c'est elle qui aurait pris le volant. Elle sent bien que Robin n'est pas tout à fait à l'aise de conduire sous sa direction, sans rien connaître de leur destination. Alors elle prend sa plus belle voix de GPS, pour détendre l'atmosphère.

— Tournez à gauche.

Tout à coup, les sapins s'écartent. Une clairière ? Non, un lac. Robin se détend imperceptiblement. Comme s'il avait couru le risque de finir dans un ravin, au bout d'une route pas terminée, dans un cul-de-sac gardé par un ours !

— Je t'emmène dans mon Canada, sourit-elle en poussant la portière.

Il n'y a ni parking ni berges aménagées. L'eau sous le ciel plombé n'est pas aussi transparente que dans son souvenir, mais elle retrouve avec émotion le souffle de la brise dans les branches et le silence de la nature au repos. Les bords du lac sont gelés, comme une collerette, sur quelques mètres seulement.

— J'y venais, petite, moi aussi. Viens !

Elle saisit la main de Robin et l'entraîne sous les sapins, le long d'un sentier dissimulé entre les herbes couvertes de givre.

— J'espère que ça n'a pas bougé, marmonne-t-elle.

Quelques dizaines de mètres plus loin, elle pousse un cri triomphal. Le petit appontement en bois est bien en place, et au bout de son pieu planté dans l'eau, une barque se balance.

— La glace n'est pas épaisse, on va pouvoir ramener le bateau pour embarquer, commande-t-elle.

Robin la regarde saisir à mains nues la corde raidie par le gel et tirer sans sourciller. Les réflexes reviennent facilement, le corps se souvient, et c'est les joues rougies par l'effort et par la joie qu'Élodie lui propose de monter dans la barque le premier.

D'un coup de pied vigoureux, elle grimpe à bord en propulsant l'embarcation jusqu'au centre du lac. Sans effort, le bateau glisse en silence et s'éloigne des berges.

— Il… n'y a pas de rames ? s'inquiète Robin.

— Pas besoin. Il n'y a presque pas de vent, c'est le courant qui va nous ramener sur le bord.

Les yeux fermés, elle offre son visage au ciel neigeux. Elle ne sait pas si Robin fait comme elle ou bien s'il la regarde. En réalité, elle s'en fiche. Elle avait oublié combien cet endroit comptait pour elle, combien il lui manquait. Les souvenirs joyeux, censés fabriquer l'enfance, elle n'en a pas tant que ça. Ceux qui l'ont marquée se situent presque tous ici, en compagnie de ses grands-parents. Trop heureuse de se débarrasser de son encombrante progéniture, sa mère les déposait, elle et ses frères, chacun avec leur baluchon, et reparaissait trois ou quatre jours plus tard, à peine plus reposée, à peine plus aimable qu'avant. Ce qui se passait pendant ces trois ou quatre jours relevait du mystère, même à ses yeux d'enfant. Chaque matin, son grand-père chargeait dans son coffre un panier de pique-nique sans fond, une nappe épaisse, trois cannes de bambou et un seau. Sa grand-mère s'installait au volant, c'était sa fierté, et conduisait son petit monde au bord du lac. La journée s'y écoulait tranquillement, sans cri, sans que personne se presse. Ce lac, ce sont des jours volés, dont il fallait cacher la merveille quand Maman revenait les chercher, parce qu'elle n'aurait pas aimé ces yeux qui brillent et ces joies ardentes. Ça réveillait sa migraine. Le lac est donc resté un secret, une boîte à musique qu'on garde fermée pour ne pas l'user. Sa beauté n'en est que plus vive.

À la faveur d'un mouvement des nuages, le soleil apparaît. Elle ouvre aussitôt les yeux, elle sait que l'étang va changer d'aspect.

— Regarde, murmure-t-elle, regarde, c'est magique. C'est vivant.

La lumière forcit au-dessus d'eux et l'eau noire se métamorphose graduellement. Elle s'éclaire, les berges sablonneuses apparaissent en transparence, l'eau devient limpide, turquoise. En quelques secondes, ils sont transportés du massif Vosgien aux glaciers de Patagonie. Lorsqu'elle se tourne vers lui pour vérifier qu'il partage son émerveillement, Élodie découvre chez Robin une expression indéchiffrable. Il la regarde, elle, et pas la couleur de l'eau ni la cime des sapins.

— C'est toi qui es vivante. Et qui es magique, murmure-t-il.

Il devrait sembler heureux, léger, ébloui, et pourtant son visage est contracté. Il lui prend la main et la serre, juste un peu trop fort.

— Élodie, je te connais à peine. Et j'ai déjà un trouille monstrueux que tu t'enfuies quand tu vas découvrir tout sur moi.

L'estomac d'Élodie chavire. Elle aussi, elle a « un trouille monstrueux », non pas que Robin découvre tout sur elle, ça, elle n'a pas cherché à enjoliver, mais que son cœur s'émiette en confettis le jour où il devra rentrer chez lui, à Vancouver. L'étrange confession de Robin passe presque au second plan, et pourtant, pour faire partir la boule qui grossit dans sa gorge, elle demande :

— Qu'est-ce que je devrais savoir sur toi de si terrible ?

Robin hésite. Qu'est-ce qu'il est beau, avec son front soucieux, ses cheveux qui bouclent sous l'effet de l'humidité montant du lac. Elle en a mal au ventre. Et elle commence à s'inquiéter sérieusement au sujet de cette explication qui ne vient pas.

— C'est ma mère, finit-il par lâcher. J'ai peur qu'elle ne te plaît pas du tout.

De soulagement, Élodie éclate de rire.

— On n'en est pas là, Robin ! Je ne sais pas si, au Canada, c'est l'usage de se présenter aux parents après deux rendez-vous, mais sois tranquille : ici, on gère entre adultes sans inviter la famille dans l'histoire. En tout cas, pas avant d'avoir couché ensemble un certain nombre de fois.

— Une fois, déjà, ça serait pas mal, murmure Robin.

En veillant à ne pas faire tanguer la barque, Élodie passe le bras derrière la nuque du jeune homme et approche son visage du sien. Quand elle le regarde au fond des yeux, elle a le sentiment grisant d'atteindre quelque chose d'infiniment précieux. Oui, ils sautent les étapes, ils ne font rien dans l'ordre, et elle n'a aucun repère auquel se raccrocher, mais elle a l'impression qu'il maîtrise aussi peu la situation qu'elle-même, et paradoxalement, c'est rassurant.

— Si tu t'approches encore d'un pouce, je te dévore, souffle-t-il.

— Tant que tu ne nous noies pas, fais-toi plaisir.

Sur les lèvres de Robin, elle reconnaît la saveur sucrée du coing, un goût d'enfance et d'émois adolescents. Elle perd vingt ans en un baiser. Aussitôt, l'excitation, mise entre parenthèses depuis le palais des Glaces, ressurgit avec violence. Elle sent une vague de chaleur lui saisir les jambes, le ventre, les poumons, comme un alcool fort. La distance qui sépare leurs corps devient insupportable. Ils se contorsionnent sur leur banc précaire, la barque tangue et ils s'en foutent, elle veut le sentir contre elle, enfouir son visage dans son cou, ses doigts dans ses cheveux, mordre sa bouche, goûter sa peau. Son cœur cogne tellement fort contre ses côtes qu'elle en perd le souffle. À travers le tissu de sa chemise, la main de Robin cherche un passage. Elle s'arque à sa rencontre. Ses tétons se dressent, impatients. Le moindre contact direct risque de la faire gémir, alors elle se renverse, les yeux accrochés à la cime des sapins, et elle se laisse goûter, découvrir, désirer. Il n'y aura pas de retour en arrière, ce que son corps prend, il ne le rendra pas. Ce qu'il offre, elle ne pourra jamais le récupérer.

Brusquement, la perspective de son désarroi, une fois chacun reparti dans sa vie réelle, la ramène à la prudence. Elle se redresse, se reboutonne.

— On devrait rentrer, murmure-t-elle. Le palais des congrès va fermer.

— Tu as peur ? répond Robin, le regard assombri par l'excitation.

— Évidemment.

Juste en dessous de la peur, elle a touché autre chose : le bien-être total. C'est à ça qu'elle choisit de s'abandonner en regardant la route défiler derrière la vitre. Elle ne s'inquiète pas pour Fleur et Fanta, elle ne réfléchit pas aux Lego de Loum's, elle ne se rappelle pas que son assureur attend une signature pour cette histoire de téléphone écrasé, elle est juste bien.

17

Guirlandes d'orange

— Les filles ne sont pas là ? demande Joanna. C'est dommage, je me réjouissais de faire les guirlandes avec elle !

Élodie tourne brusquement le dos à Joanna, le four vient d'émettre une série de bips affolés. Dès qu'elle ouvre la porte, un nuage de vapeur parfumée s'échappe et couvre la crédence de buée. La cuisine embaume le gingembre et la cannelle.

— Désolée, je sors les sablés, sinon ils durcissent ! Des guirlandes de quoi ?

— D'oranges séchées ! J'ai vu ça sur Insta. Maintenant que j'approche des trente ans, je suis harcelée par des comptes de *do-it-yourself* et des pubs pour me doucher à l'acide hyaluronique.

— Ah, c'est toi les oranges ? Je n'ai rien compris, les filles m'ont dit que c'était Madjid.

— Drôle d'idée ! Loum's, tu seras notre seul assistant, il va falloir te retrousser les manches !

Le petit garçon hoche la tête, ravi. Chaque seconde passée près de sa Jo est un ravissement à ses yeux.

La cuisine a beau être minuscule, on y tient à trois sans trop se serrer. Une guirlande de bonshommes se tenant par la main décore le haut des placards, la porte du frigo est couverte de papiers divers, ordonnances, planning de l'accueil périscolaire, factures en attente… Élodie garde son riz et ses pâtes dans de grands bocaux en verre posés près des plaques électriques, c'est très instagrammable, même si ce n'est pas fait exprès. Dans cette cuisine, rien ne peut arriver, c'est comme un abri antiatomique, on s'y sent à l'abri des remous de la vie extérieure. Que sa journée ait été pourrie ou bien électrisante, Joanna la laisse à l'entrée de l'appartement. Elle compte bien aborder quand même *le* sujet qui la tracasse depuis sa filature de Madjid, mais quand ce sera le bon moment. Pour l'instant, elle pointe l'index en direction de Loum's et ordonne :

— Marmiton, laisse la porte du four entrouverte, il ne doit pas être trop chaud. Évite de tomber dedans. Tu tournes le bouton jusqu'à 100. Ta mère et moi, on va couper les oranges en tranches.

Élodie sort deux couteaux à longues lames d'un tiroir et s'installe face à son amie.

— Oh, toi… il s'est passé quelque chose ! s'exclame Joanna.

— Hein ?

— Ne fais pas l'innocente. Tu as changé de regard, de teint. On dirait que tu as passé ta journée à faire des folies de ton corps !

Outrée, Élodie lui jette un regard furieux, articulant en silence le prénom de son fils qui ne perd pas une miette de la conversation, ses deux grands yeux de gerbille fixés sur elles.

— J'étais au palais des congrès ! proteste-t-elle. Pour un séminaire.

— Ben tiens, ricane Joanna. Les séminaires, on les connaît. Loum's, mon chéri, est-ce que tu peux aller chercher dans mon sac la ficelle de chanvre, la boîte de paillettes et la sucette au Coca que j'ai achetée pour toi ?

— Il est où, ton sac ?

— Sur le canapé, dans le salon.

Aussitôt, le petit garçon quitte la pièce. Joanna se penche vers son amie, les yeux écarquillés.

— Alors ? Tu étais avec le beau gosse ?

Le rose qui monte aux joues d'Élodie parle de lui-même.

— Et ? Vous avez pris votre pied ?

— Jo…

— Quoi ? C'est important, le sexe ! On n'est pas des purs esprits !

D'un geste décidé, Joanna empoigne un couteau dans une main, une orange dans l'autre, et commence à découper de fines tranches.

— Donc, est-ce que c'est un bon coup ?

Élodie soupire.

— Tu as vraiment un clitoris à la place du cerveau, ma parole…

Elle s'essuie les mains sur son tablier et joue un instant avec un fruit, puis prend une grande inspiration.

— On est en travaux d'approche. Il y a vraiment quelque chose de spécial entre nous. Mais je crois que j'ai trop à perdre dans cette histoire.

Avec un bruit sec, Joanna pose le couteau sur le plan de travail.

— Quoi ? Ta virginité, ça fait belle lurette que tu l'as perdue. Qu'est-ce que tu veux perdre de plus ? Tu fais un refus d'obstacle, ma cocotte. Il est temps de faire le ménage là-dedans et de me retirer toutes ces toiles d'araignée qui te bouchent le vagin.

Cramoisie, Élodie ouvre et ferme la bouche, puis se lève. Elle a beau connaître Joanna sur le bout des ongles, son langage cru est une source inépuisable d'indignation. Heureusement que Loum's est loin.

Elle s'approche de son amie, concentrée sur son travail de découpe, puis se penche au-dessus d'elle. Sans crier gare, elle lui barbouille le visage de jus.

— Tu vas te taire, espèce de morue ? On ne parle pas de mon anatomie de cette façon !

Aussitôt, Joanna se redresse et lui rend la pareille. Les deux femmes gloussent et s'affrontent à coups de mains collantes et de jus projeté dans les cheveux. La cuisine devient rapidement un champ de bataille sous les yeux effarés de Loum's qui revient, le rouleau de ficelle dans une main et le sachet de paillettes dans l'autre.

— Elles font vraiment les folles, quand elles sont toutes les deux, désapprouve-t-il dans sa barbe.

Morte de rire, Élodie couine quand Joanna lui enfonce une demi-tranche dans la bouche, tandis que Joanna glisse sur une écorce et se rattrape de justesse. Ni l'une ni l'autre n'entendent la sonnette. Consterné, Loum's va ouvrir et laisse entrer Madjid, qu'il remorque jusqu'à la cuisine.

— Voilà le travail ! soupire-t-il tandis que Madjid ouvre de grands yeux ébahis en découvrant la scène qui s'offre à lui.

Joanna, échevelée, lance sur Élodie des poignées de pulpe d'orange. En représailles, Élodie lui crache une rafale de pépins au visage.

— Je vois que je tombe mal, dit gravement Madjid au petit garçon. Je repasserai.

Sa voix fait se retourner Joanna et Élodie. Madjid les observe en hochant la tête, un demi-sourire sur les lèvres. Il tient à la main l'enveloppe que Joanna a déposée dans sa boîte en arrivant.

D'un pas lent et chaloupé, elle s'approche de lui, sans considération pour les pépins qui lui parsèment les cheveux, ni pour son visage maculé de jus. Elle marche comme si elle était la fille la plus canon du monde.

— Vous prendrez bien une tranche avec nous ? dit-elle en lui tendant un morceau.

Madjid retire l'écorce du bout des doigts et avale la pulpe.

— Pas mauvais. Si vous aimez les oranges, j'ai une excellente adresse de primeur sur la Grand-Place. Il les importe de Sicile.

Joanna se fige. Est-ce que Madjid l'a aperçue, malgré toutes les précautions qu'elle a cru prendre ?

— Je vous laisse, j'ai de la lecture en retard ! Je venais simplement vous prévenir que je proposais à Fleur une heure de rattrapage samedi matin pour compenser celle de ce soir. Son amie et elle sont venues m'avertir qu'elles se rendaient au cinéma. Bonne soirée !

Le visage frémissant, Joanna et Élodie retiennent leur rire jusqu'au moment où la porte se referme, avant de le laisser exploser.

— Bon, moi aussi, j'ai un truc à t'avouer, dit Joanna. Il se passe quelque chose avec ton voisin.

— Ça alors ! s'étonne bruyamment Élodie. Je n'avais vraiment rien senti venir.

— Je ne saurais même pas expliquer quand ça m'est tombé dessus exactement. Et tu vas rire, on n'a même pas couché ensemble. J'ai l'impression qu'on prend la question par l'autre bout.

— C'est-à-dire ?

— On fait connaissance. Et je peux te dire que ça me colle une pression de fou, de me dire que le jour où on va passer la seconde, ça sera vraiment en connaissance de cause.

— Ah, Joanna-la-Romantique… je ne la connaissais pas encore, celle-là !

— Moque-toi, Jane Austen.

— Compte sur moi, Clara Morgane.

Un instant, les deux amies se regardent en souriant.

— Tu voudrais pas qu'on échange nos karmas, juste un moment ? demande Joanna.

— Ça perdrait tout son intérêt. Bon, raconte, qu'est-ce qui se passe avec Madjid, exactement ?

*

Lentement, Madjid repose la feuille de papier sur sa table basse, près du plateau à thé. Il a lu la lettre de Joanna trois fois. La conversation qu'il a eue avec Maître Rombiasse tourne en boucle dans son esprit. Il ne se voit pas tout déballer à Joanna. S'il avait braqué une banque, s'il avait hacké les documents secrets de la DGSE, oui, peut-être qu'il aurait été fier de lui avouer sa condamnation. Mais le manque de panache de son affaire est une débâcle difficile à mettre en valeur. Alors quoi ? Il va continuer à noyer le poisson ? Bien sûr que non. Tout chez Joanna l'émeut et le secoue. Elle le sort de sa torpeur, de son défaitisme. Son culot le réjouit, la caresse de son regard le revigore. Il avait oublié qu'une femme fait ce genre d'effet. Pas toutes les femmes, sans doute, mais elle, si. Même ses ongles en résine, qu'il trouverait ignobles sur n'importe qui, disent d'elle quelque chose de passionnant. C'est son armure, une coquille derrière laquelle elle dissimule un esprit fulgurant. Personne ne se méfie, et quand les orgueilleux se rendent compte qu'ils ont été aveuglés par ses talons à strass et son sac à chaînette, il est trop tard, elle les a déjà évincés, elle les a rendus obsolètes. Joanna est un authentique cheval de Troie, il sait qu'elle sait qu'il sait. C'est grisant. Et il a très envie de la voir dévêtir sa cuirasse. Il est trop tard pour se la sortir de la tête. Il ne pense qu'à elle, même quand il caresse Labo, même quand il épelle « épistolaire » à l'attention d'élèves apathiques, même quand il respire les rouleaux de fumée exhalés par son avocate.

— Il va falloir faire preuve de courage, mon ami, murmure-t-il pour lui-même. Le courage de lui montrer l'étendue de ta médiocrité.

Tandis que des éclats de rire traversent encore la cloison par intermittence, il se lève et marche en direction de son bureau. Ses gestes sont délibérément lents, il a si peu hâte de lever le voile. Un stylo dans une main, un simple Bic – ce qu'il a à raconter ne mérite pas mieux –, et une feuille de papier dans l'autre, il s'installe.

Chère Joanna,
D'accord. J'aurais préféré demeurer pour vous une sorte de mystère passionnant, mais je vous dois bien la vérité. Une vérité décevante, peu reluisante, sans panache et surtout bien triste.
Il y a cinq ans, j'étais directeur général d'un grand centre d'essais cliniques. Mon expérience dans l'industrie pharmaceutique associée à un solide sens politique m'y avait conduit tout droit. Je cumulais les succès, les honneurs, les primes. Les invitations pleuvaient et j'étais grisé par toute cette lumière.

Un instant, Madjid suspend son stylo. Il est tenté d'ajouter qu'il saisissait ainsi l'occasion de faire mentir son père, si prompt à lui dire qu'il avait grandi dans du coton et qu'il n'accomplirait jamais rien de sa vie.

Mais non. Pas d'excuse, pas de justification. Il a passé cinquante ans, il est trop tard pour exhiber des blessures d'enfance bien commodes.

En quelques jours, ce fut la chute. Un volontaire pour tester une nouvelle molécule visant à réduire les risques d'embolie pulmonaire a été hospitalisé, et il est mort en quelques heures d'un arrêt cardiaque. Dès les premières minutes, il aurait été de ma responsabilité de faire cesser les tests sur les autres volontaires de l'échantillon, mais j'étais trop occupé à parader sous les projecteurs d'un symposium à Los Angeles. On m'avait demandé de parrainer l'événement et j'en étais fier comme Artaban.

Joanna pourra lui tourner le dos pour bien des raisons, mais pas parce qu'il aura préservé son image. Il continue.

Le décalage horaire, la distance, le manque de recul expliquent sans excuser le fait que je n'ai pas immédiatement donné l'ordre de cesser les tests. Le protocole a donc été poursuivi, les doses, augmentées pour les cinq autres volontaires de l'échantillon alors que le premier venait d'être hospitalisé. Bilan de ma non-intervention : un second mort, trois victimes de séquelles irréversibles, et un rescapé qui a eu la chance exceptionnelle de contracter une grippe et de sortir du protocole.

L'enquête pour établir ma responsabilité n'a pris que quelques mois. J'ai été très vite jugé coupable d'homicide involontaire, au même titre que ma directrice des essais cliniques. Nous avons fait appel ensemble, alors que j'étais convaincu de devoir faire face à ma condamnation, parce que la sienne était beaucoup trop sévère. Je voulais qu'elle soit blanchie, quitte à me voir plus lourdement condamné. En appel, j'ai donc joué mon rôle de paratonnerre, et j'ai été condamné à des dommages et intérêts importants, que j'ai été soulagé de payer, comme si je m'achetais un peu de pardon. C'est l'accident de la vie dont je vous parlais. Je suis sorti du tribunal une main devant, une main derrière, et c'était très bien. Ce qui l'était moins, c'est que je suis également condamné à dix mois de prison ferme. Cette peine a été aménagée en détention sous bracelet électronique. Quand vous m'avez croisé à la librairie, j'allais « pointer ».

Est-ce qu'il ajoute qu'il était paniqué à l'idée de croiser un type du commissariat qui l'aurait reconnu et balancé devant elle ? Qu'il a compris à cet instant combien son avis comptait pour lui, combien son estime le redressait ? Dans ses yeux, il se sentait intéressant, intriguant, même, mais surtout, il se sentait digne. C'était un sentiment qui l'avait abandonné depuis longtemps. Non. Non, il ne dira rien de ça, ça lui mettrait sur les épaules une responsabilité qu'elle n'a pas demandée.

Jusqu'à notre rencontre, j'étais en paix avec ce verdict. Maintenant que vous traversez ma vie, le goût de la liberté s'est fait plus vif. Je suis donc en phase de pourvoi en Cassation, avec la ferme intention de ne pas récupérer les sommes que j'ai versées aux familles, mais avec le désir de retrouver ma liberté de mouvement.

Tout est dit. C'est bien médiocre. Je comprends votre déception et votre dégoût, j'aurais aimé en être préservé, mais cela aurait été une nouvelle preuve de ma faiblesse de caractère.

Je vous souhaite une vie à la hauteur de votre énergie, de votre force et de votre beauté. Bien loin de moi, donc.

À vous pour la dernière fois, Madjid.

Madjid repose le stylo sur le bureau. Il a bien brûlé ses vaisseaux, parfaitement scié la branche sur laquelle il était en train de reprendre l'équilibre. Susciter le mépris de la femme qui l'a ébloui est l'ultime punition. Après ça, peut-être qu'il aura le sentiment d'avoir un peu mieux « payé sa dette à la société », comme on dit. Pensif, il débarrasse son plateau de thé. Labo saute du canapé et vient se frotter à ses chevilles. À son bracelet électronique, plus précisément.

— Toi, tu n'as aucun scrupule à t'attacher à des ratés, dit-il en s'abaissant pour effleurer l'échine du chat gris. Heureusement que tu es là.

L'esprit engourdi, il récupère sa lettre, ne la relit pas et la fourre dans une enveloppe. Il ira la déposer au comptoir de l'hôtel tant que Joanna est occupée chez Élodie. Ainsi, il est certain de ne pas la croiser.

Le réceptionniste est à son poste, arborant son crâne luisant de M. Propre. C'est la deuxième fois que Madjid lui dépose une lettre, c'est suffisant pour créer entre eux une sorte de complicité.

— Madame n'est pas dans sa chambre, prévient Fleury en recevant l'enveloppe.

— Je sais.

— Voulez-vous l'attendre ici ?

— Franchement, je vais éviter de la croiser. Mais j'ai le temps pour un whisky.

— Un tourbé ? Je sais que votre amie apprécie le Lagavulin.

Madjid sourit, ça ne l'étonne pas.

— Je vais prendre un Ardbeg, si vous avez. J'aime bien les notes d'agrume.

Tandis que Fleury sort du comptoir de réception pour transmettre le message au barman, un homme fait irruption dans le hall. Il porte au bout du bras un énorme bouquet de mimosa et d'amaryllis. Sans s'arrêter à la réception, il se dirige vers l'ascenseur. Pensif, Madjid le suit des yeux. L'idée fugace que ce bouquet ne peut être destiné qu'à Joanna l'effleure. Il n'y a dans cet hôtel mal placé que des commerciaux grands comptes en cravate large, et Joanna. Elle reçoit des fleurs, donc. Et d'un type qui connaît son numéro de chambre.

Aussitôt il se dit qu'il s'est monté la tête, qu'il ne compte pas pour elle autant qu'il l'avait imaginé, et que sa lettre est d'une intensité émotionnelle complètement à côté de la plaque. Il va la récupérer. Se hissant sur la pointe des pieds, il passe le corps pardessus le comptoir et ouvre le parapheur dans lequel il récupère son enveloppe, la fourre dans son manteau et se rassied un instant avant que le réceptionniste revienne.

— Ardbeg, prononce Fleury en déposant le verre sur le comptoir. J'ai pensé que vous ne preniez pas de glace.

— Exact.

Il avale une gorgée qui lui brûle l'œsophage. Sans chercher à nourrir la conversation, Fleury se penche sur son registre. Dans le dos de Madjid, les portes de l'ascenseur se rouvrent et l'homme au bouquet en sort d'un pas saccadé. Il se dirige vers l'extérieur, les fleurs se balancent tête en bas contre sa jambe. Au dernier moment, le type se ravise et se dirige vers le comptoir. *Il a une belle gueule, le salaud*, ne peut s'empêcher de penser Madjid.

— Pour la chambre 445, c'est possible de mettre le bouquet dans l'eau ?

La mine parfaitement neutre, Fleury saisit le bouquet et le pose devant lui. Intérieurement, Madjid se félicite d'avoir récupéré sa lettre. Joanna a bien une vie affective qui ne le concerne en rien. Ses confessions seraient tombées comme un cheveu sur la soupe. Il a tout pris beaucoup trop au sérieux.

— Je m'en occupe, Monsieur. Bonne soirée.

L'homme toise Madjid, en tête à tête avec son whisky,

et lui adresse un signe. Plisse les yeux, semble fouiller sa mémoire, puis se tourne de nouveau vers Fleury.

— Et si vous pouvez ajouter un mot tout simple : « DocteurMax », sans espace ? Je n'ai rien sur moi pour écrire.

— Ce sera fait, Monsieur, répond Fleury.

— Docteur.

Lorsqu'il tourne les talons, l'inconnu laisse flotter derrière lui un indéfinissable malaise.

18

Téléfilm de Noël

Au fil des heures, le charme des cheveux trempés de jus d'orange s'est un peu estompé, et Joanna rêve d'une douche brûlante. Elle s'est débarbouillée dans le lavabo de la salle de bains, une toilette loin d'être suffisante, et le jus sucré, en séchant, lui démange le cuir chevelu. Elle se demande ce que Madjid, de l'autre côté de la cloison, pense de sa lettre. En réalité, elle a rédigé une véritable mise en demeure. « Dites-moi qui vous êtes, je veux tout savoir. » Il ne manquait que la conclusion : « Nous avons les moyens de vous faire parler. » Canaliser son énergie pour qu'elle ne devienne pas tyrannique est un boulot à part entière. Parfois, elle a envie de se mettre sous calmants. Peut-être que la valériane pourrait être efficace ? Si ça a le même goût que la tisane au fenouil, ce sera sans elle. Voilà, maintenant qu'elle ne peut plus faire machine arrière, l'envie de faire irruption chez Madjid, pour lui arracher l'enveloppe des mains et la brûler avant qu'il ait lu quoi que ce soit la démange. Elle se fatigue, mais qu'elle se fatigue ! Si elle avait voulu pouvoir retirer ses messages impulsifs, elle n'avait qu'à lui écrire sur WhatsApp. Ou mieux, sur Instagram, on n'a même pas la mention « message retiré ». C'est d'ailleurs le truc le plus vicieux du monde, de préciser qu'un message a été retiré. Bref, elle s'égare, et se faire des nœuds au cerveau l'a essorée. Elle bâille.

— Bon, je vais y aller, moi. Merci pour l'atelier « artisanat d'art ».

— Tu as encore gagné des points auprès de mon fils. Je ne sais pas où il va finir par te placer.

— Au-delà des étoiles, bien sûr. C'est pas ça que tu lui dis, toi ? « Je t'aime plus haut que les étoiles » ?

— Non, sourit Élodie. Je dis : « Je t'aime de toutes mes forces. »

— C'est encore mieux…

Après avoir embrassé Loum's dans son lit, et Fleur et Fanta, à qui elle trouve de sacrées mines de conspiratrices, Joanna serre Élodie dans ses bras et prend congé. Elle toquerait bien chez Madjid, mais il lui semble que l'appartement est désert. Aucune lumière ne filtre sur le palier toujours privé de détecteur. Il a peut-être fui le boucan terrible produit par ses forcenées de voisines.

Dans la rue déserte, le froid est humide, il fait trop chaud pour que la neige tombe et se fixe. *Quand est-ce qu'on aura droit à un vrai décor de Noël ?* s'interroge Joanna qui tient la brume urbaine en horreur. Serrant son col autour de son cou, elle regagne l'hôtel. Elle a plus ou moins réussi à faire taire son tribunal intérieur, c'est qu'elle est mûre pour s'écrouler sur son matelas. Après sa douche, évidemment.

En passant les portes coulissantes, elle est soulagée de reconnaître Fleury derrière le comptoir. Elle n'aurait pas assumé son allure étrange auprès de n'importe qui.

— Bonsoir Fleury. Tout va comme vous voulez ?

— Absolument, sourit le sosie de Géant vert en plus rose. Mon seul drame, c'est cette fichue température, il ne fait pas assez froid. J'ai peur que tout fonde.

— Vous stockez des surgelés ?

— En quelque sorte. J'ai reçu ceci pour vous.

À la vue de l'énorme bouquet, le visage de Joanna s'éclaire.

— Le monsieur a fait ajouter un mot, ajoute Fleury en lui tendant un bristol embossé avec le logo de l'hôtel.

Lorsqu'elle déchiffre « DocteurMax », Joanna se décompose, ce qui n'échappe pas au réceptionniste, secrètement ravi de découvrir que ce « docteur » n'a pas les faveurs de sa cliente préférée.

— Vous pouvez garder le vase, je le ferai récupérer dans la suite à votre départ.

En silence, Joanna cligne des yeux et enserre de ses bras le récipient massif.

— Attendez, l'arrête Fleury. J'ai également une envel…

Lorsqu'il découvre le parapheur vide, Fleury s'interrompt. Il est pourtant certain d'y avoir rangé la lettre de l'homme au whisky. Perplexe, il soulève l'objet, s'assure que le courrier n'a pas glissé sur le sol, et revient à Joanna sans réponse satisfaisante.

— Je suis désolé, je suis certain de l'avoir rangée, cette lettre. C'est le même monsieur que l'autre jour, qui l'a apportée, et personne d'autre que moi ne passe derrière ce comptoir. Ou alors…

En pensée, Fleury retrace son trajet jusqu'au bar. Oui, le client a eu le temps de se pencher par-dessus le comptoir et de récupérer son courrier.

— Il est possible qu'il l'ait récupérée. Que le monsieur ait repris son enveloppe. Je ne vois que ça.

Deux déceptions en deux minutes, c'est beaucoup. Joanna lâche un pauvre sourire à l'attention du réceptionniste à travers ses cheveux collants et prend de nouveau le vase à bras-le-corps.

— Je vous aide à porter ce bouquet chez vous. Cette chose est en béton armé.

— En temps normal je vous aurais collé un coup de talon dans la cheville en vous disant : « Bas les pattes, néo-masculiniste ! », mais ce soir j'ai la flemme de me battre. OK, portez-moi donc ce truc lourd en haut. Merci.

Dans l'ascenseur, Fleury disparaît derrière la gerbe de mimosa. Il semble en pleine opération camouflage et cette idée fait naître un sourire sur le visage de Joanna. Pourquoi Madjid aurait-il récupéré une lettre qu'il avait l'intention de lui faire lire ? Qu'est-ce qui l'a fait changer d'avis ? Et surtout, de quelles confidences la prive-t-il ?

— Je sors un peu de mes attributions, j'en ai conscience, commence Fleury, mais si vous voulez que je fasse barrage contre un ami un peu trop empressé, je peux.

— Contre Madjid ? Au contraire, si vous pouvez me l'amener pieds et poings liés, ça m'arrangerait, soupire Joanna.

— Je parle de l'autre. Du « Docteur ».

— C'est vrai qu'offrir des fleurs, c'est sacrément intrusif.

Ne sachant s'il a affaire à du second degré ou non, Fleury tente de rencontrer le regard de Joanna à travers les branches.

— Je plaisante, soupire-t-elle.

Même s'il ne fait aucun commentaire, Fleury songe que lui, il trouve cet homme intrusif. Sa manière de ne pas s'annoncer à la réception, par exemple. Son arrogance. Et cette façon étrange qu'il a eue de dévisager le dénommé Madjid. Rien ne lui plaît.

Tout à coup, Joanna comprend.

— Dites-moi. Docteur Max et Madjid se sont croisés ?

— Oui.

— Et ils se sont parlé ?

— Pas que je sache. Le médecin a salué votre ami et il l'a regardé avec… une certaine intensité. Mais ils ne se sont pas parlé.

C'est déjà ça, songe Joanna.

— Est-ce que vous pensez que Madjid a compris que le bouquet était pour moi ?

— J'ai bien peur que vous soyez la seule cliente en situation de recevoir un bouquet. Si votre ami a de la jugeote, il a forcément compris.

— J'ai bien peur qu'il en ait, soupire Joanna.

Elle se sent injustement punie. Si Madjid a récupéré sa lettre parce qu'il a compris que DocteurMax avait ses entrées chez elle, elle va avoir bien du mal à reprendre le fil de leurs échanges sans devoir se justifier sur son mode de vie. Et se justifier est hors de question. Elle a fait sien le mantra de Lady Violet, dans *Downton* (une série qu'elle a honte d'adorer) : « *Never complain, never explain.* » Ras-le-bol de la contrition permanente !

Une fois dans sa chambre, Joanna s'écroule sur le couvre-lit. Elle est épuisée. Rire comme une baleine à bosse avec Élodie est épuisant. Faire du rentre-dedans à Madjid est épuisant. Attendre une lettre est épuisant. Recevoir des fleurs, rassurer Géant Propre (ou M. Vert, au choix), devoir se laver les cheveux, se sentir merdique est épuisant. Ça doit provenir de toute cette ambiance de Noël. Ça surcharge les synapses : les clochettes et les biscuits à la cannelle, les espoirs et les déceptions, les réunions de famille et les déclarations d'amour sous la neige, attendre qu'il neige alors qu'il fait deux degrés de trop, croire au Père Noël à bientôt trente ans… Elle est à deux doigts de faire un rejet de toute cette Noëlitude. Mais si Madjid lui avait laissé lire sa lettre, Noël serait devenu sa saison préférée. À quoi ça tient !

Roulant sur elle-même, Joanna retrouve avec difficulté une position debout. C'est dur d'être mou. Dans le miroir, son reflet a de quoi l'achever. Où se sont évanouis ses cheveux brillants, sa peau lisse, ses lèvres pulpeuses et ses cils de biche ? À croire qu'elle est en plein chagrin d'amour. Elle est en plein chagrin d'amour. Au minimum en plein chagrin de non-amour. Pour lutter contre cette humeur bizarre, elle ne voit qu'une solution. Musique ! Elle déverrouille son téléphone et cherche sa playlist préférée.

Sur les accords de basse et la voix haut perchée de One Republic, elle sifflote en ouvrant en grand le robinet d'eau chaude. Les parois de la douche se couvrent de buée alors qu'elle s'imagine sur la plage où l'escadron d'élite de *Top Gun* joue au volleyball. Aucun cafard ne résiste à ça. Cette chanson a largement détrôné toutes les autres : Céline Dion, Caravan Palace, même la BO de *La la land* qu'elle avait honte d'adorer (elle la range au même niveau que le générique de *Downton Abbey* qui lui colle des frissons à son corps défendant). Et puis ces paroles, c'est du génie : « *I ain't worried 'bout it right now.* / Je m'en fous pour le moment. » La base d'une saine philosophie. De la mousse plein les cheveux, elle chante à pleins poumons : « Je m'en fous, je m'en fous », et ça va beaucoup mieux.

Pour conclure en beauté sa *remontada*, elle s'autoprescrit un téléfilm sirupeux à souhait. Enroulée dans son peignoir, elle allume l'écran plat et zappe jusqu'à trouver son bonheur. Un cocktail parfait de pulls à tête de rennes, de célibataires gaffeuses et d'hommes ténébreux à faire craquer avant minuit. Ce genre de scénario cousu de fil blanc est d'une efficacité redoutable. Au bout de cinq minutes, elle oublie de trouver le doublage navrant. Au bout de dix minutes, elle est outrée que Marie-Solène (de quel prénom américain a-t-on tiré la version française ?) n'accepte pas de recevoir celle qui doit devenir sa belle-fille lors du traditionnel déjeuner de Noël. Le plum-pudding la fait saliver, l'ex encombrant lui colle des frissons d'aversion, la résolution – baiser brûlant les deux pieds dans la neige – lui tire une cascade de larmes.

Comment font-ils pour que ça marche à tous les coups ? soupire-t-elle en s'essuyant les yeux dans la taie d'oreiller voisine. Le parfum de DocteurMax l'imprègne encore, elle jette le coussin bien loin du lit. Dès demain matin, elle demandera que les draps soient changés.

— J'irai la chercher avec les dents s'il le faut, cette lettre, se promet-elle avant de sombrer dans un sommeil peuplé de traîneaux tintinnabulants et de chalets affaissés sous la neige.

A-t-elle eu auparavant cette sensation étrange de passer d'un monde à l'autre ? Du temps où elle commençait à tomber amoureuse de Gabriel, Élodie se souvient parfaitement avoir pensé : « Je marche sur l'eau. » Cet état d'apesanteur, l'impression de survoler les contingences matérielles, portée par un souffle extraordinaire, ça oui, elle se les rappelle bien. Mais à l'époque, les enfants n'existaient pas. Elle n'avait aucun besoin de créer une étanchéité entre les différentes dimensions de sa vie.

Avec Robin, tout est différent. Chaque fois qu'elle emprunte le tram pour le retrouver au boulot, elle a le sentiment de traverser le miroir. D'un côté, elle laisse deux personnes entièrement dépendantes d'elle, une pile de factures en souffrance, des chèques pas tout à fait provisionnés, un sapin fraîchement décoré de guirlandes d'oranges et une montagne de linge sale. De l'autre, elle découvre les contours d'un monde exaltant. Tout y est frisson, attente délicieuse, surprise et joie. Même les mails tombant dans sa boîte font un bruit charmant. Elle vit au pays des Bisounours. Ou des Schtroumpfs, car il faut bien reconnaître que Rombiasse incarne à merveille Gargamel.

Son cœur sursaute cent fois par jour, dès qu'elle aperçoit la silhouette de Robin, dès qu'elle entend sa voix de loin. Tout est exacerbé, et surtout, tout est léger. La moindre évocation du palais des congrès lui donne envie de rire. Elle essaie de veiller à ne pas sourire trop largement, les stagiaires qui passent et cette fouine d'assistante de com interne pourraient se poser des questions. Or, elle a réussi à préserver sa vie privée jusque-là, elle compte bien poursuivre. Peu importe que les lourdauds du service achats la surnomment « souricette » dans son dos. On lui reproche parfois de faire bande à part. En réalité, on lui en veut de ne pas alimenter la boîte à ragots, que ce soit en offrant en pâture sa propre vie, ou en ajoutant son petit caillou à la merveilleuse entreprise de lapidation de celui ou celle qui vient de quitter la machine à café. Alors elle se camoufle, elle baisse les paupières sur ses yeux qui pétillent. Question de survie en entreprise : le bonheur des uns rend les autres mauvais, la plupart du temps.

— Tu déjeunes avec moi ? murmure Robin à son oreille dans l'ascenseur qu'ils empruntent dix fois par jour.

— J'ai pris quelque chose dans le frigo ce matin, je ne peux pas, répond Élodie sur le même ton.

Robin mime le désespoir le plus profond. Elle n'a pas le cœur à faire entrer dans son monde merveilleux les contraintes de sa vraie existence. Elle ne dira pas qu'elle est à vingt euros près.

— Et ce soir ?

— Encore moins. J'ai une vie de famille, je te rappelle.

Un instant, le jeune homme reste silencieux. Deux personnes grimpent dans l'habitacle. Il attend qu'elles sortent à l'étage supérieur puis il se lance :

— J'aimerais bien connaître tes enfants, tu sais.

Elle apprécie qu'il n'ait pas choisi de poser la question : « Tu me les présentes quand, tes enfants ? » Impossible de répondre à une telle demande, c'est trop difficile d'imaginer ses deux mondes entrer en contact. Trop compliqué.

— Parle-moi un peu d'eux.

Voilà qui n'engage pas à grand-chose, elle accepte, tandis que l'ascenseur s'ébranle, appelé au rez-de-chaussée.

— Loum's a six ans. Il court partout, c'est le portrait de son père. Il a des réflexions, de temps en temps, on dirait un adulte dans un corps d'enfant.

— Loum's ?

— Louis-Marie. Oui, je sais, dans la famille de Gabriel, on colle des « Marie » partout.

— Loum's, c'est plus cool.

— Et la grande, Fleur, a bientôt quatorze ans. Elle est chouette, un peu secrète, mais j'imagine que c'est normal à son âge. Et pour finir, Joanna, que tu as croisée.

— C'est ton sœur ?

— Comme disait Fleur à l'école primaire, « sœur de cœur ». Pour moi, elle fait entièrement partie de la famille.

— OK, donc Fleur a quatorze ans, répète Robin, pensif. Tu as été maman très jeune.

— Assez, oui.

Alors qu'elle fait le compte dans sa tête, Élodie prend conscience d'une réalité glaçante. Robin est plus proche en âge de sa fille que d'elle. Il y a quelque chose d'indécent à le formuler aussi clairement.

Comme s'il percevait son trouble, Robin se penche sur elle et l'embrasse. Puis il se redresse et la contemple.

— Je t'ai dit que ma grand-mère avait quinze ans de plus que mon grand-père ?

— La grand-mère dragon ?

— Exact. C'étaient des gens qui s'en foutaient du regard des autres. Elle était vieille fille, comme on disait, et elle avait juste envie de voyager et d'enseigner l'allemand. Un jour dans un train en panne, elle a rencontré mon grand-père, un Portugais qui n'avait jamais été à l'école. Il avait vingt-six ans, elle, quarante et un. Et hop, le coup de foudre !

L'histoire est jolie, alors Élodie sourit. Mais la grand-mère en question n'avait pas deux enfants à charge, et ça, ça change pas mal de choses.

— Elle devait être belle.

L'expression dubitative de Robin vaut un long poème.

— Pas sûr. *Anyway*, d'un côté, tu as mon grand-père, une sorte de monstre intellectuel qui parlait six langues, dont le sanskrit parce qu'il avait trouvé à la bibliothèque une vieille méthode, genre Assimil. Sans diplômes, il a appris l'architecture, il a passé un brevet de pilote, et il a été moniteur de ski.

Élodie écarquille les yeux. Elle a toujours du mal à croire que ce type de personnage hors norme existe vraiment.

— Un type formidable, alors ?

— Il était épuisant. Et un peu folle, je crois. À cinquante ans, il a eu le cancer. Il vivait dans le canapé du salon, mais il avait taillé l'ongle de son index en forme de tournevis parce que « ça peut toujours servir », il disait.

— Ta grand-mère devait avoir une patience d'ange.

— Pas du tout. C'est un petite Autrichienne hyper-dure. Elle vivra jusqu'à cent ans en terrorisant tout le monde, c'est sûr.

— Et ils ont eu des enfants, donc, puisque tu es là.

— Une fille. Ma mère.

— Elle a dû vivre une enfance géniale, avec des personnages pareils !

— Elle a été mis en pension à six ans. T'imagines bien qu'ils avaient pas le temps de s'occuper d'un enfant. Alors à seize ans, elle est partie et elle a rencontré un Canadien, et un an plus tard, me voilà ! Tu comprends mieux que le schéma « comme-il-faut », je m'en foute. Si on se plaît, on se plaît.

Dans la bouche de Robin, tout semble simple. Pas de barrière, pas d'attentes, pas de promesses non plus.

19

Douce nuit

— Si vous ne m'expliquez pas votre *turn-over* délirant de ces six derniers mois, je vous colle moi-même l'inspection du travail sur le dos.

Joanna a mal dormi. Et quand elle dort mal, elle perd en amabilité. La température de la salle de réunion vient de chuter sous zéro degré. Silencieux devant l'écran du rétroprojecteur, le responsable des ressources humaines pâlit. On l'avait prévenu que la directrice générale adjointe du groupe n'était pas tendre, il pourra apporter un témoignage de première main.

Sans prêter attention aux mines crispées, Joanna rassemble devant elle les documents imprimés à son attention et consulte sa montre.

— On reprend à 14 heures. D'ici là, mon bureau est ouvert et je suis disposée à entendre les explications que l'un ou l'autre d'entre vous acceptera de me donner. Laissez-moi juste vingt minutes pour déjeuner.

En quittant la pièce surchauffée, Joanna se dit qu'elle y est peut-être allée un peu fort. Se montrer injuste ne paie pas à long terme, et si elle veut qu'on lui offre enfin le fauteuil de DG, il faut qu'elle ménage certaines susceptibilités. Se montrer politique, encore un truc épuisant. Elle jette sur son bureau la liasse de feuilles couvertes de graphiques, inspecte longuement sous la lumière du néon la petite ébréchure sur l'ongle de son index, et cherche sa carte bancaire. Parfois, elle aime sortir sans téléphone, sans sac à main, simplement avec de quoi s'acheter son déjeuner. Elle se sent libérée de tout. Quelqu'un la cherche ? On ne la trouvera pas. Elle s'est dissoute ! Le *must* serait d'emporter un billet plutôt qu'une carte bancaire. Elle pourrait s'amuser à croire qu'elle est en cavale, recherchée par Interpol. Ça la détend d'imaginer des stratégies de fuite.

Au rez-de-chaussée du bâtiment, elle se dirige vers le tourniquet censé réguler les entrées et les sorties. Une silhouette familière se découpe à contrejour devant les baies vitrées, elle se fige, puis franchit la barrière et marche droit sur l'homme immobile.

— Comment tu m'as trouvée ?

— Bonjour, déjà, Joanna_sans_h. Comme tu ne t'es pas connectée sur l'appli depuis des jours, tu n'as pas vu mes messages désespérés. Alors je suis venu IRL pour qu'on fixe la date de notre revanche.

Glaciale, Joanna le toise des pieds à la tête.

— Comment tu m'as trouvée ? répète-t-elle sur le même ton.

— Mes fleurs t'ont plu ?

— Je te préviens calmement. Si tu ne réponds pas à ma question, j'appelle la sécurité.

Avec un sourire désarmant, Maximilien fait un pas en avant et montre les paumes de ses mains.

— Je ne suis pas armé !

— Alors ? Comment ?

Les épaules du médecin s'affaissent en signe de capitulation.

— Ta photo de profil. J'ai fait une recherche Google inversée. Et comme tu as un profil LinkedIn public et que tu as utilisé le même cliché, j'ai trouvé les infos dont j'avais besoin. Jolie carrière, soit dit en passant.

— Ça n'explique pas ce que tu fais dans le hall de cet immeuble précisément. Mon bureau est à Paris.

— Je sais. J'ai passé un coup de fil, et c'est Faustine qui m'a renseigné.

Note pour moi-même, virer l'alternante, se dit Joanna, dont le visage reste de marbre.

— Super. Donc, je mets les points sur les i. Si je ne me suis pas connectée sur l'application, c'est que j'ai rencontré quelqu'un.

— Et alors ? Moi aussi, j'ai quelqu'un, proteste Maximilien en agitant son annulaire gauche.

— Je ne compte pas te revoir, grince Joanna, se refusant à entrer dans un débat stérile.

— Dommage. Parce que tu pourrais bien avoir besoin qu'on te protège un jour ou l'autre !

— Qu'on quoi ? s'étrangle Joanna.

— Il n'y a pas que du beau monde dans ton hôtel, ma jolie. Figure-toi que j'ai reconnu un mec pas très recommandable. Dans le milieu médical, il a « fait la une », comme on dit. Condamné et tout.

Une sueur glacée s'empare aussitôt de Joanna. Elle aimerait interrompre cet imbécile, elle voit bien qu'il se délecte de salir un type qui ne lui a rien fait, mais elle est paralysée.

— Madjid Bennani, ça te parle ? Même en dehors du sérail, son affaire a fait du bruit.

Non, le nom ne lui parle pas, et pour cause. Bennani ? Elle pensait qu'il s'appelait Maalouf. Tout ce qu'elle imaginait savoir de Madjid s'écroule sans bruit. Si ça se trouve, son chat ne s'appelle pas Labo non plus.

— Je n'ai besoin de la protection de personne, et ton insistance est hyper-gênante. Je te demande de quitter l'immeuble tout de suite.

Dans son dos, l'aréopage d'experts-comptables s'est arrêté à distance. Elle perçoit les murmures. Vont-ils intervenir, s'abstenir, se réjouir de la sentir en difficulté, lancer des rumeurs débiles ? La veille, elle trouvait qu'il était dur d'être mou, ce matin, elle trouve qu'il est dur d'être ferme. On est seul.

— Je vois que tu es attendue, sourit Maximilien en leur adressant un petit signe amical de la main. Les gentlemen savent toujours se retirer à temps. Alors je te laisse. À bientôt, jolie Joanna.

Restée seule, Joanna ne bouge pas. Elle attend que le groupe cravaté soit sorti, et surtout elle a besoin de digérer le choc. Elle a du mal à respirer. Que Madjid ne soit pas un ange, elle n'y voit aucun inconvénient. Condamné ? Puisqu'il est dehors, ça ne devait pas être un drame sordide. Mais le faux nom, ça, elle a du mal. Ça sent la lâcheté à plein nez, et s'il y a une chose qu'elle exècre encore plus que la laideur, la radinerie et la paresse, c'est la lâcheté. Elle exècre pas mal de choses, il faut reconnaître.

Elle quitte le bâtiment en pilote automatique, passe devant des vitrines derrière lesquelles sont attablés des dizaines de mecs tout droit sortis de leur boîte en plastique « Ken et Barbie start-upers ». Il manque juste les Barbie.

Alors qu'elle ne sait pas où elle va, elle marche à grands pas décidés. Ses paupières la brûlent et elle s'en veut de se sentir personnellement trahie *à ce point*. Aucun recul, aucune maîtrise, elle se sent comme la première des greluches, amoureuse d'un fantasme dont elle ne connaissait même pas le vrai nom. Elle est plus que vexée. Elle est blessée. Pour quelqu'un habitué à tout prendre à la légère, c'est une sensation nouvelle, donc horriblement douloureuse. Elle a l'impression qu'une grosse main rêche lui serre le cœur jusqu'à y enfoncer les ongles.

Ça fait trois fois qu'elle tourne au hasard, toutes les rues se ressemblent dans ce genre de quartier. Elle est paumée. Lorsqu'elle sort son téléphone pour se localiser, elle y découvre un message d'Élodie. Le genre de message qui ressemble à une urgence vitale.

« On peut s'appeler ? »

*

Jamais Élodie n'a accepté avec autant d'enthousiasme de se charger des photocopies de Rombiasse. Elle en aurait réclamé, même. Comme s'il était équipé d'un radar, Robin débarque dans le local exigu dès qu'elle y pose un orteil. Lancer les copies s'accompagne alors d'un frisson délicieux, celui que provoquent l'angoisse d'être surpris et l'extase de s'embrasser à pleine bouche comme des adolescents. En quelques secondes, elle se retrouve assise sur le chariot, les jambes nouées dans le dos de Robin. Ou bien il déboutonne sa chemise à la vitesse de l'éclair et se colle dans son dos. Pour l'embrasser elle doit se cambrer et se dévisser la nuque. Ou bien elle éteint la lumière et plaque son bassin contre le sien jusqu'à le sentir durcir contre elle. La frustration est insupportable et fascinante.

Le regard de Rombiasse aurait dû l'alerter lorsqu'elle a lâché sur son bureau le compte rendu de l'AG des adhérents à copier en six exemplaires. Mais elle n'a vu qu'un nouveau rendez-vous offert avec Robin. Elle n'a pensé qu'à leur mine dégagée en sortant du local sombre, les chemises mal ajustées, alors que le mot « coupable » clignotait en lettres rouges sur leur front.

Déjà frémissante, elle soulève le capot de la machine, leur meilleur alibi. Presque aussitôt, Robin lui souffle dans le cou un chapelet de mots franchement obscènes. Elle a beau rougir violemment, elle lui répond sur le même ton. Parfois, elle arrive à cesser de penser à la suite, elle accepte de laisser cette vague immense la soulever. Et ils s'approchent, rendez-vous après rendez-vous, de l'implosion.

Alors qu'elle retient un râle de plaisir sous la bouche de Robin, la porte du local s'ouvre bruyamment.

— Sortez de là ! glapit Rombiasse, hirsute et scandalisée. Élodie, comment osez-vous ?

Les joues brûlant de honte et de plaisir refoulé, Élodie vérifie d'une main tremblante que chaque bouton entre dans la bonne boutonnière. Humiliation absolue. Rombiasse ne la tutoie pas, la situation est grave.

Et ce n'est rien encore.

Les mains levées de chaque côté du visage, Robin sort, comme un repris de justice s'extrait de sa planque.

Rombiasse frôle l'apoplexie, elle aboie :

— Robin !

Aussitôt, une alerte se met à clignoter dans l'esprit d'Élodie. Rombiasse a prononcé « Wobine ». Elle a même changé de voix. Quelque chose ne va pas. Pas du tout. Abasourdie, Élodie voit sa DRH s'approcher de son presque amant. La distance entre eux est anormalement réduite. Puis Rombiasse a ce geste délirant : elle plante son index dans le sternum de Robin. Puis elle se met à déblatérer à toute vitesse… en anglais. Élodie ne saisit pas grand-chose. Sidérée, elle constate que Robin acquiesce en silence. Tout à coup, alors que Rombiasse lui lance une œillade meurtrière et prononce très distinctement le mot « *slut* », Robin saisit la DRH enragée par les épaules et l'interrompt, en français.

— Maman, stop.

Aussitôt, un gouffre s'ouvre sous les pieds d'Élodie. « Maman » ? Les allusions de Robin à la belle-mère pas facile, le vouvoiement trop appuyé pour être naturel entre eux lui reviennent en vrac. Livide, elle regarde l'un, puis l'autre.

— C'est elle, ta mère ?

Embarrassé, Robin baisse la tête. Une lueur triomphante s'allume dans le regard mauvais de Rombiasse.

— Il s'est bien gardé de vous le dire, apparemment. Ça vous prouve à quel point vous comptez peu, ma petite Élodie. Vous allez me faire le plaisir de remballer vos affaires, vous êtes mise à pied.

— Et pour quel motif ? s'étrangle Élodie.

— Agression sexuelle.

Élodie recule sous l'impact.

— Je vous demande pardon ? Agression sexuelle ?

D'une voix glacée, Rombiasse répond :

— Parfaitement. On peut difficilement rêver meilleure témoin que la DRH elle-même.

— *Mom, stop it, I beg you*, gronde Robin.

Une protestation balayée d'un revers de main par Rombiasse.

— Et toi, mon petit chéri, tu vas me faire le plaisir de retourner à ton bureau.

Avec un dédain suprême, elle se tourne de trois quarts vers Élodie, défaite, et lâche :

— Je ne t'ai pas éduqué à ramasser les restes.

Un rugissement de fureur monte de la poitrine d'Élodie, arrêté net par le geste de Robin. Il s'interpose entre sa mère et elle, se penche et l'embrasse. Rombiasse en ferait un arrêt cardiaque que ça n'étonnerait pas Élodie. Elle pourrait jubiler d'être choisie, mais quelque chose s'est cassé. Il n'a rien dit. Il avait dix occasions de la prévenir de la situation intenable dans laquelle leur rapprochement la mettait, elle et elle seule. Il a sa vie. Il a son entreprise de *golden-boy*. Il va repartir. Et il ne pouvait pas ignorer que du côté d'Élodie, rien n'était aussi simple et sans conséquence : la vie précaire de trois personnes était en jeu. Élodie n'a pas de filet de sécurité, se mettre Rombiasse à dos est la pire des catastrophes pour elle. Alors non, elle ne reçoit pas ce baiser comme un geste de courage de la part de Robin.

Elle le repousse doucement, et c'est peut-être pire qu'une claque. Elle cherche une phrase qui exprime la détresse absolue dans laquelle il l'a mise, en connaissance de cause. Un mot pour dire qu'elle y a cru, qu'elle était prête à tout mettre dans la balance pour que quelque chose soit vécu entre eux, parce qu'elle pensait qu'il avait les épaules et la vision suffisantes pour assumer ça. En fait, non. C'est un gosse de vingt-quatre ans. Les yeux brouillés, elle murmure, les mains plaquées sur son torse :

— J'étais folle d'y croire. Tu es tellement jeune…

Puis elle tourne les talons et s'éloigne sur la moquette grise, laissant la photocopieuse terminer son travail imbécile en roue libre. Les lèvres tremblantes, elle sort son téléphone de sa poche et tape un message à toute vitesse : « On peut s'appeler ? »

— Tu vois, si on était dans un film, on serait rondes comme deux queues de pelle, à larmoyer dans notre verre de chardonnay en chantant des chansons tristes, marmonne Élodie, les yeux gonflés.

— Alors que là, on est en train de larmoyer dans notre tisane bio, en racontant des histoires tristes. Je saisis bien la nuance.

Allongée sur le tapis au pied du canapé occupé par Élodie, Joanna regarde le plafond. Fleur et Loum's sont couchés, de l'autre côté de la cloison, Madjid n'émet pas un bruit, et même la rue est silencieuse. Elles sont seules au monde, en train de dériver sur leur chagrin, en se tenant la main par-dessus l'accoudoir. Pour un peu, Joanna entonnerait « Douce nuit », la soirée se prête bien aux berceuses, mais elle se souvient à peine de l'air, encore moins des paroles.

— Tu aurais dû me dire que j'allais me prendre un mur, renifle Élodie. C'est toi qui as le pif pour ça.

— Excuse-moi, c'est la première fois que tu laisses un homme t'approcher à moins de cinq cents mètres, je manque un peu de repères !

Dans la pénombre, Joanna laisse une larme couler le long de sa tempe jusqu'au col de sa chemise. Elle n'a pas parlé de Madjid-aux-Deux-Noms, le moment ne s'y prêtait pas. Élodie a besoin de tout l'espace pour décharger sa douleur, alors Joanna le lui laisse.

— Depuis le premier jour, il aurait pu me prévenir, et il ne l'a pas fait. Le premier jour !

Elle est en boucle et c'est bien normal, il faut que ça sorte.

— Et Rombiasse, pourquoi elle ne t'a pas mis un stop tout de suite, quand elle a vu que tu parlais avec son fils adoré ?

— Parce qu'elle ne voulait pas qu'on regarde d'un drôle d'œil cette sous-location bizarre d'une de nos salles de réunion. Tant que personne ne savait que le sous-locataire était son fils, personne ne se penchait de trop près sur le contrat, le loyer… C'était pas très réglo, je pense.

— Elle avait monté sa petite oligarchie parallèle, la Rombiasse. Futée !

Élodie renifle à nouveau et répond d'une voix étouffée :

— Ils sont tous anormalement futés dans cette famille. Le père de Rombiasse n'avait pas le bac et il a appris le sanskrit tout seul. Et c'est qu'un exemple parmi d'autres.

— C'est con, tu aurais pu avoir des enfants surdoués.

— Jo !

— Quoi ? Il te reste quoi, un, deux ans avant la ménopause ? C'est un bon deal génétique, ce mec. Quel gâchis de gamètes premium !

Élodie saisit un coussin par un pompon et l'abat à l'aveuglette sur le visage de Joanna.

— Vas-y, toi, si tu chasses la gamète de luxe ! En plus, tu sauras te faire respecter de l'ignoble belle-doche.

— Je n'aime que les vieux, moi, tu sais bien.

Un court silence flotte entre elles avant qu'Élodie demande :

— Qu'est-ce que ça donne, avec Madjid ?

Dans l'obscurité, Joanna sent une nouvelle larme rouler le long de sa tempe. Elle pensait qu'elle passerait à autre chose dans les deux heures, mais non. Ce type, elle le connaît à peine, elle est même incapable de lister plus de trois choses qu'elle apprécie chez lui, en dehors de son chat. Ça devrait passer en un éclair, ce chagrin d'adolescente. Dix autres mecs attendent qu'elle lève le petit doigt pour chauffer son édredon, elle n'a aucune raison de se sentir si vide. Madjid ne devrait compter pour rien. Elle ravale la boule qui lui comprime la gorge et répond d'une voix aussi claire et dégagée que possible :

— Pas grand-chose.

La respiration d'Élodie se suspend une seconde, puis elle reprend, régulière. Un instant, Joanna croit qu'elle s'est endormie. Les larmes et les émotions fortes, ça soûle aussi efficacement d'une promenade sur la côte sauvage bretonne par grand vent. Pourtant, Élodie est toujours bien éveillée, puisqu'elle lâche :

— On a l'air fines, toutes les deux, avec nos histoires de cœur biscornues.

Joanna sourit au plafond. Il n'y a qu'Élodie pour employer des adjectifs aussi désuets.

— Je peux dormir ici ?

— Tant que tu ne te mouches pas dans mes coussins.

— Je me contenterai de manger les guirlandes d'orange. Je sais me tenir.

Elles n'ont plus l'énergie de rire, alors elles gloussent doucement dans le noir.

— Heureusement que t'es là.

— Fidèle au poste, Joanna pour vous servir.

— Comment tu fais, pour ne jamais être triste ?

Le secret, c'est de ne pas allumer la lumière, répond Joanna en pensée, tandis que son col de chemise devient plus humide de minute en minute.

20

Papillote

— À qui faut-il péter les genoux ? J'ai des copains albanais très efficaces, tousse Yolande.

— Si quelqu'un mérite un coup de batte dans une genou, c'est moi, Granny, soupire Robin.

Il se laisse tomber dans un fauteuil de cuir craquelé face au bureau en marqueterie sur lequel Yolande pose son cendrier débordant.

— Tu fumes pas ?

— Toujours pas.

— Encore un truc que je n'ai jamais réussi à t'apprendre, soupire Yolande.

Maître Rombiasse fouille ses tiroirs à la recherche d'un briquet, trouve enfin une petite boîte d'allumettes datant de l'époque où les hôtels en fournissaient à leurs clients, et elle allume son trentième cigarillo de la journée. Robin fronce le nez.

— Ils disent rien, tes clients ? Ça pue le tabac dans ta bureau.

— Ils sont morts de trouille, tu penses bien ! Donc, raconte-moi. C'est qui, cette fille ?

La tête renversée sur le dossier du fauteuil, Robin se passe la main dans les cheveux. Il se sent comme un fi-fils à sa mamie, à accourir au premier revers de fortune. Il n'est pas plus assuré ni plus construit que ces gamins qu'il voit courir par la fenêtre d'une boutique à l'autre, pour tendre le doigt vers les étagères débordant de jouets. « Je veux ça et ça et ça pour Noël. » Et les parents qui pâlissent face à l'appétit de cadeaux ogresque de leurs enfants. Il a fait pareil, finalement. Il a voulu gagner sur tous les plans, et maintenant le voilà à pleurnicher dans le bureau de sa Granny. Il est vraiment un pauvre chéri.

— C'est pas « une fille ». C'est une femme.

— Allons bon. Elle est mariée ?

— Plus maintenant.

— Elle se drogue ?

— Granny !

— Quoi, je cherche le loup ! se défend Yolande. Ni mariée ni droguée, c'est quoi le problème, mon biquet ?

— Le problème, c'est que je suis une lâche et une imbécile.

— Comme la plupart des hommes, non ? Regarde ton grand-père, tu crois que c'était lui qui allait se faire engueuler dans le bureau du proviseur quand ta mère fuguait de l'internat ? Que nenni, il m'envoyait au casse-pipe sans aucun scrupule. Ça ne m'empêchait pas de l'aimer, cet imbécile.

Le regard de Robin s'échappe par la fenêtre. Découvrir que sa mère cherchait à fuguer la lui rend un peu plus aimable. Autant Yolande est une grand-mère géniale, autant l'avoir comme mère n'a pas dû être une partie de plaisir.

— De une, j'aurais jamais dû accepter que ma mère me trouve un bureau dans les locaux de sa boîte. C'était une idée pourrie. Mais j'ai pensé qu'on pourrait mieux se connaître, et en plus elle s'entend bien avec Andrew, mon associé, alors j'ai dit oui.

Yolande exhale un nuage de fumée bleuté et attend la suite, qui tarde à venir.

— Tu tournes autour du pot. Viens-en au fait.

— Le premier jour, j'ai rencontré cette femme. Elle m'est rentrée dedans, elle s'excusait tout le temps.

Avec tendresse, il murmure « Mme Sorry ». Puis il poursuit :

— Au début j'ai pensé : « Oh, un petite chose fragile, elle est mignonne. » Et après, j'ai compris que c'était une femme de force. Une genre de toi, mais en doux.

— La femme parfaite, approuve Yolande. Elle est belle ?

Un sourire rêveur flotte sur les lèvres de Robin.

— Je sais pas. Elle est intéressant. Elle cherche pas à plaire, mais elle fait pas, comment on dit… l'effarouche ? Et je sens bien qu'elle a pas l'habitude, ou alors elle l'a perdue depuis que son mari est parti.

— Elle est divorcée ?

— Veuve. Et elle a deux enfants. Elle me dit qu'elle est vieille, mais j'ai répondu que c'est pas un raison suffisant. Et là, tu vois, c'était tellement beau de voir qu'elle abaissait ses murailles, tout doucement, pour moi.

Yolande souffle par le nez. C'est plus grave qu'elle l'imaginait.

— Et donc, où est-ce que ça foire ?

— C'est l'assistante de maman.

— Oh…

— Et je ne lui ai pas dit que j'étais son fils.

— Ah.

— Et maman nous a surpris comme des gamins qui s'embrassent dans le noir, et elle a humilié Élodie tellement fort. Voilà où ça foire.

— Tu as fait quoi, toi ?

— Je l'ai embrassée.

— Ta mère ?

— Non, Élodie ! Mais c'était pas suffisant pour réparer le trahison, et elle m'a repoussé. Et maintenant je sais plus quoi faire.

Pensive, Yolande tapote son cigarillo pour faire tomber la cendre, dix centimètres à côté du cendrier.

— Ça, tu t'es pas raté, mon poulet. C'est ce qu'on appelle se tirer une balle dans le pied.

— Ça m'aide beaucoup, répond Robin, la mine sombre. Je savais pas qu'elle allait devenir important comme ça pour moi.

— T'as raison mon chéri : dans le doute, commençons par un gros mensonge, c'est sûr que ça va aider pour la suite.

Exaspéré, Robin se redresse et lance à sa grand-mère un regard furieux.

— Tu es là pour m'enfoncer ou quoi ? J'aurais mieux fait d'aller boire un bière chez Fleury !

— Tout à fait. Il t'aurait certainement donné d'excellents conseils de bon copain célibataire. Je l'entends d'ici : « Vas-y, oublie, fais la fête, sors, change-toi les idées ! » ou mieux encore : « Rends-la jalouse, elle va revenir au galop. » Brillant.

— Fleury n'est pas comme ça, proteste Robin. On a changé, nous, la nouvelle génération. On n'est plus des machos comme ton mari.

— En attendant, mon mari macho, il a réussi à me garder, et c'était pas gagné.

— Il a fait comment ?

— Il a assumé ses conneries comme un homme. Avec des excuses sincères, un peu de panache, des promesses tenues. Et puis après, il a sorti les rames et il a transpiré pendant un moment, je te le cache pas.

Robin reste silencieux. Il se mord l'intérieur de la joue, à la recherche d'une idée. Yolande pousse vers lui un vide-poche débordant de chocolats enveloppés dans des papiers dorés à frange.

— Si tu sèches, prends une papillote. C'est un client qui m'en a apporté un paquet. C'est dégueulasse, mais les petits papiers à l'intérieur, c'est un peu mon horoscope à moi.

Comme il n'est plus à une absurdité près, Robin tend la main et saisit une friandise qu'il déballe. Un message imprimé sur un petit papier transparent tombe sur la marqueterie. Robin le lisse entre ses doigts et lit à voix haute : « Accomplis chaque jour quelque chose qui te fait peur. »

— C'est limpide, approuve Yolande de sa voix rauque. Tu vas demander à ta mère de s'excuser auprès d'Élodie.

La grimace de Robin n'aurait pas été plus spontanée s'il avait avalé un verre d'ammoniaque.

— C'est ça, être un homme, mon biquet. Dire merde à sa mère et réparer ses bêtises. Joyeux Noël !

Le papier de la papillote fait un petit bruit métallique quand il le froisse dans sa main. Sans réfléchir, il jette le chocolat dans sa bouche, croque, et son visage se décompose. C'est immonde. Un mélange de pâte d'amande et de liqueur de cerises, le duo de l'angoisse. Il recrache dans sa paume et cherche la poubelle des yeux. Yolande la lui tend et conclut :

— Allez, du balai. J'ai du travail, maintenant.

Abattu, Robin sort du bureau, la tête basse. Il salue le seul client en salle d'attente, son dossier sur les genoux. Un homme brun d'une cinquantaine d'années, cheveux bouclés, écharpe bleue en cachemire, droit comme un i sur sa chaise.

*

Face à la barre de recherche vierge, Joanna hésite. Est-ce qu'elle veut vraiment savoir ? Le curseur clignote. Dans le couloir, derrière la porte close, les conversations bruissent. Elle a déjà dix minutes de retard pour la présentation des résultats de l'audit stratégique commandé par le groupe pour chaque cabinet. Tant pis. Elle se découvre sacrément lâche, elle qui se croyait courageuse. Elle a perdu l'habitude du réel à force de survoler ses relations. Ce n'était pas nécessairement volontaire, d'ailleurs, parfois elle s'est vraiment intéressée à ses crush – juste avant de les ghoster sans pitié. Mais elle a toujours conservé une confortable porte de sortie pour éviter justement d'être heurtée par la médiocrité des gens. Un type a une marque de bronzage à l'annulaire gauche ? Elle ne cherchera pas à savoir, c'est son affaire. Un autre lui dit qu'il est pilote de Formule 1 ? Grand bien lui fasse, elle n'a pas besoin d'être au courant qu'il a planté trois fois son permis de conduire. Mais là, c'est autre chose. Pour la première fois depuis bien longtemps, elle souhaite que l'avenir qu'elle imaginait tienne ses promesses. Et pour ça, elle ne peut pas faire l'autruche indéfiniment. Il faut aller au contact de la réalité. Alors *go*. Hardi, ma vieille ! Elle inspire un bon coup à travers l'étoffe de son châle Saint Laurent. Respirer son propre parfum lui donne du courage. C'est parti.

Elle ouvre les guillemets et tape « Madjid Bennani », puis elle enfonce la touche « Enter ». Aussitôt, les résultats tombent par centaines. Sur la photo du premier article de presse, elle reconnaît le visage de Madjid, beaucoup plus jeune. L'image ne date pourtant que d'il y a cinq ans, les années de procès ont compté double. Malgré tout, c'est son visage actuel qui lui plaît le plus, avec ses poches sous les yeux, son front marqué, ses fossettes tracées au couteau. Les titres sont éloquents : « Essais cliniques mortels : la responsabilité de Madjid Bennani avérée », « Manquements de la direction du centre d'essai, deux morts », « Prison ferme pour Madjid Bennani. »

Elle s'en veut de ressentir un tel soulagement. Elle ne peut pas dire : « Ça va, y a pas mort d'homme. » Comme elle l'avait pressenti, Madjid n'est pas un serial killer ni un violeur sordide. Cependant, elle comprend qu'il ait hésité à lui en parler. Se présenter d'emblée comme un repris de justice, ça casse un peu l'ambiance. Reste le sujet du faux nom, le procédé continue de la déranger profondément. Elle avait décidé de faire une croix sur ce mec, et comme souvent, elle reconsidère sa première position une fois l'émotion retombée. Elle est libre de continuer à chouiner en cachette sur une relation étouffée dans l'œuf dont elle découvre, effarée, qu'elle prend beaucoup plus de place dans sa vie qu'elle l'imaginait. Ou bien elle y va comme elle sait faire : en frontal.

Résolue, elle arrache une feuille de son bloc et griffonne dessus :

Cher monsieur Bennani.

C'est tout.

Joanna

Pas mécontente de sa concision, elle plie la feuille en deux et la glisse dans son sac à main, puis le cœur plus léger, elle se rend en salle de réunion.

*

[Fleur à Fanta, Fleur à Fanta, tu m'entends ?]

[Fanta à Fleur, oui ! Ça marche ce truc !]

Avec un hochement de tête approbateur, Fanta considère respectueusement le petit talkie-walkie jaune déniché dans le coffre à jouets de Loum's. Elle ouvre la porte de l'appartement et retrouve Fleur sur le palier.

— Super, maintenant il faut que ça marche quand je suis au sous-sol.

— Tu es sûre que c'est une bonne idée, ton plan ? grimace Fleur.

— Évidemment ! C'est une vraie scène de film. De toute façon, c'est trop tard, t'as dit oui.

Avec un peu de chance, ça ne marchera pas, songe Fleur. Il existe beaucoup trop d'incertitudes dans « le plan ».

À 18 h 30, sa mère entre dans l'appartement, accompagnée de Loum's qui traîne sa goutte au nez depuis des jours.

— Fanta n'est pas avec toi ? demande Élodie en déposant sur la table un sac chargé de légumes moches, ceux qui sont vendus en promo toute l'année.

Fleur l'embrasse. Elle lui trouve l'air crevé. Est-ce qu'il y a un problème avec Madjid ? L'idée de Fanta pourrait permettre une vraie conversation, elle le reconnaît, et dans un cadre qui, sur le papier, peut sembler hyperromantique. Enfin, il vaut mieux ne pas être claustrophobe. Est-ce que Maman est claustro ? Non, elle ne croit pas. Elle n'a jamais remarqué en tout cas. *Oh mon Dieu, ce plan, ce plan…*

— Tout va bien, chérie ? s'inquiète Élodie. Vous vous êtes disputées ?

— Non, non, marmonne Fleur, tâtant au fond de sa poche le talkie-walkie.

Et si Fanta s'électrocute ? Et si leur repérage est raté ? Elle consulte sa montre, nerveuse. Dans dix minutes, Madjid va apparaître au coin de la rue. Elle a dix minutes pour entrer dans le cerveau de sa mère.

— Dis donc, il est super malade, Loum's. Je l'ai entendu parler toute la nuit, on dirait qu'il a de la fièvre et tout, non ?

Les bras en l'air pour atteindre la deuxième corbeille à fruits rangée dans un placard hors d'atteinte, Élodie soupire. C'est vrai qu'elle le laisse traîner, ce rhume. Ce n'est pas sérieux.

— Va me chercher le thermomètre chérie, tu as raison, il faut en avoir le cœur net.

Dans sa chambre, Loum's joue avec trois Playmobil, inconscient du rôle crucial qu'il doit jouer. Dans la salle de bains, Fleur sait exactement quel tiroir ouvrir pour trouver le thermomètre. C'est elle qui l'a replacé ici, à son retour du collège.

— Voilà ! Tu veux que j'aille chercher Loum's ?

Étonnée de voir sa fille s'investir autant dans une question touchant à son frère, Élodie la regarde de côté. Tout cela cache forcément quelque chose. Sans attendre sa réponse, parce que les secondes filent, Fleur court chercher Loum's, furieux d'être arraché à ses jeux.

— Maman va prendre ta température. Vite, faut pas que tu aies de la fièvre sinon tu vas passer Noël au lit et tu auras plein de médicaments.

— Et interdit de chocolat ? demande Loum's, les yeux agrandis de frayeur.

— Ouais. Interdit total.

Aussitôt, Loum's se lève et se précipite dans la cuisine.

— Je suis un génie de la manipulation, ça fait peur, murmure Fleur en lui emboîtant le pas, thermomètre à la main.

Dissimulant ses soupçons, Élodie saisit l'objet et tente de l'allumer. Copieusement massacré par les soins des deux filles, le thermomètre affiche des barres incohérentes à la place des chiffres. L'affichage à cristaux liquides, ce n'est pas hyper-solide.

Tandis qu'Élodie peste, Fleur court dans le salon, contourne le sapin et se penche au balcon. Aussi ponctuel qu'un coucou suisse, Madjid apparaît. Il lui reste trois minutes, elle a tout chronométré avec Fanta. Elle referme la baie vitrée et revient dans la cuisine.

— Ce truc ne marche plus, soupire Élodie. J'en achèterai un demain.

— Demain ? Mais la pharmacie est encore ouverte, proteste Fleur. On ne va pas laisser Loum's faire une surinfection ou une méningite !

De plus en plus étrange, songe Élodie. *Elle me prépare une surprise pour Noël ? C'est dans quatre jours encore ! OK, j'entre dans le jeu, on verra bien.*

— Je ne veux pas être privé de chocolat, dit Loum's d'une voix tremblante.

— Personne ne sera privé de chocolat. OK Fleur, va chercher mon sac à main.

— Je t'accompagne !

— Euh… d'accord. Et Loum's ?

Flûte, Loum's. Elles ont oublié ce détail.

— Il vient avec nous, comme ça, s'il faut lui donner un médicament tout de suite, ça sera plus pratique.

Faire enfiler son manteau à Loum's leur fait perdre de précieuses secondes. Vite, Fleur claque la porte derrière elle, pousse sa mère dans l'ascenseur et Loum's avec, puis elle appuie sur le bouton du rez-de-chaussée. Intriguée, Élodie ne dit rien. Lorsque les portes s'ouvrent, Fleur pousse un soupir de soulagement. Madjid est là, en pleine réflexion devant sa boîte aux lettres.

— Bonjour Madjid ! On vous envoie l'ascenseur, claironne Fleur, trop fort.

Élodie sort la première et salue Madjid. Fleur pousse Loum's dehors et gémit :

— Oh, non, j'ai laissé ton sac en haut ! Faut que tu retournes le chercher. Je t'attends en bas avec Loum's.

Docile, Élodie remonte dans l'ascenseur, suivie de Madjid qui, heureusement, est sorti de sa torpeur. Les portes se referment. Aussitôt, Fleur saisit le talkie-walkie et souffle :

[Fleur à Fanta, tu m'entends ?]

[Oui ! C'est bon ?]

[Go, go, go !] piaille Fleur, saturée d'adrénaline.

Au sous-sol, face à l'armoire électrique ouverte, Fanta abaisse le disjoncteur devant lequel un électricien a griffonné « Ascenseur ». Un coup de chance que ce soit aussi simple, c'est l'avantage des vieux tableaux électriques, sur lesquels on peut soi-même remplacer les fusibles.

Aussitôt, sous les yeux angoissés de Fleur, le voyant lumineux au-dessus de l'ascenseur s'éteint.

[Mission accomplie !] s'écrie Fanta dans l'émetteur au même instant. *[Bon, j'y vois plus rien, maintenant. C'est bête, on n'a pas pensé aux lampes de poche !]*

Debout dans le hall de l'immeuble, Fleur est en proie au doute le plus vif. Que va-t-il se passer dans ce foutu ascenseur, maintenant ? L'idée de sa mère et de Madjid se rapprochant, s'enlaçant, s'embrassant est hyper, hyper-gênante. Faut-il qu'elle ait confiance en Fanta, pour faire de sa propre mère un cobaye…

Dans son dos, la porte battante de l'immeuble s'ouvre et une espèce de surfeur en sweat à capuche entre. Il est beau gosse de ouf, comme dirait Fanta. Lui aussi semble absorbé par les boîtes aux lettres.

Fleur éteint son talkie et prend la main de Loum's.

— On va plus à la pharmacie ? gémit le petit garçon.

Elle fait mine de lui tâter le front et secoue la tête.

— Non, ça va, t'as pas de fièvre, en fait.

Le jeune homme s'approche de l'ascenseur, appuie sur le bouton, puis recommence, perplexe.

— Excuse-moi, l'ascenseur, il marche pas ?

Fleur consulte sa montre et répond :

— Il est en réparation. Mais vous pouvez prendre l'escalier !

Robin lève le pouce. Troisième gauche, il a trouvé l'information sur la boîte aux lettres.

21

Bûche glacée

Face à la porte close, Robin frappe une nouvelle fois. Il en est certain : c'est là qu'Élodie habite. Les minutes s'étirent, pourtant un jeudi soir, Élodie ne rentrera pas tard. Les enfants ont école, elle semble mener une vie calme et particulièrement bien réglée.

Au bout d'un moment, il va s'asseoir dans un angle du palier, un peu loin de la porte pour ne pas l'effrayer, parce que le couloir est plongé dans l'obscurité. Il devrait y avoir une minuterie, ou quelque chose dans le genre, mais rien ne s'est allumé quand il est sorti de la cage d'escalier qui, elle, bénéficiait d'un éclairage cru.

Il n'a pas de plan, il s'en tiendra à la première étape : excuses sincères, sans se chercher des justifications minables. Elle demandera des détails si ça l'intéresse. Et il n'attend pas d'elle qu'elle lui tombe dans les bras, il est prêt à ce que ça prenne du temps. De toute façon, il ne va pas pouvoir faire l'économie de l'étape 2 : obtenir de sa mère qu'elle présente des excuses honorables pour son attitude révoltante.

Il joue un moment avec les cordons de sa capuche, fredonne le refrain de « Highway to Hell », laisse retomber sa tête sur ses genoux. Bref, il fait passer le temps. C'est le genre de moment où il regrette d'avoir balancé son smartphone, pour cause d'addiction trop sévère. Il passe ses appels sur son neuf touches et il ne reçoit ses mails que sur un ordinateur. Ça fait partie des *tips* des jeunes entrepreneurs de la Silicon Valley, alors il a testé. Le gain de temps est dingue, mais pour attendre dans le noir, *Brawl Stars* lui manque un poil. Un instant, il envisage d'envoyer un SMS à Élodie, juste pour être certain qu'elle n'est pas allée dormir chez son amie Joanna, mais il se ravise. Si elle répond qu'elle ne veut plus entendre parler de lui, il aura l'air fin, quand elle sortira de l'ascenseur.

*

La loupiote d'urgence laisse tomber dans l'ascenseur une lueur verdâtre. Dès que l'appareil s'est immobilisé, Élodie a pensé : *Mais comment ont-elles monté leur coup, ces deux-là ?* Les mines de conspiratrices, l'attitude étrange de Fleur dès qu'il était question de Madjid, tout prend son sens.

— Madjid, j'espère que vous n'allez pas nous en vouloir, mais j'ai l'intuition que cette panne d'ascenseur n'est pas due au hasard.

— Vous voulez dire que vous avez le pouvoir de commander aux objets ? répond Madjid dans la pénombre. Si seulement vous pouviez ordonner au détecteur de mouvements du palier de fonctionner de nouveau…

— Non, moi, je n'y suis pour rien. Mais j'ai l'impression que les filles se sont fait un film et qu'elles ont trifouillé quelque chose pour qu'on soit coincés ici tous les deux.

— Ah.

Madjid ne manifeste ni agacement ni amusement. Il est éteint, en réalité. Peut-être que ce tête-à-tête peut servir à quelque chose, finalement ?

— Quelque chose ne va pas, Madjid ?

Un profond soupir lui répond. Il ne faut pas grand-chose pour qu'il se confie, elle sait reconnaître le moment où les gens sont à deux doigts d'ouvrir les vannes.

— Je vais appeler le service de dépannage et en les attendant, vous viderez votre sac.

Il ne proteste pas. Grâce à l'éclairage chiche de la loupiote de secours, elle trouve le bouton gravé d'une cloche. La connexion téléphonique fonctionne, d'où l'intérêt de ne pas confier toutes les télécommunications au réseau électrique. Au bout de trois sonneries, une voix désincarnée crachote les salutations d'usage. Assez rapidement cependant, la politesse automatique cède à quelques formules embarrassées. Au bout de l'interphone, le technicien est ennuyé.

[Ah c'est embêtant Madame, on vient de passer en équipe réduite avec les congés de fin d'année, il va

falloir attendre un peu ! Est-ce que tout le monde va bien dans l'ascenseur ?]

— Oui, je crois, répond Élodie.

[Personne ne souffre de claustrophobie, diabète, épilepsie ?]

Elle regarde Madjid qui secoue la tête.

— Heu, pas que je sache.

[OK, on fait au plus vite. Rappelez-moi si quelque chose ne tourne pas rond !]

Bon, ils n'obtiendront pas plus. Élodie hésite une seconde avant de se laisser glisser le dos contre la paroi.

— Vous ne voulez pas vous asseoir ?

Madjid opine en silence et l'imite. Ils se font face.

— Bon. Donc, ce soupir à fendre l'âme, c'est à cause de quoi ? Des ennuis au travail, des peines de cœur ? C'est la saison, en ce moment.

— C'est un peu délicat, répond enfin Madjid. Je pensais compter pour quelqu'un, et finalement je me suis aperçu que je m'étais « fait un film », comme dirait votre fille.

— Madjid, on ne se connaît pas bien, mais on ne va pas tourner autour du pot. Je connais Joanna. Vous comptez pour elle, et je ne sais pas comment vous vous êtes débrouillé, mais vous lui avez brisé le cœur.

Elle aurait voulu parler moins sèchement, mais face à des mecs qui jouent les victimes alors qu'ils sont à la source du bordel, elle n'a pas beaucoup de compassion. Si encore Madjid lui avait parlé d'un problème relationnel en salle des profs ou d'une inquiétude concernant le paiement de son loyer, elle aurait été prête à lui offrir tout son soutien, mais là…

— Oh ? répond Madjid.

— Jo est paradoxalement quelqu'un de secret, et elle ne m'a donné aucun détail, mais je la connais comme ma poche. Pour la faire pleurer, il faut y aller fort.

— La faire pleurer ? Mais comment aurais-je pu provoquer une réaction pareille ? s'étonne Madjid.

Élodie soupire. Les hommes sont vraiment des boulets, y compris ceux qui lisent toutes les Simone.

— Quelle est la dernière chose que vous lui avez dite ? Le dernier geste que vous avez fait ?

— C'est plutôt un geste que je n'ai pas fait. Je ne lui ai pas déposé la lettre que je lui avais écrite.

— Ça semble en effet un peu *light* pour provoquer une réaction aussi passionnée, mais venant de Joanna, tout est possible, réfléchit Élodie à haute voix. Et je peux savoir pour quelle raison vous ne lui avez pas donné cette lettre à lire ?

— Eh bien… Parce qu'elle contenait des détails que j'ai jugé finalement inutile de dévoiler, et que… qu'un homme venait de lui déposer un bouquet de fleurs après être monté à sa chambre. Elle n'y était pas, elle était chez vous. C'était le soir des oranges.

— OK. Bon.

La voix d'Élodie s'est radoucie.

— Je ne peux pas dire que ça m'étonne, Joanna a un succès de dingue. Mais ça ne signifie pas qu'elle est dans une relation sentimentale, vous voyez ce que je veux dire ? Si les hommes qu'elle a rencontrés dans le passé continuent à s'imaginer des choses, elle n'y est pour rien !

À tâtons, Élodie cherche la main de Madjid et la presse dans un geste réconfortant.

— Vous comptez pour elle. Je le sais et c'est la première fois depuis que je la connais que je la vois comme ça.

Madjid ne peut s'empêcher de sourire.

— Il y a un deuxième problème, cependant. Je ne suis pas l'homme idéal. C'est ce que je lui expliquais dans ma lettre. Vous... vous voulez me donner votre avis ?

Madjid tire l'enveloppe intacte de la poche intérieure de son manteau.

— Non, franchement Madjid. Ce que vous avez écrit ne me regarde pas. C'est à sa destinataire qu'il faut la remettre.

Après une courte pause, elle ajoute :

— Si vous êtes un serial killer, j'avoue que je risque de moins bien vivre notre situation actuelle.

Madjid éclate de rire en rangeant son enveloppe.

— Soyez rassurée, il ne s'agit pas de ça. Mais...

Il tire sur la jambe de son pantalon et découvre son bracelet électronique.

— Mais je ne suis pas un enfant de chœur non plus.

— Je doute que ça effraie Jo.

Sans préavis, l'ascenseur est secoué par un grand frisson et la lumière se rallume brutalement. Clignant des yeux, Élodie et Madjid se relèvent avec difficulté. La machine gravit le demi-étage restant et ouvre enfin ses portes.

Sur le palier plongé dans le noir, chacun cherche sa clé et l'enfonce à tâtons dans sa serrure.

Élodie se retourne vers Madjid, le prend dans ses bras et lui murmure :

— Courage, ça va aller.

Puis elle entre dans son appartement.

Assis dans son coin sombre, Robin n'a rien manqué de la scène. Depuis de longues minutes, ses yeux se sont habitués au noir complet et la lumière brève de l'ascenseur lui a permis de bien identifier les deux silhouettes. Une fois que chacun est rentré dans son appartement, il murmure :

— OK. OK. J'ai bien compris. Elle a pas besoin d'un gamin.

En descendant par l'escalier, il se demande où il a déjà vu le visage de cet homme.

*

— Vous avez changé d'avis ? sourit Fleury en voyant Madjid entrer, les mains enfoncées dans son trench.

— Désolé pour la dernière fois, j'ai dû vous causer une sueur froide avec cette enveloppe disparue.

— Je m'en suis remis, heureusement ! Madame n'est pas encore chez elle. Je vous sers quelque chose ? Ardbeg ?

— Une eau pétillante plutôt, j'ai besoin d'avoir les idées claires, répond Madjid.

Dans le fond de sa poche, il tourne et retourne l'enveloppe, joue avec les coins du bout du pouce. Il a une trouille terrible.

Devant lui, Fleury pose un verre, décapsule la bouteille de Perrier et retourne derrière son comptoir. Son crâne imberbe brille, il semble hésiter à dire quelque chose, Madjid l'encourage d'un sourire.

— Je sors un peu de mes attributions, j'en ai conscience, commence Fleury.

— Pardon c'est ma faute, vous n'êtes pas barman. Je suis désolé, l'interrompt Madjid, gêné.

— Ce n'est pas ça ! J'allais dire que le monsieur que vous avez croisé, avec le bouquet, je pense que Mme Joanna le considère comme un indésirable. Je me suis dit que vous seriez content de le savoir.

Madjid embrasserait bien ce crâne parfait, mais ça pourrait être mal interprété.

À cet instant, Joanna entre dans le hall et s'immobilise en l'apercevant. Elle est superbe, comme d'habitude. Son trench lui souligne la taille, son pantalon trois quarts met en valeur ses chevilles fines, et son regard sombre donne envie de faire des folies. Lentement, Madjid repose son verre. Il s'encourage à voix basse. Joanna le regarde approcher, elle ne bouge pas. Lorsqu'ils sont face à face, il se dit qu'il a rarement vu un visage aussi beau et aussi fermé à la fois. Il ne comprend pas ce qui peut causer chez elle une réaction pareille, la rétention de lettre n'est pas un délit, d'autant qu'elle n'était pas censée savoir qu'il lui en destinait une puisqu'elle n'était pas là le soir en question. Bref, il tire son enveloppe écornée de sa poche. Joanna le dévisage, regarde le courrier tendu vers elle, et au lieu de le saisir, elle fouille dans son sac et sort une feuille de papier pliée en deux.

Sans se parler, ils font l'échange.

Alors qu'il déplie le papier, elle ouvre l'enveloppe d'un geste sec.

Cher monsieur Bennani.

C'est tout.

Joanna

Il la laisse lire son texte, plus long. Lorsqu'elle relève les yeux sur lui, il attend qu'elle parle la première.

— Tout ça n'explique pas ce changement de nom.

— Obtenir une dérogation pour enseigner malgré un casier judiciaire relève du domaine du possible. Empêcher des élèves de collège de taper votre nom dans Google, non. C'est le directeur de l'établissement qui m'a demandé d'enseigner sous le nom de ma mère. J'ai obéi.

La mine pénétrée, Joanna fronce les sourcils, se frotte le bras gauche à travers sa manche, puis elle regarde Madjid dans les yeux.

— Je vais réfléchir à tout ça. Bonne soirée.

Alors qu'elle marche vers l'ascenseur, tournant le dos à Madjid qui la suit du regard, elle affiche un sourire radieux. Fleury n'en manque pas une miette et adresse à Madjid un discret pouce levé quand elle disparaît derrière les portes métalliques.

*

Sous le regard sévère d'Élodie, Fleur et Fanta se ratatinent.

— On se disait que c'était une bonne idée, chuchote Fleur, penaude.

— Franchement, vous méritez une vraie punition. Bloquer l'ascenseur vingt minutes, sérieusement ? Et le technicien qui s'est déplacé pour rien ? Et Mme Bouzou, qui a dû monter ses courses à pied, à son âge ?

— On n'y a pas pensé.

— Je vois bien. Fanta, il va falloir que je parle à ton père.

— Oh non ! Oh non, Élodie, s'il te plaît. Il a déjà trop de soucis, ça va le plomber.

Le visage suppliant de Fanta l'émeut.

— Fleur, prépare le dîner, s'il te plaît. Ce que tu veux. Fanta, suis-moi dans le salon.

C'est vraiment la soirée je-tire-les-vers-du-nez, soupire Élodie. Au moins ça l'empêche de rester en boucle sur son histoire d'amour navrante.

— Bon, Fanta. Qu'est-ce qui se passe ? Je sens bien que tu es comme un bidon de nitroglycérine en ce moment.

— Un bidon de quoi ?

— Un paquet de nerfs, si tu préfères. J'adore ton énergie, tes idées folles, mais là, ça va trop loin. J'en déduis qu'il y a quelque chose qui pèse trop lourd dans ta vie. Tu peux m'en parler. Je ne le répéterai à tes parents que si tu me le permets, ou si je juge que tu es en danger.

Petit à petit, les épaules de Fanta se dénouent.

— Je ne suis pas en danger. C'est juste que j'ai l'impression que tout par en c… catastrophe et que je peux rien faire.

— C'est normal, répond Élodie, ce n'est pas le rôle d'une jeune fille de quatorze ans de trouver des solutions à tout. C'est le job des adultes.

Avec un soupir exaspéré, Fanta lève les bras au ciel. *Cette petite a un don pour le théâtre*, songe Élodie.

— Mais c'est horrible ! Maman est à l'hôpital au lieu de préparer Noël, Papa galère à fond à l'appartement, il sait à peine faire tourner une lessive, et en plus il s'est fait virer.

En effet, Élodie doit reconnaître que la situation a de quoi alarmer l'adolescente. Le sentiment de perdre tout contrôle est quelque chose de familier pour elle. Elle se souvient de ses efforts pour tenir la barre après la mort de Gabriel. Tout est bon à prendre pour avoir l'impression de retrouver un semblant de maîtrise.

D'où l'opération commando pour la coincer dans l'ascenseur et forcer le destin. Dommage qu'elle n'ait pas été bloquée avec Robin, ça aurait peut-être tout changé.

— C'est quoi, le métier de ton père, déjà ?

— Technicien maintenance.

— Dans quel domaine ?

— Les photocopieurs. Il s'occupe de la zone sud du département, on était sûrs qu'il allait avoir une promotion… Tu parles !

Une idée folle surgit dans l'esprit d'Élodie. Pour ça, elle va devoir reprendre contact avec Robin, c'est le hic du plan. Il doit développer son portefeuille client dans la région, faire connaître son encre végétale, et il ne parvient pas à recruter la bonne personne pour devenir chef de ventes en France ? Elle a la solution : Driss !

Depuis la cuisine, Fleur claironne :

— Le dîner est prêt ! Pâtes carbo et bûche glacée sous son coulis de chocolat.

— Oh, Fleur ! Tu as sorti la bûche du congélo ? C'était pour le soir de Noël ! se récrie Élodie. Tu peux la remettre ?

— Bah… non, j'ai versé le chocolat dessus, ça a pas mal fondu, déjà.

— Bon, soupire Élodie. Le 24, on aura des clémentines, à l'ancienne, alors !

*

Une main s'abat sur le comptoir, juste sous le nez de Fleury.

— Il y a une bouteille de champagne au frais ?

— Bonsoir, Monsieur, répond aimablement le réceptionniste. Pour commander à boire, puis-je vous demander de vous adresser au barman ?

— J'ai aussi besoin d'une carte pour la chambre 445. On a perdu la nôtre.

Impassible, Fleury dévisage l'homme face à lui. Ce type ne doute de rien.

— Madame ne m'a pas fait part de cette perte de clé.

— Parfait, répond DocteurMax. Elle est rentrée ?

Fleury hésite une seconde de trop, un sourire automatique se dessine sur le visage du médecin. Il tire un billet de cinquante euros et le dépose sur le comptoir.

— OK, tu me fais monter la bouteille dans les cinq minutes ? C'est ton pourboire.

La moutarde monte au nez du réceptionniste. Des clients agressifs, désagréables, pressés, mal élevés, bourrés, cokés, à côté de leurs pompes, il a eu l'occasion d'en voir passer. Mais cette arrogance, ce mépris, ça lui fait chaque fois le même effet. D'une pichenette, il fait tomber le billet. Maximilien, interloqué, le regarde voleter jusqu'à ses pieds.

— Tu te fous de moi, bonhomme ? grogne-t-il.

D'un sifflement sec, Fleury attire l'attention du barman, puis sort de derrière son comptoir. Il a une carrure à faire réfléchir les petits énervés.

— Je vous raccompagne, Monsieur.

— Tu me quoi ? Tu me ramasses ce billet, déjà. Ensuite, tu me fais venir ton patron.

— Je ne crois pas, non. Si vous voulez récupérer votre billet, vous avez sept secondes.

L'indécision fait cligner plusieurs fois le médecin des yeux. Il est vrai qu'à quelques centimètres de distance, le crâne chauve de Fleury a des reflets beaucoup moins sympathiques. Les deux mains sur son zinc, le barman attend, prêt à venir en renfort. DocteurMax perçoit la menace sourde. Il fait un pas en arrière, le décompte a commencé. Six. Cinq. À quatre il plonge en avant, ramasse son billet, le fourre dans sa poche, et à deux, il est dehors.

Humant l'air froid, il bombe le torse et range le billet dans son portefeuille. S'il veut revoir Joanna, il va falloir l'intercepter sur le trottoir, avant qu'elle entre dans ce boui-boui. Hors de question de croiser de nouveau ce barbouze décérébré.

22

Traîneau

— Je ne vais pas te menacer.

— Encore heureux, répond Chantal Rombiasse, acide.

Robin rassemble toute la patience dont il est capable et pose sa voix avec soin. Acculée dans le coin de la fontaine à eau, sa mère pince la bouche façon cul-de-poule. Ça lui donne un air de parenté avec Alice Sapritch, la duègne dans *La Folie des grandeurs*.

— Je sais que tu as un grand cœur, tu as toujours été généreux avec moi. Mais il faut être honnête : tu as l'habitude de mettre des piquants autour de tes mots. Alors pour la dernière fois : je tiens à ce que tu présentes des excuses à Élodie.

— Impossible.

— Indispensable.

— Inconcevable.

— Impératif.

— Inimaginable !

Soupir de Robin.

— J'aurais voulu éviter ça, mais tu m'y forces. Je vais dénoncer l'abus de bien social dont tu t'es rendue coupable en me sous-louant pour un euro ce salle de réunion.

Les yeux de Chantal Rombiasse sortent de leurs orbites. Une chouette qui a avalé de travers.

— Tu ne ferais pas ça ? Dénoncer ta propre mère ? Tu sais dans quelle situation ça me mettrait !

— Je sais. C'est pour ça que je m'en sers pour que tu présentes des excuses que tu ne veux pas formuler.

Le sourire de Robin est désarmant. Chantal hésite, elle n'a vraiment, vraiment aucune envie de plier face à cette greluche incompétente d'Élodie qui a le toupet de se croire autorisée à abuser de son fils.

— Cette fille t'a agressé, peste-t-elle.

— Pas du tout. Elle m'a plu, j'ai tout fait pour qu'elle accepte une relation avec moi.

— Quoi ? s'étrangle Rombiasse. Elle t'a complètement retourné le cerveau, surtout !

L'énergie nécessaire pour détromper sa mère est une perte sèche, il ne compte pas se battre davantage.

— On se fiche du pourquoi du comment. Le résultat, c'est que si tu t'excuses pas, tu vas avoir des ennuis avec ton job. Il te reste… (il consulte sa montre)… cinq minutes pour trouver ta bonne formule avant qu'elle arrive.

Il s'imagine le courage qu'il faut à Élodie pour marcher jusqu'ici, monter dans l'ascenseur, anticiper l'accueil que va lui faire sa DRH. Elle doit avoir mal au ventre. Il est écartelé entre la compassion et l'amertume. Toute la nuit, l'image d'Élodie enlaçant son voisin de palier l'a poursuivi. Elle s'est vite consolée... Une partie de lui ricane et se moque : *Mon petit Robin, tu te trouves une excuse bien pratique pour ne pas te battre. Ce voisin, c'est peut-être un ami proche et c'est tout. Pauvre petit orgueil froissé !* L'autre lui répond : *Elle veut se reconstruire avec quelqu'un de son âge, en qui elle a confiance. Si tu étais un gentleman, tu t'effacerais discrètement, c'est ça la vraie classe.*

La voilà. Il pousse sa mère dans le dos, elle fait un pas en avant de mauvaise grâce. Puis il recule dans l'ombre du local photocopieuse.

— Élodie, glapit sa mère. Venez là, si c'est pas trop vous demander.

Après s'être figée à l'appel de Rombiasse, Élodie se remet en marche. Elle est toute raide, le visage déterminé. Seules ses mains agrippées à la lanière de son sac à main trahissent son angoisse.

— Allez, crache-les, tes excuses, marmonne Robin entre ses dents.

— Hier, j'ai eu des propos un peu excessifs, grince Rombiasse, les yeux fuyants. Même si je n'approuve rien, je n'aurais pas dû vous parler avec autant de...

— Hargne ? suggère Élodie.

— Sévérité, corrige Rombiasse. Bref, je vous présente mes excuses et j'exige qu'on ne parle plus de cette histoire.

Élodie ouvre et ferme ses mains crispées, son visage n'exprime rien.

— C'est Robin, qui vous a poussée à me parler ?

Rombiasse plisse la bouche plus fort. Robin est à deux doigts de sortir du local, il a la main sur la poignée. Il suffirait d'ouvrir un peu plus largement la porte qu'il n'a pas complètement refermée.

— Vous lui direz que ce n'était pas la peine, dit Élodie avant de se détourner.

Robin laisse sa main retomber le long de sa jambe.

— De toute façon, il rentre à Vancouver, persifle Rombiasse. Il n'a pas trouvé la bonne personne… pour développer son activité ici.

— Oh, répond faiblement Élodie, il part, alors.

Elle se détourne trop vite pour que Robin capte son expression. Il ne peut que la suivre de dos, les épaules basses. Elle semble abattue. Ou bien peut-être est-ce ce qu'il aimerait qu'elle ressente ? Il en oublie une seconde d'en vouloir à sa mère qui a réussi à se montrer perfide en s'excusant du bout des lèvres. Il n'aurait jamais dû lui dire qu'il pensait repartir. Ce n'était pas complètement acté, il est encore en plein doute. Et de toute façon, ce n'était pas à elle de l'annoncer à Élodie. Elle doit le prendre pour un naze fini. À quoi bon s'embourber dans des explications ?

*

— Tu ne vas pas broyer du noir comme ça, la veille de Noël ? proteste Joanna, accourue en renfort après les trois messages éplorés d'Élodie. Viens, je t'emmène déjeuner.

— J'ai du boulot, répond Élodie d'une voix morne.

— Tu vas surtout me suivre et quitter cet endroit déprimant. Même le local poubelle est plus accueillant.

Rappelle-moi de caler dans le budget de ta boîte un bon rafraîchissement des parties communes.

Assise dans la cage d'escalier, les bras serrés autour de son buste, Élodie hausse les épaules. Les marches en béton rêche, l'éclairage verdâtre, les murs décrépits et la rampe poisseuse sont tout à fait à l'image de son humeur. L'annonce du départ de Robin l'a beaucoup plus atteinte qu'elle aurait cru. Oui, elle lui en veut, non, les difficultés qu'elle invoque depuis le début n'ont pas disparu, mais elle n'avait pas du tout imaginé qu'elle ne le reverrait pas. Jamais. Sans avoir pu le remercier du travail invisible qu'il a nécessairement mené pour obtenir de Rombiasse une amende honorable. D'une petite voix tremblante, elle répond :

— Pas à la brasserie, s'il te plaît.

Perchée sur ses stilettos, Joanna s'accroupit et relève les cheveux derrière lesquels Élodie cache ses yeux gonflés. Avec un petit claquement de langue, elle fouille son sac à main à la recherche de son rouge à lèvres.

— Ne bouge pas.

D'un geste rapide et précis, elle lui dessine une jolie bouche puis elle redéfinit ses boucles « marron glacé » et lui relève le menton.

— Voilà. *Cry me a river* si tu veux, mais toujours avec classe.

— Tu es ma fée, la remercie Élodie. Tu veux déjeuner où ?

— J'ai repéré un bar à salades qui sera parfait avant l'overdose de foie-gras-dinde-aux-marrons-saumon-fumé-bûche-glacée.

Élodie se lève, époussette ses fesses et hausse les sourcils.

— Cette année, ça sera plutôt jambon-clémentines pour nous. Fleur a décongelé la bûche trop tôt !

— Tu rigoles ? Je t'emmène avec les enfants. Ras-le-bol de ce climat pourri qui ne sait pas faire tomber la neige.

— Et Madjid ?

Joanna hausse les épaules et saisit son amie par le coude. Elles sortent bras dessus bras dessous de la cage d'escalier.

— J'en fais mon affaire.

Élodie serre avec gratitude le bas de son amie.

— OK, alors. J'espère que Rombiasse va m'accorder mon après-midi.

Féroce, Joanna exhibe ses dents parfaites :

— Si elle ne veut pas que je lui colle une sale appréciation à son entretien annuel, elle a intérêt.

Voir Joanna se préparer au combat est toujours galvanisant, Élodie se dit qu'elle devrait suivre quelque cours d'agressivité.

— OK, laisse-moi le temps de faire les bagages et on file. On prend le train ?

Faisant la moue, Joanna tire Élodie à travers le passage piéton et taille sa route sans dévier sa trajectoire d'un iota. Si le *Titanic* avait fendu les flots comme Joanna fend la foule, l'iceberg aurait été tranché en deux.

— Je vais louer un carrosse, dit-elle, à peine essoufflée malgré le rythme d'enfer qu'elle leur impose à toutes les deux. Direction : le Refuge des Chenottières.

Hors d'haleine, Élodie trouve assez d'oxygène pour rire de bon cœur.

— Tu vas aller dans un refuge, toi ?

— Cinq étoiles, ma chérie. On ne va pas me faire dormir sur une paillasse pleine de puces de lit près d'une cheminée bouchée, au milieu de randonneurs qui puent des pieds.

— Je me disais aussi, sourit Élodie. C'est loin ?

— Non, mais c'est haut !

*

Voici dix minutes que Robin fait les cent pas dans le hall de l'immeuble d'Élodie. Son avion part dans cinq heures, il a eu un élan de dernière minute en fermant sa valise. Il ne peut pas partir sans lui dire qu'il lui suffit qu'elle lui pardonne pour qu'il annule tout. Et puis, s'il a bien accompli la phase 2 de son plan, il n'est pas allé au bout de la phase 1. Excuses sincères. Il n'a pas réussi à choisir entre la voix qui l'accusait de lâcheté et celle qui lui intimait de se conduire en gentleman, alors il a décidé de tester une troisième voie.

Les portes de l'ascenseur s'ouvrent et un homme sort, son écharpe bleue autour du cou, un chaton gris dans les bras.

Surpris de se trouver nez à nez avec quelqu'un à l'ouverture de l'ascenseur, Madjid sursaute. Aussitôt, le visage du jeune homme se superpose avec le souvenir de cet étudiant en robe noire.

— Oh mais… vous êtes le petit-fils de Maître Rombiasse ?

La mâchoire de Robin se décroche.

— Je dois à votre grand-mère une fière chandelle, dit Madjid, pas peu fier de son petit effet. Elle m'a obtenu une liberté de mouvement qui me faisait gravement défaut.

Retrouvant la parole, Robin approuve :

— On l'appelle la Terreur du Parquet. La cour de Cassation lui donne souvent raison, je crois.

— Vous venez visiter quelqu'un dans l'immeuble ? demande aimablement Madjid.

— Oui, je… votre voisine, en fait. Élodie.

— Ah, mais elle est partie tout à l'heure ! Son amie Joanna l'a emmenée fêter Noël en altitude.

— Où ?

— Je regrette, elle ne m'a pas dit. Je crois qu'elle-même ne le savait pas.

La mine déconfite de Robin arrache à Madjid un sourire désolé.

— Ah, j'aimerais vous aider, mais…

Tout en parlant, Madjid ouvre sa boîte aux lettres. Entre deux prospectus et une facture de gaz, il découvre une enveloppe blanche sans adresse. Après un coup d'œil rapide à Robin, toujours figé, il décolle le rabat et en sort un feuillet plié en deux. L'écriture est bien celle qu'il espérait découvrir.

— … mais nous allons peut-être avoir des informations ici, termine-t-il en parcourant les quelques lignes griffonnées à la hâte.

Robin introduit l'ongle de son pouce dans sa bouche et se met à le ronger furieusement. La lettre est concise.

Cher Madjid,

J'ai pris le temps qu'il fallait. Si vous voulez connaître le fruit de mes réflexions, je vous attends devant le Refuge des Chenottières. Si vous pouviez faire neiger afin que nos retrouvailles soient cinégéniques, je vous en serais reconnaissante.

Votre Joanna

PS : Viens, je t'attends !

Un soulagement intense se répand dans tout le corps de Madjid, il en oublie Robin et son anxiété.

— C'est une lettre de Joanna. Elles sont au refuge des Chenottières, finit-il par révéler.

Robin regrette de ne pas avoir un accès immédiat à Google Maps. Madjid sort son téléphone et lance une recherche. Le tracé de l'itinéraire dévoile un trajet tortueux, se finissant quelque part dans les montagnes.

— C'est à soixante-dix kilomètres…

Le cœur de Robin se serre. C'est loin. S'y rendre pour poser à Élodie la question qui lui encombre l'esprit risque de lui faire rater son vol.

— Vous y allez, vous ? demande Robin.

Pensif, Madjid fixe l'itinéraire, puis secoue la tête.

— J'aimerais tant…

— Elle vous plaît, Joanna ?

— Évidemment, soupire Madjid. Cette lettre, c'est… c'est un drapeau blanc, voyez-vous. Mais je ne suis pas certain que…

Impatient, Robin tend la main.

— Montrez-moi.

Ses yeux parcourent les quelques lignes en silence, puis il lève les yeux sur Madjid.

— Vous n'êtes pas certain de quoi ? Elle vous dit : « Viens », il vous faut quoi de plus ?

— C'est que…

Madjid récupère sa lettre, la replie et la range dans la poche de son pantalon.

— Je ne peux pas.

— Mais ce n'est pas l'autre bout du monde, proteste Robin. Vous n'avez pas d'avion à prendre, vous. Vous savez pas la chance que vous avez, allez-y ! Si j'étais à votre place…

— Malheureusement, les contraintes judiciaires qui étaient les miennes jusqu'à ce matin ont rendu l'usage d'une voiture inutile. Je n'ai aucun moyen de locomotion.

La mine abattue de Madjid brise la dernière hésitation de Robin.

— Elles sont parties il y a combien de temps, vous m'avez dit ?

— Dix minutes, tout au plus.

— Mon voiture est garée juste devant. Vous me guidez, je fonce, on les rattrape, vous déclarez votre flamme à cette femme, et j'ai juste le temps suffisant de gagner l'aéroport.

Madjid ne fait pas semblant de peser le pour et le contre.

— Vous feriez ça ?

— Granny ne vous a pas obtenu la liberté pour que vous restiez à vous morfondre dans une canapé !

Son chat serré sous le pan de sa veste, Madjid emboîte le pas pressé de Robin. Deux roues sur le trottoir, l'emblématique Coccinelle les attend.

— Mon carrosse, annonce Robin.

— Votre traîneau ! C'est de saison. Mais… vous allez pouvoir les rattraper, avec ça ?

— Bouclez votre ceinture, plutôt, conseille Robin.

Le moteur rugit et la voiture minuscule s'arrache de la chaussée, projetant une gerbe de neige fondue.

Écrasé contre la portière ou contre l'épaule de Robin, au gré des virages, Madjid se demande si emprunter « le traîneau » était finalement une bonne idée. Forçant sa voix à demeurer dans les graves, il transmet au pilote les indications fournies par son application.

— Troisième à gauche. Prenez la sortie 34. Attention, radar !

Alors qu'ils quittent les faubourgs, puis la banlieue, les bas-côtés blanchissent. Ici, la neige accroche.

— J'ai une doute, dit tout à coup Robin. Vous allez reconnaître leur voiture ?

— Pas du tout, répond Madjid. Vous ne la connaissez pas, vous ?

— Mais non !

La chaussée continue de défiler à toute vitesse, alors qu'un silence navré s'installe entre les deux hommes.

— Je crois qu'on peut se tutoyer, à ce stade, dit Robin avant de rire à gorge déployée. On va devoir aller jusqu'aux Chenottières, on dirait.

— Et ton avion ?

— Si je repars aussitôt arrivé à l'hôtel, j'ai une chance de l'avoir.

— J'ai l'impression que tu préférerais le rater, sourit Madjid.

Robin lui jette une œillade rapide.

— Ça ne dépend pas de moi.

— Pas que de toi. Mais un peu quand même.

*

— Mais tu es folle, Jo ! s'indigne Élodie lorsque les toits du « refuge » surgissent au détour d'un virage.

— Joyeux Noël, ma chouette.

— Oh, Jo, c'est un palais dix étoiles, s'extasie Loum's.

— Stylé, tellement stylé, murmure Fleur.

Un épais manteau de neige couvre le sol au milieu duquel la route trace un sillon de charbon. La voiture grimpe sans peine les derniers mètres, avant de s'immobiliser au pied d'un escalier majestueux, tout en bois. Éblouie, Élodie découvre à travers les immenses vitres composant la façade du refuge un mur de pierre caressé par une douce lumière, percé de niches au creux desquelles brûlent de grosses bougies. La pierre noire du hall reflète les lustres, le bois brut du comptoir répond au double escalier intérieur.

— Je ne peux pas accepter ça, tu sais bien.

— Ça n'a aucun intérêt de profiter d'un endroit pareil toute seule, se défend Joanna. Sortez vos sacs, les enfants et attendez-nous à l'intérieur. Il fait sacrément plus froid à cette altitude.

Debout sur la première marche de l'hôtel, Élodie embrasse le paysage d'un long regard. L'établissement est perché sur les hauteurs et domine une forêt de sapins sillonnée de petites routes en lacets reliant une série de lacs de montagne. À l'ouest, le soleil rougeoie entre l'horizon et les nuages bas, faisant jouer sur la neige un reflet rosé.

— C'est le rêve, soupire Élodie. Tu vas réussir à faire passer mon chagrin d'amour avant minuit.

— Et attends d'avoir goûté à leur chocolat viennois, sourit Joanna. C'était mon critère principal. J'ai appelé et j'ai dit : « Est-ce que la crème chantilly est faite maison ? Oui ? Banco, je prends une suite et deux chambres. » On a eu de la chance, ils venaient d'avoir un désistement.

Dans un bruit de moteur en surrégime, une voiture fait irruption sur le parking, environnée d'un nuage de vapeur suspect. Une glissade sur une plaque de verglas achève de signer l'entrée triomphale du véhicule qui termine sa course dans une congère avec un bruit de ferraille assourdissant.

— C'est quoi, ce pot de yaourt ? s'esclaffe Joanna.

La tête dans le coffre, Élodie répond par un grognement étouffé. Elle s'extrait du trou noir avec difficulté, tirant de toutes ses forces sur la lanière de son sac de voyage, puis se redresse et suit du regard la direction indiquée par une Joanna hilare.

— Mais, balbutie-t-elle lorsqu'elle reconnaît les bandes tricolores parcourant le capot et le toit de la petite Volkswagen.

Elle se tourne pour demander à Joanna par quel prodige elle a réussi à faire venir jusqu'ici celui dont elle pensait devoir faire le deuil. Le visage radieux de son amie lui retire les mots de la bouche : Joanna est absorbée par ses propres émotions. Après un second regard vers la voiture, Élodie comprend mieux : Madjid vient d'en sortir, son chaton serré contre sa poitrine.

Derrière la porte vitrée de l'hôtel, bien au chaud, Loum's et Fleur échangent un regard perplexe.

— Qu'est-ce qu'elles font, Jo et maman ? s'interroge Fleur.

— Et Madjid, pourquoi il est là ? renchérit Loum's, dont le souffle projette sur la vitre un rond de buée.

— Celui qui conduit la voiture, tu ne trouves pas qu'il ressemble au gars du jour où on a bloqué l'ascenseur, avec Fanta ?

— C'est peut-être un copain de Madjid ? hasarde Loum's.

Alors que le soleil achève de disparaître à l'horizon, un profond silence ouaté enveloppe la montagne.

— Robin fait le chauffeur pour Madjid. OK, tout est normal, murmure Élodie.

— Cherche pas, c'est la magie de Noël, lui lance Joanna avant de la planter là.

23

Flocons

Alors que Robin s'avance vers l'hôtel, à la rencontre d'Élodie, Madjid s'en éloigne et lui tourne le dos. Il lui suffit de quelques pas pour quitter le parking, la vue sur l'hôtel, et n'avoir plus face à lui que la vallée noyée sous la brume du crépuscule.

Marchant aussi vite que le lui permettent ses talons sur la neige, Joanna le rejoint. Dans son manteau léger, il semble indifférent au froid, son chat au creux du bras et son écharpe qui bâille sur son col. Il se remet de la houle imposée par les virages et de la tenue de route médiocre du « traîneau », tout en espérant que Joanna choisisse de le rejoindre plutôt que d'entrer dans le confort douillet de l'hôtel. Il ne sait pas bien ce qu'il va faire l'instant d'après, il la laisse décider de la suite. Lorsque Joanna se matérialise à sa droite, il pourrait rugir de joie, mais il frissonne à peine. Il ne veut pas s'emballer, il ne veut pas imposer de couleur à l'instant, pour le laisser advenir de lui-même. Il retient son souffle.

Côte à côte, ils écoutent le vent dans les branches en contrebas. Pour une fois, Joanna n'a rien à dire.

Pour une fois, elle se sent délivrée de sa mission de tout porter, tout consoler, tout résoudre. À ses côtés, Madjid ne réclame rien. Ils laissent leur regard sonder la nuit qui monte. Ici et là, des maisons s'illuminent et créent de petits accrocs lumineux dans la toile sombre du paysage. Le temps leur appartient, rien n'est urgent. Sans que ni l'un ni l'autre ne changent de position, leurs mains se frôlent, s'effleurent et s'apprivoisent. Leurs paumes, doucement, se rencontrent. Leurs doigts se mêlent.

Le visage tourné vers l'horizon, Joanna sourit. Elle a les pieds glacés et elle s'en fout, les cheveux en vrac et elle s'en fout, la goutte au nez, et mon Dieu, qu'elle s'en fout ! Elle sent contre sa main celle de Madjid, et sa chaleur la réchauffe tout entière.

Soudain, elle perçoit un effleurement sur le haut de son front. Puis sur sa pommette gauche. La nuit se met à remuer : le ciel lâche de gros flocons épars. Chacun accroche la lumière sourde de la lune. Renversant le visage en arrière, Joanna rit, tout est parfait. Si merveilleusement et douloureusement parfait qu'en fermant les paupières pour mieux profiter de la caresse de la neige, elle sent deux larmes s'en échapper, chacune de son côté. Sur ses cils, ses sourcils, l'ourlet de sa bouche, des flocons se posent et fondent, inlassablement remplacés par d'autres. Chaque larme laisse sur sa tempe une longue trace salée.

— J'ai eu peur que vous ne veniez pas, murmure-t-elle.

Son cœur bat dans sa gorge, dans son ventre. Elle respire au rythme des pulsations qui lui compriment et lui dilatent le corps. Elle a chaud et elle grelotte, elle en claquerait presque des dents.

— Tu m'as écrit : « Je t'attends », je ne pouvais pas passer outre, répond Madjid.

Les yeux brillants, Joanna se tourne enfin vers lui. D'une contorsion, Labo s'échappe de l'étreinte de son maître et atterrit sans bruit sur la neige fraîche.

— Est-ce qu'on peut se vouvoyer encore un tout petit peu ?

Les rides au coin des yeux de Madjid s'animent.

— Si vous voulez.

Joanna serre son poing libre pour se donner du courage. Il est plus facile d'invectiver ses collaborateurs que de lâcher la grenade qu'elle s'apprête à dégoupiller.

— Je suis amoureuse de vous. Et c'est même plus grave que ça : je vous aime.

C'est fou de prononcer ces mots. C'est dangereux et délicieux à la fois. Oser s'exposer ainsi la fait se sentir fragile et sage en même temps. Ce qui aurait été insensé, ç'aurait été de les retenir toujours, de ne jamais les dire, de les laisser s'ankyloser, se calcifier, se rabougrir sans jamais les libérer. « Je vous aime. » Ça va tellement mieux, maintenant que les mots se sont échappés. Elle ne les avait jamais dits.

Avec une lenteur infinie, Madjid approche une main de son visage, le saisit entre ses paumes, si doux, et embrasse un à un les flocons accrochés à ses cils, son sourcil gauche, à l'arête de son nez, près du grain de beauté qu'elle porte sur la tempe, sur sa lèvre supérieure. Se laisser explorer sans hâte est un exercice nouveau pour elle, tout est suspendu.

— C'est moi, qui vous aime.

La neige tombe plus intensément, ils se serrent l'un contre l'autre et Joanna, à son tour, découvre du bout des lèvres le visage de Madjid. Les sillons creusés par ses angoisses, le tracé vertical de sa fossette, la surface râpeuse de ses joues, la douceur de sa bouche. Elle découvre sa peau de jute rêche sous le menton, et de cachemire, juste au-dessus de l'œil. Il a le goût du vent, de la terre après la pluie, un parfum de bergamote.

— Et maintenant, murmure-t-elle, j'ai envie de toi.

*

Dîner tous les quatre sans rien expliquer s'est avéré moins périlleux que ce qu'Élodie craignait. Seule l'absence de Joanna a été commentée, mais la présence d'un « nouveau » a vite rempli le vide. Robin s'est prêté de bonne grâce au jeu des questions et des réponses, racontant le Canada, l'université, les encres végétales.

— Sinon, tu n'aurais pas besoin d'un super bras droit, dans la région ? a demandé Fleur, dès que le mot « imprimante » a été prononcé.

— Si, justement, a souri Robin. Mais je n'ai pas trouvé : il faut de l'expérience, mais être disponible très vite. Il faut de l'autonomie, mais savoir fonctionner en équipe et à distance, il faut…

— OK, je sais qui, alors, l'interrompt Fleur. Il s'appelle Driss, c'est le père de ma meilleure pote, et il connaît toutes les imprimantes et les photocopieuses de la région en détail. Il est sérieux de ouf. C'est le meilleur.

Interrogateur, Robin a regardé Élodie qui s'est exclamée :

— Mais oui, je voulais te parler de lui ! C'est probablement la bonne personne.

— OK, Fleur, merci pour la bonne conseil. Je vais prendre contact et si ça marche, je te nomme chasseur de têtes officiel de la boîte.

Et Fleur, gonflée de fierté, a été définitivement conquise. Au dessert, les enfants ont piqué du nez dans leur assiette. Les envoyer au lit a rarement été aussi simple.

— Ma chambre est au bout du couloir. C'est facile, c'est la porte en face de la grande carte du monde, glisse Élodie en embrassant Fleur.

Ils n'ont jamais dormi aussi loin les uns des autres, songe-t-elle. Elle refuse de formuler la suite de sa pensée : *Il vaut peut-être mieux, ce soir*. Après un dernier câlin à Loum's, déjà endormi, elle ouvre la porte. Elle a au creux du ventre une angoisse terrible. Si Robin ne l'attend pas dans le couloir, elle n'osera pas descendre le chercher. Elle ira se coucher seule, en s'insultant pour sa lâcheté. Et si elle le trouve dans le couloir, elle le fera entrer dans sa chambre, et… et elle est absolument incapable de se projeter dans ce qui se passera ensuite.

Impossible. Elle est trop rouillée, trop fripée, pas bien épilée, on lui a dit que les Américaines étaient imberbes de partout, elle ne sait plus comment on embrasse, elle est dépassée, elle est sûre que…

Il est là.

Appuyé sur une épaule contre le mur, entre un daguerréotype de Jules Verne et un blason de la Société nationale de géographie, il a l'allure d'un adolescent. Son jean râpé, son sweat à capuche, sa désinvolture. Il est beau sans faire exprès. Elle referme la porte des enfants en tremblant.

Pourvu qu'il prenne l'initiative.

Pourvu qu'il ne fasse rien.

Elle n'est pas prête, elle n'osera pas.

Avant de se retourner, elle glisse sa main dans son cou. Elle est sûre que le stress y a imprimé de grandes taches rouges, comme lorsqu'elle passe un entretien. Quand elle se décide à lui faire face, il n'a pas bougé. Il la regarde, sans sourire, s'avancer jusqu'à lui. La tête penchée comme si son cou ne la portait pas tout à fait, il la suit entre ses yeux mi-clos, il lui évoque un mélange d'Alain Delon jeune et de Raphaël Quenard. Elle a l'impression que ses pieds roulent tout seuls sur le tapis épais. Elle pèse une tonne, elle flotte en même temps. Arrivée face à lui, elle s'arrête. Alors qu'elle ouvre la bouche pour parler, pour dire probablement n'importe quoi, il lâche tout bas :

— J'ai peur d'être nul.

Alors tout le poids s'envole et c'est elle qui se hisse sur la pointe de ses pieds nus pour l'embrasser, les mains agrippées aux bords de sa capuche. Aussitôt, il l'enveloppe de ses bras et elle s'écrase de toute sa force contre lui. Elle voudrait se dissoudre en lui, que leurs corps se désagrègent et se reforment en un seul. Il la plaque contre le mur, elle voudrait qu'il la soulève pour pouvoir serrer ses jambes autour de sa taille. Une porte s'ouvre à l'autre bout du couloir, une voix bourdonne au loin. On peut les voir. N'importe qui peut les surprendre et trouver scandaleux qu'un couple se tienne si peu, mais elle a du mal à y attacher de l'importance. Le désir la soulève et la broie, il n'y a de place pour rien d'autre. Le souffle court, Robin lui murmure :

— Ta carte ?

Sa voix est rauque, elle ne la reconnaît pas.

À tâtons, elle trouve sa clé au fond d'une poche, il la glisse dans le lecteur et pousse la porte qui se referme lourdement derrière leurs deux corps emmêlés.

La seule lumière provient de l'éclairage extérieur, les rideaux sont grands ouverts. Toujours imbriqués, ils s'affalent en visant le lit, s'écroulent sur la moquette épaisse sans se lâcher des lèvres. Ils rient et leurs corps s'impatientent. Il a la langue râpeuse et audacieuse, elle rougit dans le noir et elle se sent fébrile. Il la désarme, la goûte et l'explore, il n'y a pas un seul espace de son corps qui lui échappe, et elle désire violemment qu'il la connaisse sur le bout des doigts. Elle a les mains qui tremblent au point que les boutons de sa chemise lui résistent. Tant pis, elle tire d'un coup sec. Leurs bouches se cherchent à l'aveugle, ils s'embrassent sans viser, leurs gestes sont brouillons, comme pour une première fois. Quand il entre en elle, elle a les jambes qui tremblent, les lèvres qui fourmillent, elle n'est plus tout à fait elle. Leur peau, leur souffle, le goût de leurs salives mélangées, tout se répond et s'ajuste. Quand enfin ils se trouvent et se fondent, elle est au bord des larmes. Elle aime de tout son corps.

Doucement, ils s'assagissent. Elle reprend son souffle et peut maintenant explorer sans précipitation le corps de Robin. Le bombé de ses fesses, le creux de ses reins, la courbe douce et mobile de son omoplate. Elle le saisit à pleines mains, le caresse et enfonce ses ongles au hasard quand il imprime ses dents dans sa chair.

Soupirer n'est pas assez profond, pas à la mesure des poussées de plaisir qui la raidissent et la tendent à l'extrême, avant de la laisser retomber sans force. Alors elle gémit, puis elle laisse enfler sa voix sans la retenir, et elle vibre avec violence entre ses bras, sous sa bouche.

Adossés au lit dont ils ont tiré la couette, ils se parcourent du bout de l'index.

— Je crois que je me souviens comment on fait, finalement, dit Élodie.

— J'ai pas eu l'impression que tu avais oublié, sourit Robin.

— On prend une douche ? On parlera demain.

Sous l'eau tiède, les peaux s'apaisent. Élodie verse l'huile parfumée proposée par l'hôtel dans le creux de la paume. Sur la peau de Robin, sa main glisse, comprend différemment les angles et les creux de son corps. Elle redécouvre les pleins et les déliés, les lieux doux et ceux qui excitent, elle en prend possession. Quand la mousse a été bien rincée, elle colle sa poitrine dans son dos et laisse sa joue reposer contre son épaule. Est-ce qu'elle saura se contenter de ça ? Est-ce qu'il attend plus qu'une nuit de caresses et d'orgasmes foudroyants ?

— Tu prends ton avion quand ?

— Je croyais qu'on parlerait demain ?

Elle ne répond pas.

— Je l'ai raté, cède Robin. Il a décollé il y a trois heures.

Elle n'ose pas demander : « Et maintenant ? », peut-être que ça gâcherait tout, et elle n'a pas le droit d'attendre plus. Si elle l'entendait, Joanna l'engueulerait. « C'est quoi, ces règles à la con ? Tu as le droit d'attendre ce qui te passe par la tête, ça veut pas dire que tu l'auras ! Demande, Élo, ça suffit de faire la morue sacrificielle ! »

Elle coupe l'eau et attrape une serviette épaisse comme une fourrure d'ours.

— Tiens.

Ils se sèchent en se regardant, suspendus à ce que dira l'autre, mais aucun des deux ne prend le risque de parler.

Dans le noir, enfin, alors qu'elle est sûre qu'il est en train de s'endormir, elle murmure :

— Je ne veux pas te demander de rester pour moi.

— Je ne veux pas te demander de partir pour moi, répond-il aussitôt.

— Tu voudrais ? disent-ils ensemble.

Le cœur d'Élodie passe au régime supérieur.

— Bien sûr, que je voudrais continuer, avec toi ! Mais tu as ta boîte, j'ai Fleur et Loum's... Ta vie est à Vancouver.

Robin se tourne, le visage offert au plafond.

— Franchement, Vancouver ou ailleurs, je m'en fous. Et toi, tu es attachée à ta ville ?

— Je suis attachée au fait de travailler. Que ce soit dans cette ville, dans cette boîte ou ailleurs, je m'en fiche.

— OK, répond Robin.

L'idée que peut-être un chemin est en train de se dessiner a quelque chose de grisant. Il est 2 heures du matin, elle est assommée d'endorphines et de fatigue, mais elle se sent prête à rallumer la lumière. Comme s'il l'avait entendue, Robin se redresse et trouve à tâtons l'interrupteur. La chambre s'illumine, Élodie cligne des yeux.

— Je te prends au mot, dit Robin.

D'un geste sec, il rabat la couette puis la tire hors du lit et ouvre en grand la porte de la chambre

— Mais qu'est-ce que tu fais ? On est à poil ! s'indigne Élodie à voix basse avant d'être saisie d'un rire nerveux.

Robin hausse les épaules et la pousse dans le couloir désert. Le couloir « Exploration », dont toute la décoration parle de découvertes et de voyage. Face à eux, la carte du monde. Au milieu d'un lourd cadre doré, elle montre la Terre comme elle était imaginée du temps des premiers cartographes.

— Je ferme les yeux et je bouge le doigt sur le carte. Tu fermes les yeux, et tu dis stop, commande-t-il.

— Robin… On ne peut pas ! Ce n'est pas si simple. Je ne peux pas. J'ai à peine de quoi finir le mois, comment veux-tu que je me projette dans un voyage à l'autre bout du monde ?

— Ça sera pas « un voyage », ça sera un nouvelle vie. Tu vas négocier comme un malade avec ta dragon de DRH qui va pas résister longtemps. Un an de salaire, et hop.

Élodie fait la moue. Ça semble si simple. Robin la fixe au fond des yeux.

— Je vais pas te faire l'affront de te dire : « *Darling*, t'occupe de rien, je paie tout. » T'as pas besoin.

Mi-figue, mi-raisin, Élodie renonce à lui faire entendre raison. « On n'est pas sérieux, quand on a dix-sept ans », a prévenu Rimbaud ? À vingt-quatre non plus, et à trente-sept encore moins, si on en juge par sa tenue. Élodie, veuve, deux enfants, assistante RH dans un cabinet d'experts-comptables, se tient debout toute nue dans le couloir « Exploration » du refuge des Chenottières, un lieu où elle est susceptible de croiser Mick Jagger et Rachida Dati. Ça fait très sérieux, ça.

— Prête ?

— Prête.

Le doigt de Robin passe sans transition de la Nouvelle-Calédonie aux confins de l'Écosse, d'une courbe rapide il relie l'Alaska à la Sibérie. Derrière ses paupières closes, Élodie accepte enfin de trouver le jeu amusant. Elle articule dans sa tête : « Pique-nique-douille-c'est-toi-l'an-douille », puis elle dit :

— Stop.

Pieds nus, jambes nues, culs nus, seins nus dans le couloir d'un hôtel cinq étoiles, Robin et Élodie s'offrent le luxe de choisir au hasard le nouveau point de départ de leur vie. Les yeux fermés encore, Robin dit :

— Ça y est.

Élodie répond :

— On est fous.

— Prends-moi la main. À trois, on ouvre les yeux. Un, deux…

— Trois.

*

— J'ai une proposition, dit Joanna. On ne se tutoie qu'au lit.

— J'aime te dire : « Vous m'excitez, Joanna », proteste Madjid.

— Mmmhh, vous avez trop regardé *La vie est un long fleuve tranquille.*

— C'est possible.

— Alors on ne se tutoie que quand on s'engueule.

— Si vous voulez.

— Vous allez fermer les rideaux ?

— Vas-y toi-même.

Dans l'angle de la chambre, Labo miaule. On dirait qu'il rit.

Debout face à la fenêtre, Joanna s'apprête à tirer les pans de velours. L'éclat bleuté de la lune sur les pentes enneigées retient son geste. Ne la voyant plus bouger, Madjid se lève et la rejoint. Il l'enlace. Joanna tourne la tête vers lui et l'embrasse.

— Il serait de bon ton de se souhaiter Joyeux Noël, vous ne croyez pas ? dit-elle.

— Joyeux Noël, Joanna. Vous êtes le cadeau que je n'espérais pas.

— Et vous, vous êtes exactement ce que j'espérais. Vous m'écrirez encore, de temps en temps ?

— J'y serai bien obligé, quand vos pratiques sexuelles scandaleuses vous auront conduite en prison.

— Tu peux parler…

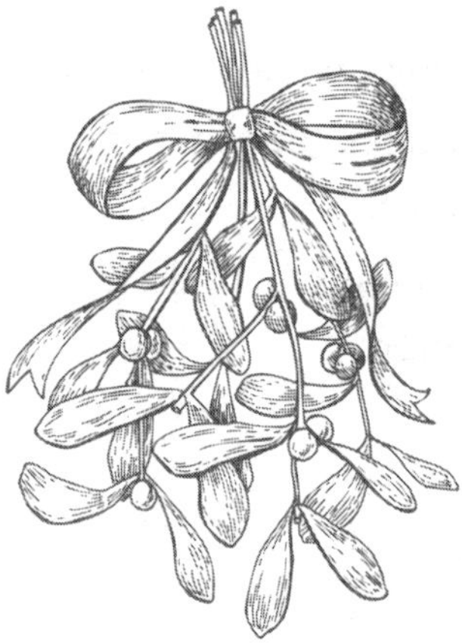

24

Bougies

L'équipe des Chenottières ne fait rien à moitié. Lorsqu'Élodie descend l'escalier monumental, elle prend la mesure du luxe auquel elle a si peu fait attention la veille. Du premier étage, si elle tend le bras au-dessus de la rampe, elle pourrait toucher l'étoile fixée au sommet du sapin géant qui occupe le grand hall. Un lustre en cristal sorti tout droit d'un palais de Venise pend du plafond. Le décorateur a osé mixer la chaleur rustique du bois, en accord avec l'esprit chalet, et les objets Art nouveau. Fêter Noël dans un endroit pareil semble complètement fou, mais depuis la nuit qu'elle a passée avec Robin, la normalité a fichu le camp.

Loum's et Fleur font la course pour parvenir en premier en bas des marches.

— Maman, c'est pour nous, cette montagne de cadeaux ? s'émerveille le petit garçon.

— Non, sourit Élodie, c'est pour la déco.

— Ouf ! Je me disais aussi, dit gravement Loum's, ça ne rentrera jamais dans l'appartement.

Élodie pouffe.

— Hey, vous m'attendez pas ? dit Robin, dans son dos.

Parvenue en bas des marches, Élodie se retourne. La vision de Robin, cheveux mouillés après sa douche, boutonnant à la hâte sa chemise tout en descendant l'escalier, est une scène digne des plus belles comédies romantiques anglaises (ou américaines, à la rigueur, mais elle préfère Colin Firth et Keira Knightley à Ben Stiller et Cameron Diaz).

— Joyeux Noël à moi, murmure Élodie, le cœur prêt à exploser de gratitude.

— Ça sent le petit déj' de milliardaires, par ici, dit Fleur en humant l'air.

Elle les guide au pas de course jusqu'à la double porte de la salle de restaurant.

— C'est magnifique, murmure Élodie en découvrant à la lumière du jour la pièce où ils ont dîné la veille.

Elle n'en avait rien vu, trop absorbée par le choc de voir Robin et Madjid débarquer comme deux edelweiss.

— Pour la neige, nous n'y sommes pour rien, hu hu hu, fait semblant de s'excuser la maître d'hôtel en inscrivant le numéro de leur chambre sur son cahier.

D'immenses baies vitrées font pénétrer dans la pièce une lumière plumeuse et l'épaisseur de poudreuse accumulée sur la rambarde de la terrasse laisse imaginer qu'il a neigé toute la nuit.

— C'est un rêve. Dans dix minutes, je sors faire l'ange par terre, s'extasie Fleur en suivant le serveur jusqu'à la table ronde où les attendent Joanna et Madjid.

Loum's, lui, n'a d'yeux que pour la table du petit déjeuner. Des piles de crêpes moelleuses font concurrence aux gâteaux à étages couverts de glaçage blanc, une montagne de fruits confits domine une brioche de la taille d'une roue de tracteur. Tout est hors normes, coloré, doré et croustillant. *De quoi restaurer les énergies sérieusement entamées par une nuit sans sommeil*, songe Élodie. Ses pieds flottent à trois centimètres du sol et, à en juger par le sourire béat de Joanna et les poches sous les yeux de Madjid, elle et Robin n'ont pas le monopole de la nuit torride.

— Joyeux Noël, sourit Élodie en prenant place.

— Pourquoi ma Jo, elle a sa main sur la cuisse de Madjid ? s'indigne Loum's d'une voix perçante.

— Il va falloir régler deux ou trois problèmes d'Œdipe par ici, pouffe Élodie avec un clin d'œil à l'attention de Madjid.

— Mon Loum's, c'est toi mon préféré, mais il ne faut pas faire de peine à Madjid. Il est vieux, le pauvre, il mourra avant toi tu sais, chuchote Joanna.

Alors qu'Élodie ouvre la bouche pour s'indigner, Loum's lui coupe l'herbe sous le pied.

— Bon d'accord. Mais dès qu'il est mort, on arrête de faire semblant.

— Je ne suis pas jaloux, sourit Madjid.

— Moi, si, gronde Joanna, avant de l'embrasser. Maintenant, Robin, à nous deux. Avant de te souhaiter Joyeux Noël, j'ai deux ou trois points à éclaircir à ton sujet.

— Les enfants, vous voulez bien aller vous servir au buffet ? s'alarme Élodie, coutumière des sorties sans filtre de son amie.

Fleur et Loum's échangent un regard et décident que piller la table du petit déjeuner vaut le coup de s'éloigner d'une conversation d'adultes.

— Ne sois pas trop terrible avec moi, essaie de plaisanter Robin avant d'être arrêté par un regard implacable de Joanna.

— Tu as de la chance, après trois orgasmes, je suis en général plutôt souple.

Élodie réprime une toux brutale et adresse un regard désolé à Robin.

— C'est Jo. Aucune inhibition, je t'ai prévenu.

Après avoir bu une gorgée de café en silence, jaugeant Robin par-dessus le rebord de sa tasse, Joanna se lève et, déjouant l'attente de Robin qui s'est raidi sur sa chaise, s'approche d'Élodie, qu'elle scrute de près.

— Qu'est-ce que tu f… ? proteste Élodie.

— Silence !

Fronçant les sourcils, Joanna inspecte chaque centimètre carré du visage de son amie, puis elle demande enfin :

— Tu te sens comment ?

Aussitôt, un sourire radieux éclaire la figure d'Élodie. Joanna soupire, prend les joues de son amie entre ses mains et les embrasse, puis elle se tourne vers Robin et lui tend la main.

— OK, je vous prends à l'essai. Si vous la chagrinez, si vous la décevez, si vous oubliez son anniversaire, je vous atomise.

Partagé entre la sidération et le fou rire, Robin saisit la main tendue et la secoue vigoureusement.

— Et joyeux Noël, conclut Madjid. Joanna, si vous avez terminé de terroriser mon chauffeur, pourrait-on aller se servir une assiette de pancakes et une bonne louche de sirop d'érable ? Fleur et Louis-Marie ne vont rien nous laisser.

Très digne, Madjid se lève et offre son bras à Joanna qui quitte à regret sa posture d'intimidation.

— Ils se vouvoient ? articule silencieusement Robin à l'adresse d'Élodie. Ils sont quoi, duc et duchesse ?

— Ils trouvent ça érotique. Chacun son trip !

Une assiette à la main, Élodie sursaute lorsque Loum's s'écrie, la mâchoire décrochée :

— Waaaah, ils ont même invité le Père Noël !

En effet, la double porte ouverte sur le grand hall laisse le passage à un homme en rouge et blanc. Manifestement lesté d'une bedaine factice, il agite une cloche en laiton tout en proférant des Ho-Ho-Ho réjouissants. Il propose aux clients ravis des papillotes dorées à piocher dans un panier en rotin. Lorsqu'il arrive face à Madjid et Joanna, il se fige.

— Mais… Je connais ces yeux, dit Joanna.

Dans une tentative désespérée, le Père Noël cherche une voie de sortie, mais c'est compter sans l'enthousiasme de Loum's, qui se précipite dans ses jambes, faisant voler le panier de papillotes. Le Père Noël trébuche, sa barbe glisse, et sous les yeux effarés de Joanna, un visage familier apparaît.

Aussitôt, la maître d'hôtel se matérialise, furieuse. Elle s'accroupit et ramasse les papillotes éparpillées, les fourre par poignées dans le panier qu'elle jette dans les mains du Père Noël en déroute.

— Si vous n'êtes pas plus doué pour faire le Père Noël que pour faire le Lapin de Pâques, il va falloir changer de projet professionnel, Maximilien… Je vais devoir dire deux mots à l'agence d'intérim !

Morte de rire, Joanna observe l'acteur débutant remettre sa barbe en place.

— Incroyable ! DocteurMax ! Tu sais donc incarner tous les métiers…

Piteux, Maximilien bredouille quelques explications, auxquelles Joanna coupe court.

— Pas la peine de te justifier. Joyeux Noël.

Puis se tournant vers Madjid, elle hausse les épaules :

— J'ai envie de me montrer clémente et généreuse, ce matin. C'est la magie de Noël !

Puis elle plonge la main dans le panier à papillotes et en déballe une, qu'elle croque avec un sourire carnassier.

— Ne fais pas ça, gémit Robin. C'est de la poison dégueu !

— Oh mon G-ieu, articule Joanna, la bouche pleine. Crouvez-moi u' poubelle !

*

Les joues vermillon à force d'avoir bravé le froid et les boules de neige assassines de Madjid, doué d'un geste sec et précis, Élodie, Joanna, Robin et les enfants regagnent en riant l'abri des Chenottières. Un « Oh » émerveillé leur échappe lorsque la porte s'ouvre. La lumière du lustre est éteinte. Sur chaque marche de l'escalier, on a déposé des bougies blanches de toutes les tailles. Leur flamme fragile répond à celle des lumignons fixés sur les branches du sapin. Le hall est baigné d'une douce lumière, le papier doré enveloppant les cadeaux est animé de reflets soyeux.

— J'ai pas les mots, c'est une dinguerie, murmure Fleur, les larmes aux yeux.

En silence, Joanna attrape la main glacée de Madjid qu'elle serre de toutes ses forces.

— Et en plus, il semblerait qu'au milieu de ces gros paquets décoratifs, il y en ait quelques-uns pour vous, sourit Élodie.

Il ne fallait pas le dire deux fois : Loum's et Fleur rejoignent en deux bonds le pied du sapin géant. Les deux couples s'approchent et s'installent sur le tapis, comme du temps où c'étaient eux, les gamins émerveillés.

— Une Stanley Cup, j'y crois pas j'y crois pas j'y crois pas ! s'extasie Fleur.

— Et moi j'ai le Poudlard Express en Lego ! Oh maman, c'est ma meilleure vie, surenchérit Loum's, écartelé entre le désir d'embrasser sa mère et celui de déchirer la boîte.

Le portable d'Élodie tinte dans sa poche.

— Message de Fanta ! annonce-t-elle à la ronde. Le bébé vient de naître et il se porte très bien ! Pour le prénom, elle préfère ne rien dire, il faut qu'elle s'habitue, dit-elle. Et elle annonce aussi que son père a trouvé un job en or. Il va bosser pour un certain… Andrew ?

Robin cligne de l'œil à l'attention de Fleur.

— Tu es donc mon chasseuse de têtes officielle.

— Andrew a déjà recruté Driss ? s'étonne Élodie.

— Il est très efficace. Parfois, je me dis qu'il a un baguette magique cachée quelque part… Tiens, on dirait qu'il y a une autre paquet… Pour qui il peut être, celle-ci ? s'étonne Robin en sortant de sa poche une boîte enrubannée.

— Hein, mais quel traître ! s'indigne Madjid. On n'a eu le temps de rien, avec ce départ improvisé !

— T'inquiète, partenaire, lui glisse Robin, tout en tendant la boîte vers Élodie, j'ai pas été une sale égoïste. Cet hôtel a un boutique de rêve, j'ai profité que tu bombardais tout le monde avec tes boules de neige pour y faire un saut.

Avec un clin d'œil entendu, il sort un paquet de mêmes dimensions qu'il confie à Madjid. Élodie se sent gauche. Il y a des siècles qu'elle n'a pas reçu un cadeau d'un homme. Et elle se voit mal déballer un bijou, ou pire, une bague, devant ses enfants. Elle ne veut rien précipiter, même si l'avenir lui semble d'une évidence parfaite. Elle ouvre la boîte, cachant son contenu avec le couvercle, et se détend d'un seul coup.

— Une boussole !

— Montre ! exige Joanna. Mais dingue ! Elle est tellement classe, elle est en buis ?

— En noyer et cuivre, comme celles des explorateurs, dit Robin.

— Comme dans le couloir de notre chambre ! s'écrie Loum's.

— Exactement.

— Et pour vous, mon amour, par l'intermédiaire de notre cher Robin. Joyeux Noël ! sourit Madjid en déposant une deuxième petite boîte sur le châle en cachemire de Joanna avant d'ajouter entre ses dents :

— Si ton idée fait un flop, il y aura des représailles, mon vieux…

— Aucune risque !

Battant des cils, excitée comme une enfant, Joanna déballe son petit paquet. Lorsqu'elle a devant elle l'objet choisi avec soin par Robin, elle éclate de rire.

— Quoi, c'est quoi ? veut savoir Loum's en s'approchant.

D'un geste sec, Joanna referme la boîte et s'exclame :

— Ce n'est pas pour les enfants !

— Une mine d'or, ce boutique, glisse Robin à l'oreille de Madjid. Tu m'en diras des nouvelles.

Un an plus tard

— Comment ça, je suis sûre d'avoir demandé « fumeur » ! C'est où, le coin fumeurs ? proteste Yolande Rombiasse, sa valise au bout du bras.

Le steward n'en mène pas large. C'est son premier vol, et il s'attendait à ce que son « bienvenue à bord » suffise à satisfaire la clientèle. Pas cette cliente-ci, apparemment.

— Je ne m'assiérai pas sur votre rangée d'endives, merci bien, s'insurge Yolande. Des végétariens non fumeurs, non buveurs, non vivants ? Sans moi.

Le sourire du jeune homme vacille. Deux fois, il vérifie le billet du petit gabarit furieux qui lui agite un index belliqueux sous le nez.

— Mais votre numéro de siège est indi…

— M'en fous ! Trouvez-moi une solution. C'est votre métier, mon petit gars. On a vingt heures de vol. Vingt heures sans griller une tige, vous plaisantez ?

Désespéré, le steward envoie des signaux de détresse à ses collègues plus aguerris. Le salut tant espéré vient d'un autre client.

— Maître Rombiasse ?

— Quoi ? gronde l'irascible avocate en pivotant de trois quarts.

— Monsieur Bennani, vous vous souvenez ? sourit Madjid.

Le visage de Yolande Rombiasse s'éclaire.

— Bien sûr, je me souviens ! Alors, on profite de sa liberté ? Vous allez voler sur ce coucou de l'enfer jusqu'à Sydney ?

— J'espère bien, répond Madjid. Je vous accompagne à votre fauteuil ? Vous me raconterez ce que vous comptez y faire.

Avec un clin d'œil apaisant à l'attention du personnel navigant, Madjid pousse l'avocate jusqu'à sa rangée. À l'abri des oreilles indiscrètes, il se penche vers elle et lui dit :

— J'ai gardé deux ou trois réflexes de mes années pharmaceutiques… Si vous voulez, je vous deale de quoi passer un vol plus confortable.

Le regard naturellement courroucé de Yolande Rombiasse se détend instantanément.

— Voilà quelqu'un qui sait parler aux vieilles dames. Filez-moi le stock, j'en ferai bon usage.

— Quelques patches à la nicotine, un ou deux cachets de mélatonine, bref, vous avez l'embarras du choix.

— La mélatonine ? Pfff, vous n'avez pas non plus de l'huile essentielle de pipi de chat ? Foutaise de pharmacien, grommelle Yolande.

Alors que l'avion quitte la piste, les ronflements de Maître Rombiasse font trembler les hublots.

— Merci de votre intervention, persifle Joanna à l'oreille de son amoureux.

— Si le bruit vous dérange, répond Madjid, je vous propose de nous retrouver d'ici cinq minutes dans les toilettes, elles sont probablement insonorisées.

— Ne me tente pas, pouffe Joanna.

— J'espère bien que si.

En revanche, préparez-vous : c'est avec cette dame que nous allons passer les quinze prochains jours.

— Pardon ? s'étrangle Joanna.

— C'est elle, la Granny de Robin, avoue Madjid, un sourire en coin.

*

— Mets-toi devant moi, Loum's, répète Élodie à son fils pour la troisième fois.

L'enfant est monté sur ressort depuis l'appel de Robin annonçant qu'il avait bien récupéré tous les colis.

Chacun a répété son rôle : lorsque Joanna sortira de la voiture, Loum's et Fleur s'écarteront pour dévoiler la surprise, et là, bim, Joanna tombera dans les pommes.

La voiture s'arrête derrière le portail. Le portail s'ouvre. La voiture entre et se gare. Robin ouvre à sa grand-mère, Madjid sort en premier, suivi de Joanna.

Dans un bel enchaînement, Madjid, Fleur et Loum's font un pas de côté. Les deux amies se retrouvent nez à nez, éberluées.

— T'as toujours dit que tu n'en voulais pas !

— Je croyais que tu n'en voulais plus !

Deux ventres ballons se font face, surmontés par deux visages riant entre les larmes.

Retrouvez-nous sur les réseaux sociaux :

City Editions

www.city-editions.com
@cityeditions
www.facebook.com/cityeditions/
@CityEditions
@cityeditions

Achevé d'imprimer en octobre 2025
sur les presses de la Nouvelle Imprimerie Laballery
58500 Clamecy

Numéro d'impression : 509797

Imprimé en France

La Nouvelle Imprimerie Laballery est titulaire de la marque Imprim'Vert®